跋落去

這次檯面上賭的是國家命運！

Puah lòh-khì

著 麟左馬

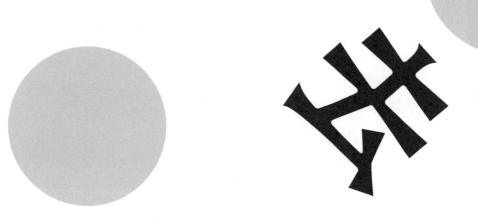

給外婆高月桂

序

推薦語常講：這部作品是寫給某某的情書。《摶落去》不是封給台派的情書，算寫給台派的〈啟示錄〉。這本書給台派的留言很簡單：「想爽一下嗎？把最難的事撿起來做。改國號才不是程序問題。」重要的事不可能爽爽做，不然老早解決了。國家正名能輕易撩起激越的熱忱，也是台派最重要的主張之一。但凡事都有代價，左派才會妥協成右派。盼台派終於明白，國際級的夢想，需要付得起國際級的代價。補充一點：夢想的代價只會比夢想昂貴，因為沒人肯為你的夢想吃虧。

無論是不是台派，身為台灣作者，無論在台灣還是在西方，都會被期待寫點本土味的作品。麟左馬無法寫出在地性強的作品，這點自知之明我還有。麟左馬的本土味配額已在筆名上用罄，成年後自學台語也於事無補。幸而，台灣性絕不僅限於掏在地性出來賣。這點至關重要，希望所有台灣創作者都明白。

《摶落去》的主角歷程，豈不台灣性十足？中華民國可是寫得出一整本斷交史的國家，舉世無雙，除了朝鮮，但他們沒有言論自由。一個故事，只有你適合說，而且有辦法說到最好，這故事就是你的。在地性只是一個別人搶不走話語權的捷徑而已，開創力有限。更殘酷的是，只有已經夠國際化的文明，在地性才有人想買單，否則只能賣弄一回風情。建議找出獨特且迷人的那個故事，獨特與迷人，缺一不可。

一直在認真找只能由我來寫的主題，同時思考適合台灣說給世界聽的故事。方法倒不複雜，就是找出台灣有什麼東西相較於世界，或至少在亞洲，令人感興趣。目前的答案是：台灣算是全亞洲最開放的社會，而且言論自由很高。不只東亞，把南亞、西亞、中亞、北亞都算進去，台灣社會對議題的接受範圍真的很寬。議題最窄的可能是伊朗，他們只拍感人的兒童電影。台灣不需要搶伊朗的題材，只要持續比所有亞洲國家都更勇於面對現實就行。但全球社會寫實類型的最強者可能是韓國，他們的批判力度跟痛楚耐受度強過任何市場。

選擇有限，幸而台灣社會在思想和政治上還是開放過人。我明年的寫作計畫是安樂死，因為台灣是亞洲第一個通過同性婚姻入法的國家，而安樂死跟同性婚姻一樣，都是和傳統價值衝突，但入法後不消耗太多資源的議題，特別值得領先全亞洲。站在全亞洲思想進步的前沿，格外適合台灣的敘事定位。而且台灣的傳統包袱跟宗教束縛比誰都少，這是內容產業夢寐以求的優勢。

《搏落去》這故事的重點還真不是台灣，而是權力，自首至尾純是權力。台灣主角和事件是故事的主題，但故事的結構，就是權力的結構。權力是所有故事主題裡，最具有普世性的內容之一，不下於愛情、家庭，跟主角奮鬥史，只是難寫。幸好，欠缺本土性跟貼身觀察的作者如我，比較擅長抽象概念。另外，抽象概念對一般讀者本就比較難，給了說故事的人深入淺出的操作空間。

寫故事的初衷，就是把抽象的概念或知識，包裝成故事設計，讓人讀完一個故事，就理解一份知識。例如武俠小說，內力運作方式相當於金流，讀完整套武俠小說，就理解金融市場。可惜我不太懂金融。還好懂國際政治的人也不多，才有我的敘事空間，才生出這種題材的故事。拿故事結構來敘事，是我在《搏落去》第一次採用的新嘗試，目前效果不錯，只是難寫。預計日後寫故事會續聘這個方法，懇請支持。

最後，所有作品照例要感謝成書過程裡的助力。感謝本書的第一位編輯鄭建宗支持這個題材，也感謝決定出版並陪伴一路改稿的編輯，再感謝作家陶曉嫚給我的寫作意見，還一直借我書。最重要是做為家裡經濟支柱並全心支持我寫作的 Oscar，雖然你一個字都看不懂。

閱讀愉快。

目次

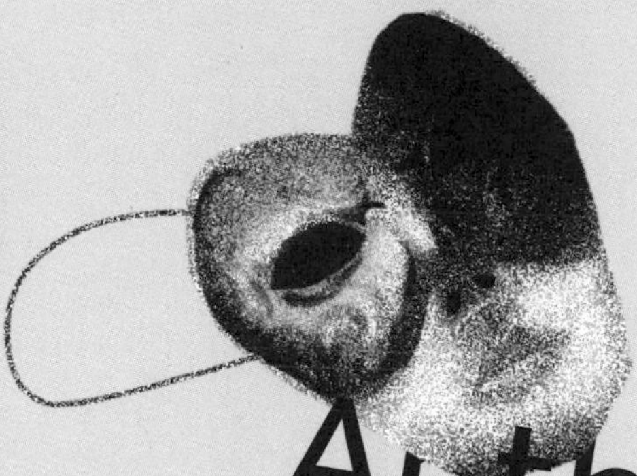

Anthem

國歌

伊朗選手左腳踢向她右耳前的四分之一秒，她腳趾卡進發泡地墊之間的縫隙，來不及位移。整場觀眾聽見電子計分板一聲「噠！」跳表三分；場上主審聽到一聲「啪！」伊朗選手腳背跟她乳膠頭盔之間的空氣瞬間被擠壓，清脆爆裂；但她耳裡只有一聲「嗡——」開始之後就沒結束的耳鳴，頭部重擊後的常見症狀。

比賽剩三十三秒，對手已經在攻擊距離內，比數差三分，她前腳還在地墊縫隙裡卡著。被攻擊的時刻就啟動反擊，是每個跆拳道選手的常識。甚至，對手啟動攻擊的同時，選手就發動反攻擊，務求後發先至才是常態。頭部受重擊同時，她置換重心，好把折曲的腳趾從地墊接縫裡抽出，前腳抬膝前踩！

這一踩出乎所有人意料。跆拳道比賽的計分方式在當時，踢中頭部得三分，前踩胸口卻需要把對手踩倒在地才能得兩分。你知道把一個專業運動員當胸踢倒有多難嗎？沒半個教練建議選手在比賽裡選用前踩。因為這項足技給分標準最嚴格、也只算兩分，還不如簡單的旋踢或強勁的後踢。可她之所以被踢到頭，正是因為腳趾被卡住，當然沒辦法原地旋轉來旋踢，何況轉身後踢？

她在賽前研究對手影片就注意到：伊朗選手藉腿長，常在一大步以上的距離外攻擊，以致於攻擊腳必須落地才能把腿收回，很難利用擊中的反彈力直接返回立足點。有時間差，但不只是時間差。伊朗選手一踢完就後退，以閃避反攻擊，已經在退後。她利用對手後退的慣性，以及還未落腳的時間差，破壞對手重心。伊朗選手直到跌坐在地，都來不及反應。

她追回兩分，還落後一分，比賽剩三十秒。

伊朗選手那條長腿就半吊在空中擋住她，擺明了說：妳腿短，攻擊距離就短，一進來就只能被踹，看妳敢不敢？她腿長不如人，不可能用一腳換一腳的打法。更麻煩的是，她發現自己右腳拇趾被地墊扭傷，現在當支撐腳有問題。但她需要發動攻勢。

除了那個連教練都不會建議選手在比賽裡用的前踩，她再次使出沒半個教練建議對戰使用的足技。她右腳一壓伊朗選手擋在身前的長腿，直接踩在對手凌空的膝蓋上，左腳順勢踢頭！這種花稍的空中兩腳，在一般對戰想要精準踩到對手的腿根本不切實際，但伊朗選手那條腿已經懸了七、八秒，差不多要累了換腿。踩上別人的膝蓋來踢人是個假動作，真正的用途在壓下對自己的攻擊高度，爆頭的空中第二腳，靠的還是自己的腰力。噠！三分。她領先兩分，比賽只剩十五秒。

十五秒在競技運動裡是很長的時間，尤其是近身作戰。她決定拉遠距離，拖時間。這是觀眾最不喜歡，對選手而言也毫不光彩的打法。她就是逃，繞場跑，維持在攻擊距離以外。她甚至背逃，被判一支警告，但兩支警告才扣分。她死都不願意再失分，因為這場金牌戰，關乎整個中華隊隊史上第一面奧運正式金牌。

奧運會四年一度，想要在自己人生的體能高峰遇上體育盛事，連投胎時間都是競技的一環。運動科學家普遍認為：得奧運金牌比破世界紀錄還難。世界紀錄是一個固定值，只要優秀選手穩定訓練，配合場地裡精準的風阻或水阻力控制，逐漸突破人體極限可以預期。但取得奧運金牌，得在此時此刻，勝過所有頂級人類的體能高峰。意思是：時間和對手妳都沒得選，只能盡力把自己的極致表現維持在一個穩定的高原期，不能靠單次犧牲的衝刺來達標。換句話說，奧運選手連犧牲的時間都必須拉長，而且穩定持續犧牲。奧運頒獎台上，一個運動員能付出的最大努力，和她能獲得的最大成就，一次封頂。

「First place: Kao, from Chinese Taipei！」大會報告的擴音，充滿整個競技場。她的姓氏只有一個音節，Chinese Taipei卻占了五個音節。其他人會記得的只有Chinese Taipei，她代表出戰的Chinese Taipei。人家國籍被報出來都是榮耀，就她隱隱感到刺痛。這股刺痛一向非常微小，每天都被肌肉痠痛掩過，韌帶撕裂傷也更難以忽視，當然還有被中量級選手踢到肋骨骨折的錐心之痛。

奧運頒獎典禮上，只有拿金牌的選手，有資格聽國歌升旗。「山川壯麗、物產豐隆、炎黃世冑、東亞稱雄……」演奏版錄音一播出，她含淚跟唱，卻唱不完整首。不是因為歌詞拗口、不是因為調子偏高，只因為那股微不足道的刺痛，在挑高的奧運場館內，當國旗歌播放到「光我民族、促進大同」的段落，沿著脊椎爬進她腦門，終於沒被決賽對手踢進她頭部右側殘留下來的耳鳴蓋過。在左耳耳鳴與右耳國旗歌之間，她腦子冒出：老娘十歲開始就每天早上六點起床跑步上山練腿力，不是為了來這裡聽人讚揚Chinese他媽的Taipei有多了不起！

國手聚在左營訓練中心集訓的日子，統一發給她們一人兩套運動服，前胸後背都極盡所能地大大繡上：CHINESE TAIPEI。絲線澄亮金黃，在深藍底布上張揚。

「俉祖嬤基隆啦！什麼TAIPEI？」她說。

「台北不是我的家，我的家鄉沒有霓虹燈——」來自鹿港的陪練員十分機靈，但歌聲有點乾。

她對台北其實沒有那麼多不滿，但是對中華台北這鬼東西的鬱結需要宣洩：沒有人知道中華台北到底是什麼鬼，只好以基隆暖暖的小鎮姑娘之姿，嫌棄一下首都霸權的職場霸凌。她指桑罵槐，還不是因為整個世界一貫指鹿為馬？

中華台北奧會白底五色環的國民黨黨徽會旗已經升到頂，她激動的淚水裡，除了愛與和平的奧林匹克精神，還隱隱生恨：她恨自己不能身披青天白日滿地紅的國旗受獎，又更恨即使身披青天白日滿地紅的國旗，口唱三民主義版黨國之歌，這塊純金獎牌領起來還是有異物感。跟金屬成色一點關係也沒有，獎牌是純金真品；青天白日滿地紅旗和國歌效忠的國家卻是贗品；而中華台北奧會會旗，則是贗品的贗品。原來不只是投胎時間，就連投胎的國度，都能決定一個運動員的成就天花板。

她最恨自己居然需要恨這種事情，還只能在這個照理說是純粹慶賀的時刻。用來祝賀她的所有內容、所有標誌、所有象徵，都同時在羞辱她。她甩不脫。

大合照。站在二、三名中間的高台階，她頭戴桂冠、頸掛金牌，卻忍不住望向左側：伊朗女孩的濃眉長睫、剛剛狠狠從她頭上奪得三分的稀世長腿，跟胸前銀牌。不禁想：要是妳贏，就能聽到自己真正的國歌，比較划算。她被自己這想法嚇一跳，畢竟世界上哪有運動員想輸給其他選手？而且還在台灣最有望奪金的跆拳道，第一次從示範賽晉身奧運正式賽、她本人奪得中華台北賽史上第一塊奧運正式金牌的歷史性時刻。但她羨慕伊朗選手，不是為了人家的長腿跟爆發力，就單單是欣羨人家有個國家可以代表出賽，自己怎麼就沒有呢？

頂到運動員成就天花板之後，她還沒想好接下來要幹嘛。繼續訓練，拿第二塊獎牌，除了國光獎金，沒什麼加分，還會擋到年輕選手的路。轉型做教練，當然可以，但就特別沒勁。畢竟台灣人連一分鐘的榮譽都不被允許公開享受，得縮身在中華台北跟中華民國的制服裡，把表揚和羞辱摻在一起吞落腹肚。

回國後一整輪媒體訪問、邀約，幾位運動員過足一次名人的癮之後，就要面對就業問題。她不過是一個國立大學數學系的體保生，跟所有國手一樣，長期荒廢學業。雖然她至少沒被留級，學科也都過關，但當然不是做數學研究的料。畢業前，她終究有收到工作面試通知。練習服都還沒換下來，她就趕去面試場地報到，畢竟數學系跟跆拳道專長的工作機會不多。

「這工作，就算太空人也不見得做得來。」面試官說。太空人幾乎是地球上體能跟智力平均要求最高的工作。

「怎麼會找我面試？」

「我們跟妳教練談過，他說妳在場上的策略跟反應是自發的，不是他給的場邊指導。」

她以為自己被招聘的原因是強韌的肌力、瞬間反應力，以及常人難及的專注力。從第二次任務起，她才發現自己在賽場，最大的優勢是判斷力。能判斷情勢，在事前準備跟對手表現之間，找出自己在場上的最佳策略。

她一上工就出差：蘭舟舞團飛往大西洋兩岸巡迴的文化交流團，團長是第一夫人。從各界參訪到闢室密談，連飯店的總統套房，都是貼身保鑣的駐點。奧運金牌國手是個女人，格外方便。

第一夫人跟蘭舟舞團的運作沒有半分關係，連贊助金額都排不上前幾。但以蘭舟這種國際知名的舞團出巡，任何層級的文化交流都合理，無人能以政治理由阻攔一群來自台灣的世界級藝術家覲見政府官員，他們只是群跳現代舞的。總統夫人是眷屬，既非官派也沒有民意基礎。於是參訪團的團長，無論與什麼層級的市長、議長、部長見面，在什麼官署文化沙龍、國會殿堂、總統辦公室，都能握手拍照、闢室密談，比中華民國正式外交官還不受限。

於是白天舞者跑舞者的行程、夫人走夫人的路線，記者會上見。記者會以外的時間，她跟夫人去了所有地方、見到所有高官、聽見所有對談。她不知道自己憑什麼參與這種對談，但她也沒避嫌，依照規定，站在夫人身邊一公尺內，那是她能瞬間撲到夫人面前，用全身擋住夫人的距離。一公尺，通常是八十公分的距離內，該聽見的都聽見了，只是沒有人期待她會記得，畢竟她是件人型防彈背心。

第二次出差也是跟第一夫人，只是團長的身分從蘭舟舞團換成打狗少年合唱團，都是團，都可以，而且客家少年比職業舞者更不適合用政治理由阻擋。於是在中歐前蘇聯成員國的兵工廠，商人提及如何提供隱形規格的瞬間，她自然地後退，按住耳機，簡短用台語對話了三句，同時寫了句簡短筆記，撕下來交給夫人。

彼時，夫人正在說：「戰鬥機的隱形塗料……」硬生生被手寫便條打斷。

夫人接著說：「我們預算抓得不算多，所以滿在意價格的。你們的報價會讓我們需要找不只一家供應商，這樣豈不是雙方都麻煩？只要能夠談到百分之八十三的報價，這筆採購我就能讓它過。」

她耳機裡根本沒有人發話。紙條上只寫了六個字：「他丈人是中資。」寫下這句留言時，她也是邊寫邊理解情況。當時她嘴上假裝在講的台語是：「有影誰影？恁阿嬤又生子？騙誚？」完全不合時宜，她只期待夫人能理解：情況有變。

從前夜在總統套房裡的確認電話內容推估，夫人當下很可能要透露電波干擾產品的特性，以便對方提供塗料規格。但電波干擾產品的特性一出口，就能知道技術合作是哪個國家。這是只能分享給友方的資訊，然而這位兵工廠老闆的姓氏Bieczyński，她在蘭舟舞團的行程裡看過，是中資用來購入歐洲媒體股份的人頭。這不是一般姓氏，是極為罕見的波蘭貴族姓氏，幾乎都在二戰前後移居阿根廷，她查過，而且記得。

從此她多了一個叫「董娘」的老闆。董娘不姓董，也不娘，長得非常藍領，膚色深、手臂壯。據董娘說，代號跟本人差距大比較好，例如他老闆叫肉包，據說是想被誤會成高雄人。她目前在局裡的綽號是第一床伴，因為太常陪夫人出差了。在她有自己的代號之前，她都被簡稱「床伴」。第一夫人或各種夫人的床伴，聽起來是非常勞碌的工作，但其實有很強的季節性，出訪的時間與本國的選舉和外國的政局高度相關。

貴賓保鑣這份工作，是情報員的絕佳掩護。倒不只是可以隨夫人進任何場合聽任何人講話的便利性，還有眾人都預設運動選手跟保鑣四肢發達、頭腦簡單，而且沒人在意保鑣下班之後在幹嘛。她就放任大家明裡暗裡叫她床伴叫了一年多，直到她不得不寫報告。

「花王，妳怎麼接上這條線？我拿什麼說服上頭這情報有驗證過？」董娘問她。

最初階的情報，是沒受過價值判定的純資訊。資訊本身屬實，但能不能成為判斷與行動所需的資料，背後的驗證成本通常不划算，就只能記成一筆。

董娘一問，她就拿出如山的資料。從馬祖魚貨走私的固定船號，到小艇船身平均吃水量的紀錄，以及吃水量特別多的日子，她都記錄且留存照片。再來則是受到美、日、韓、台四國聯手禁制的晶片型號，出現在中國工廠的日期，每一次都是馬祖走私漁船吃水超深日期的三或四天後。後來局裡就沒人再叫她床伴了，都叫她花王。

幹這行第十五年，她集成一份最高級情報：資料來源是第一手、且通過檢證，資料內容極其完備，可以作為有效行動計畫的依據。十五年前的世界頂級運動員；十五年後以一份朝鮮核武全圖，成為世界頂級情報員。頂級情報不是什麼人都用得上，有時候不被任何人知道的祕密才是最好的祕密。成為情報之後，祕密就有了縫。祕密的縫裡遞進一項邀約：「花王・早上十一點十一分・肉包」

十一點在肉包辦公室，她第一次進副局長辦公室見到本人，皺褶已經比包子還多。

「妳數學還很好嗎？」

「高等微積分以內的還沒忘。」

「行。能做出這份情報，不找妳我還能找誰？」

肉包馬上抓起話筒，她看得清晰，三七六，是董娘分機沒錯。

「董娘，我肉包。你花王租給我三個月，錢照算給她，這邊錢跟人我另外出。」肉包顫顫下巴。他如果再白一點，就會真的像顆小籠包，皮鬆過肉。

「不准問！問了我資料跟錢都不分給你。」

董娘似乎問了。

「錢不給了。」

肉包放下話筒，對花王說：「情報網用我的，妳自己的也拿出來補貼。」

「准我問嗎？」

「一次。」肉包折一隻手指。

「目標是什麼？」

「妳要拿朝核全圖去對賭台灣正常國家化。只准贏。」

她沒有不接這趟單的理由。

準備資料跟技能訓練的時間很短，七天後就要出差，她得先打通電話。

「柯律，做不做預立遺囑？」

「我們律師最喜歡幫客人立遺囑。妳要不要順便預立醫囑？加拍遺照包套八五折喔！」

「醫囑應該用不上，要死會死很快。」

「靠北啊！這趟這麼硬？」

「台灣軟那麼久了，你不想硬起來嗎？」

- SUITE Q -

「能用錢解決的都是小事」這句話，對有錢人和對沒錢的人來說意義毫不相同。倒不只是因為一個有錢一個沒錢，主要是因為他們不能用錢解決的事情毫不相同。共同項目，大概只有人死不能復生。正因為有錢人有太多錢解決不了的事，Suite Q無論景氣好壞都不缺生意。

沙漠賭城，賭場連天，多過便利商店。Suite Q既不是最大的、也不是最小的；既不是最貴的、也不是最便宜的；既不落在賭城的街心、也不超出沙漠的邊陲。它就是間中小型的獨立賭場，既沒有連鎖飯店的聯營優惠，也沒有招牌娛樂演藝事業進駐、夜夜笙歌。這是一家做純的賭場，而且從不逃漏稅。至少國稅局從未盯上它。換句話說，如果你意不在賭，除非整座沙漠賭城都客滿，否則無論如何找不出理由來選擇Suite Q。況且Suite Q的客房還不便宜，就算找住宿備胎也找不到它身上去。這跟房價低廉，只求讓房客花錢如流水的其他賭場，實在不是同一套經營模式。

總觀各項商品條件，Suite Q就是一個定位不明、性價比不高、沒有地點優勢，甚至沒有價格競爭力的賭場。既不是開給當地人耍樂的酒吧型經營，也不是給觀光客的遊憩場所，連命名都毫無風情可言的Suite Q異常不惹眼，小賭場大隱於賭城。

到底誰會去Suite Q？

Suite Q停車場已滿，比它旅館房間還滿。顯然有人不留宿，專門來賭。花王不確定自己是不是專門來賭，她只知道無論如何要想辦法受邀進貴賓室，但肉包也沒告知貴賓資格是什麼。賭場裝潢常用紅絨布顯出豪奢，Suite Q也遵循此道。她逆勢，穿一身寶藍，好被看見。

一檯俄羅斯輪盤的碧絨賭檯上，堆成希臘神殿柱的籌碼矩陣，整整齊齊被推到寶藍色大衣賭客面前，一疊疊圓形籌碼，如束如棍。年輕荷官體貼入微，把每條籌碼柱的間距，拉得比女客一隻手指的寬度還大一點，好讓她指掌穿梭移取都便利稱手。更貼心的是，觀察到她今天的賭法，他甚至不是以一百枚為一座塔高，而是一百二十八枚，二的七次方。Suite Q有那麼多人專程來賭，果然有點門道。年輕荷官胸口名牌寫著：Jessi（傑西）。

荷官傑西把籌碼疊得無比整齊，她卻雙掌撐開，「唰！」往整座希臘神殿柱一壓。賭檯綠絨絨的海面上，潰散出一片黃澄澄的籌碼沙灘。沙量之豐，足以淹沒腿脛。有一波籌碼逃脫綠絨絨海面墜地，傑西趕緊撿了回來，放回沙灘。她笑笑，說：「零頭給你吃紅。」一枚一百美金的零頭，一抓就是一把，唰啦唰啦。

她也不數籌碼，逕用掌側手刀，在籌碼沙灘切出一顆蛋糕大小、三十公分見方的籌碼堆，往綠絨賭檯上白色的數字欄一推，說：

「36。」

傑西眼神一懾。他精心堆疊的籌碼塔瞬間壓毀的時刻他毫不在意，剛才賭客海派撒幣吃紅的時刻他也沒有動容，她這一把押36，卻讓這位手藝純熟的荷官感到局勢生變。

賭客這種生物不可以理性忖度之，這是所有賭場工作人員知悉的現實。不只是捧雞尾酒的兔女郎要對摸上屁股的手處之泰然，甚至撅起白絨球兔尾巴，提醒塞小費。就連打掃賭場旅館房間的清潔婦，遇到房客把白瓷馬桶硬拔起來放在床旁邊，也只會把房間剩餘區域的地毯吸塵乾淨，並換上新的盥洗備品，反正退房結帳的時候會算修馬桶的錢。荷官更是天天目睹賭客陷入瘋狂，逐漸輸光。只要有打賞，他們都笑臉相陪。

這個寶藍長大衣的女賭客，從一進門就非常引人注目。傑西很早就注意到她，擺出職業笑容，邀她上自己的賭檯。她一進門就不正眼看賭桌，東張西望。這種賭客對他們而言，是第二類賭客，醉翁之意不在酒：輸贏不太計較，給荷官吃紅就很隨便，隨便就高於行情。從那一把唰啦啦從賭檯邊緣落下的一百美金籌碼吃紅看來，他的確賺到一個好賭客。但在這一把之前，這位藍大衣賭客完全不是這種好客人，反而是第一類賭客裡，最糟糕的子類型。

藍大衣賭客進場的時候兌換很多籌碼，看起來是頭很肥的羊。傑西讓笑容略超過友善，但離諂媚還有一步之遙，希望她能來自己檯上玩幾把大的，順便大方打賞。她坐是坐下來了，第一把卻只拿一枚籌碼，押大。她這是最小器最保守的開局法啊！傑西微感惋惜，今天眼光不準。

第一把一枚籌碼，押大。輸。

第二把兩枚籌碼，再押大。又輸。

第三把四枚籌碼，又押大。還輸。

第四把八枚籌碼，連押大。淨輸。

第五把十六枚籌碼，繼續押大。十六賠十六，兩倍，把前面四把輸的十五枚贏回來，淨賺一枚。

第六把重拾一枚籌碼，正待再押大。

「小姐手氣真好。」傑西笑彎眼說。

她哪裡是在賭？她就是來賺錢。任誰都看得出來，她就是用穩贏不賠的純機率計算，而且賭場不能趕她走。沒人這樣做，只因為沒人在賭桌上有這種自制力。傑西不是想提醒她這樣會變成賭場的不歡迎名單，只是發現她不諳賭場規則。

荷官還在微笑，但從她的眼睛瞄向她的手，賭桌上那隻手。

押紅色贏的賭客，撥了一枚籌碼給荷官。

「願手氣與你同在。」荷官講得油滑，笑容開花。押紅色那位賭客，手機鈴聲是《星際大戰》的電影片頭曲。

藍大衣馬上依樣葫蘆，學星戰迷賭客的手勢，準準地把剛入手的一枚籌碼彈向荷官腰前皮帶釦的正中央。星戰迷只在荷官的左手邊，但她坐得離荷官最遠。前後兩枚籌碼都是在綠絨桌上滑向荷官，但手法簡直是三步上籃擦板球跟空心三分球的差別。炫技。

荷官什麼陣仗沒見過？只要是打賞就來者不拒。從眼梢笑出一朵春花，朝著藍大衣說：

「贏面真大。」

賭場就是這麼和平，人人都願意聽吉祥話。

第六十三把，藍大衣身前的籌碼加起來已經疊過肩。要不是後幾把賞給荷官幾十枚籌碼，籌碼塔已經高過頭。藍大衣每把都依序疊加身前籌碼，絲紋不亂，讓籌碼塔高得顯眼，超級不便。傑西觀察出：她想張揚，又不敢太出格。這座籌碼塔是她目前想到最能突顯賭技的合理行為：把所有成果都化作物理高度，幾乎要突破天際的籌碼塔，整個賭場都能看見。她一邊用手指內側攏齊一枚枚籌碼，好把塔身穩敦敦地壘高，這她在第二十七把的時候已經練到很順手。這股精熟的手感，多少撫平一些她對賭場行規完全陌生的不安感。順手與否，老經驗的荷官用眼角都能分辨。

就算不是什麼大方的賭客，願意持續賭下去、不下桌、贏了就打賞的還是好客人。傑西嘴角還是常帶笑意，尤其機率眷顧藍大衣的那幾把。對荷官來說，每局打賞少，但下的局數多，還是有賺。但賭客這種生物果然不可以理性度之。

第七十一把，藍大衣上一輪剛贏回兩百五十六枚籌碼。依照規律，她這一局要重新以一枚籌碼開局，冪次向上。藍大衣在穩穩贏得的兩座籌碼塔前，動搖了。

只拿一枚籌碼重新開局，對面前兩座籌碼塔來說，味同嚼蠟。她數籌碼的指尖已經熟練，不管是一枚、兩枚、四枚、八枚、十六枚，還是三十二枚，都可以憑手感截出籌碼塔，一枚不差。她右手食指指尖一叉縫，準準截出三十二枚籌碼。右手還停在塔上，左手卻在另一座籌碼塔上，截出另外三十二枚籌碼，共六十四枚，本該是連輸五局後才有的下注量。她為自己省下五把的時間，用二的五次方開局。

第七十一把，六十四枚籌碼，押大。輸。

連輸四把之後，下一把要持續押注，需要一千零二十四枚籌碼，也就是十萬兩千四百美元。傑西看著賭客在賭檯上失去理性的經驗還少嗎？藍大衣能撐到現在才出現裂縫，已經是佼佼者，只盼她別忘記打賞。

面前的雙塔已經去掉一座，傑西能感到精準如機器的藍大衣下注變慢。冪次的力量之大，就連事不關己的荷官都能從毛孔感受到壓力。藍大衣從二的六次方為起點，她要承擔的風險就這樣指數成長，猝不及防。

兩倍這個倍率，說起來不大，算起來不小。下一把再輸，桌上的籌碼就不足兩千零四十八枚，沒辦法照嚴格的紀律和數學的機率賺錢了。這個贏錢方式的唯一規則，就是每一把都嚴格遵守雙倍加成，押大、押小都無所謂。可惜規則之外，還有一個規格限制：你得每一把都追得起雙倍，直到贏的那一局。

藍大衣的確沒有破壞規則，但她已經快跟不上規模。

第七十五把，一千零二十四枚籌碼，持續押大。持續輸。

連著五把都是小的機率，也不過是三十二分之一，不算罕見。藍大衣還有沒有兩千零四十八枚籌碼來維持這規律？此刻認賠殺出，還能保住今天贏的錢。一座半的籌碼塔，還是贏很大。傑西不在意，荷官不會在意賭客的最終輸贏，只在意自己的最終吃紅。

她深深吐出一口氣，往口袋裡掏出一只錦色菸盒，朝荷官晃了晃，在她剩下一座半的籌碼塔上繞一圈，表示：幫我看著。同時準準地彈三枚籌碼到荷官手前，叮叮叮。傑西平白無故收了打賞，微笑目送藍大衣出門抽菸解悶。籌碼在桌上，賭客總會回來，希望抽完菸心情好，繼續玩繼續打賞。

花王出了Suite Q正門，沒在門廊點菸，逕往右走，走出廊外，離開賭場白緻平滑的大理石地磚，踩進黃沙。她沒走遠，只是沿著建築牆面，一路走到Suite Q石牆的盡頭，右轉。Suite Q整棟建築是個長方體，右轉還是一整面石牆，沒有走廊，只有卸貨口跟垃圾場。再怎麼富麗堂皇，每個地方都得要有垃圾場，垃圾場總沒有人會久待。

走過卸貨口，越過垃圾場之後的牆面有個凹處，風小。掀開打火機銅帽，半點火星都沒擦出，打火輪倒是亮起一顆小藍燈。藍大衣對空氣說：「富貴，錢還夠我加十萬三千六百美金嗎？」

空氣當然不會回她，但她左耳的鉑金色耳骨鉤裡，傳出一個柔脆女聲：「錢是夠；可妳時間不夠。他們在開發新的核潛艦基地，還找不著位置。」花王聞言一僵。

「那就先來十萬三千六。肉包預算上限抓多少？我看賭下去，十倍都不夠。」

「預算有上限，目前還行。」

「嗯。日本海還是渤海？」

「日本海。一找到就給妳座標。」

日本海跟渤海中間的陸地，是朝鮮半島。

右牆外，靠近卸貨口那端，除了菸槍有時候出來抽菸，有個場內工作人員圍坐休息、吃飯聊天的角落。在垃圾場與卸貨口之間，她看見個鬈髮小男孩，比他身前的清潔推車還矮，正仰頭舉臂，把最後一袋垃圾塞進推車。整袋垃圾比他還大，他得舉著膀子在過頭的高度上推拉。磅！整袋垃圾沒裝好就掉到地上。她走過去，輕鬆幫他扛起那一大包，一舉過肩，拋進垃圾車。她蹲到和小男孩的視野一樣的高度。他對她微笑。心一動，她掏出錦色菸盒，兩指一夾，捻一片辣椒黑巧克力，遞給小男孩。

藍大衣兩指一夾，捻一枚籌碼，重新押大。

第七十六把，一枚籌碼。贏回兩枚籌碼。

回歸初始設定，一泯輸贏，也無風雨也無晴。藍大衣淡然如初，就算是第二類賭客，也沒見過這麼看淡輸贏的傢伙。

明明藍大衣重回賭檯的時候，又換了一籃子籌碼，那是要延續前一把的氣勢。這一把若追擊兩千零四十八枚籌碼，就贏回兩座雙塔。但她在出手瞬間，遍地黃金，只取一錠。把自律規則重新拉回初始設定，只要時間一拉長，就一定能彌補唯一一次的衝動，而且沒有額外支出。這極端理性，但不符合人性。人性就是會在波動之後尋求波動的反面來補償自己，所以槓桿只會愈開愈大。這種沒人性的傢伙，不容易。

傑西對藍大衣產生吃紅以外的興趣，就從這把開始：他第一次見到賭客完美恢復理性。賭客漸進式失控是常態、賭客突然發飆是常態、賭客從一開始就很情緒化是常態中的常態。至於賭客暴起暴落，從節制到失控、再從失控拉回節制、還是從節制又墮入失控，迴環反覆，是賭場的日常風景。藍大衣前一把的失誤就是心急，打破自己的規律跟節奏，是很標準的失控前奏。一般賭客不是再換錢去延續規律，就是直接放棄。但不管直接放棄還是投入預算以外的金錢，都是打破自律的行為，賭場無論如何都賺。沒有比賭場更人性化的地方了。

傑西也不知道藍大衣接下來會幹嘛，就這樣一路贏下去，直到賭場叫她走人嗎？

花王自己也不知道自己接下來要幹嘛。她尋思：輸到沒辦法照規則賭下去，和自己耐不住性子，偷了五把的時間，哪一個時刻心裡波動更大？她揣心自問，覺得左手去抽三十二枚籌碼的時刻，心跳最烈。那是明知道自己就要犯事，不但不攔著自己，還加碼往上的一種刺激感。刺激，不是害怕。所以右手沿著籌碼頂一路下數，從塔頂拉出一扠三十二枚籌碼的當下，也沒有怕，只有興奮。就連可能輸到玩不起下一把二千零四十八枚籌碼的前一把，都沒有害怕。她自幼膽大。

雖然這純機率的賭法鐵定要賺，她也不確定賭下去，除了錢，還能得到什麼。時間緊巴巴，完全不站在自己這邊。如果朝鮮真的在開發新的核子潛艦基地，她手上的賭注，就會跟剛剛那一千零二十四枚籌碼一樣，瞬間消失到沒人記得它。怎麼辦？心煩意亂同時，賭得也不專心，反而更能全自動化、遵循規律，一路疊加籌碼。一瞬間又來到下一個六十四枚籌碼的賭局，押大。稍微回過神，發現自己全自動化的下注流程，和眼前又將是兩大座的籌碼高塔，一時間湧上的既視感，讓她有點醒了。（這樣反覆，也到不了我要去的地方。作法無效還一直重複，我是笨蛋嗎？）

她歇手，跟服務生要了杯檸檬氣泡水，當作中場休息，同時靜下心來審視這裡。彈出三枚籌碼，讓荷官傑西再幫她看著籌碼塔，她起身閒晃。

Suite Q看起來再怎麼平凡，和其他賭場還是有點不一樣。哪裡不一樣？她左右環視、上下掃瞄：經典賭場裝潢風格，絨紅鑲金，荷官也穿標準制服；天花板不低，久賭也不致有壓迫感；賭桌密度很普通，留的過道還夠兩個人並肩走；賭場動線看起來很正常，賭檯以半掩的紅絨簾幕分區，都算常規設計。包含沒有窗戶跟時鐘，讓賭客自然忽略時光流逝，以便繼續賭下去，一切都合情入理。

這裡有點靜。

骰盅喀啦啦、撲克嘩嘩唰、俄羅斯輪盤鐙鐙有聲，要牌和叫牌的聲音也不絕於耳，但就比其他賭場靜。因為這裡全自動且發出聲音的機器，只有蒸氣自動洗地毯機。

（沒有電子音）她終於得出結論。吃角子老虎是非常容易連續玩下去的單人機台。用洗腦的電玩音樂，和每每只差一格就可以大滿貫的遊戲設計誘惑，掩飾輸比贏多。但每次一贏，就鏗鏘嘩啦不止息的金幣落盤聲，讓賭客可以長長久久地輸下去，還不用付荷官薪水，是每座賭場的自動搖錢樹。每家賭場的樓面，都有跟賭檯相同面積的機台區。Suite Q大廳卻沒半座機台，就沒任何電子音。這是她截至目前，發現Suite Q和其他賭場最明顯的區別。（也許得要一直找出那些沒有的東西，才能明白更多。）她在心裡做個筆記。

檸檬氣泡水水喝完，她隨手拿了另一杯藍柑橘糖漿調的藍色珊瑚礁。黃豔豔的檸檬角在冒泡的沁藍杯緣上，一杯就是一個海灘，足以讓人原諒賭場提供的免費調酒有多淡。一杯剔透的碧海豔陽，是整間Suite Q裡最有戶外感的東西。哐哴！一整杯透藍被洗地毯機撞翻。酒水滲進地毯機進氣口的聲音只是噗嚕噗嚕，進機器裡頭的就不只這樣了，嘰嘎嘰嘎、突嘟突嘟都來了。賭場裡其他人的目光也來了。服務生跟荷官還好，訓練有素，頂多偷眼看，但梭哈賭桌、百家樂賭桌、骰盅賭桌的賭客，都是轉過半個身子來瞪。

疊半天高的籌碼塔，無人問津，打翻一杯酒倒是成為眾目所指。

她回到俄羅斯輪盤賭檯，延續上一把，一百二十七枚籌碼照例押大，但另放一枚，單押36，大中至大。開出28號，大。贏回兩百五十四枚籌碼，但為什麼輸掉的那一枚，比贏來的一百二十七枚還令人興奮？明明是輸，卻有種幹了什麼得意事的刺激，幾乎想要跟人講。

正待重新從一枚籌碼開局的時候，她才一笑，雙掌撐開，「唰！」往傑西精心砌成的整座籌碼矩陣上一壓，在賭檯綠絨絨的海面上，潰散出一片澄黃籌碼沙灘。唏哩嘩啦從綠絨絨海面逃脫的黃色籌碼墮地，傑西幫著撿起來要還給她。她又是一笑，說：「零頭給你吃紅。」一枚一百美金的零頭，一把抓不盡，唰啦唰啦。

她也不數算籌碼，逕用掌側手刀，在籌碼沙灘切出一顆蛋糕大小、三十公分見方的籌碼堆，往綠絨賭檯上白色的數字欄一推，說：

「36。」押輪盤上的單格36，不再押大。

開出13點，小。

傑西一方面慶幸不用數這一整片籌碼跟賠率，二方面驚訝於藍大衣瞬間改變策略，此前全無徵兆。人要改變行為模式非常困難，通常要靠失常才行。藍大衣很顯然沒有失常，她前一把就單押了36，只是這一把規模突然加劇，而且規律完全打破，從賺錢模式進入賭信仰極端模式。他看不穿，但既然打賞如此豐厚，就要想辦法讓藍大衣繼續這個模式。

花王左手手臂在綠絨檯面上一抹，把跟她手臂長相當的一整坨黃色籌碼推向傑西。

「36。」

她還是有規律，只是那個規律突然變成完全另一套。傑西趕緊轉動輪盤，延續這套規律。

花王第七次抹過一整堆黃籌碼孤擲一注之後，真的開出36。那可是一個吃角子老虎贏錢般的時刻啊，唰啦啦啦。傑西拜託隔壁荷官用推車載籌碼來的同時，自己還得整理並清算花王下的賭注，以便償付。同時還要對客人微笑，表達祝賀之意，靜待打賞降臨。數到一萬枚籌碼的時候，傑西依照規定，還得抬頭，向經理表示這裡有百萬美金的交易發生。

花王等傑西清桌面的時候，著正裝的經理挨近她肩旁，用她剛好能聽清楚，但別人聽不明白的聲音問她：「女士，嫌籌碼太麻煩的話，我們有更方便的貴賓室可以繼續玩。」不知為何，這個距離、這個聲音、甚至這段話，好像在歌舞伎町很容易聽見。他手指間夾一張白色名片，離她的手指只有半吋，可以在人群中無聲無息地接過。

名片只是單張白紙印就，但手感厚得像五百七十磅。整張純白名片上，凹版壓印Suite Q。無地址、無電話、無官方網站。

「怎麼想來邀我？」好想知道啊，她終於破關，能進貴賓室了。但是到底怎麼破的關？

「有能力的貴賓，一枚籌碼一百元，玩起來怎麼能盡興？。」經理邊說話，眼神飄往Suite Q

深處。

他發現她沒有理解他眼神所指的方向，手夾另一張白紙名片，低聲道：「貴賓室門卡。」

她夾住名片的指節馬上收緊。傑西收緊裝籌碼束口袋的同時，終於抬頭，對經理笑了一下，感謝他終結了自己今晚的忙活。笑容非常朗潤清秀，連不擅於觀察表情的花王都注意到了。

不過當下她心裡惦著的是：怎麼進貴賓室？

名片紙質之厚，讓人不得不懷疑裡頭塞了晶片。但沒有，真的沒有。她用金屬探測器四面八方、從頭到尾掃了四次，也用手指慢慢撚壓過名片每一分質地，它真的只是紙。Q的名片表面光緻，但不像上過塗料的雪銅紙，純是纖維特別細、特別長，所以紙面特別光潔。Q的字樣不是油墨或燙金，只是凸版壓印。但這紙材又不是蓬鬆的啤酒紙，容易把紙質壓實，就能製造出浮凸的字體。這張名片是在已經格外緻韌的紙質上，強行壓出Q的字樣。一方面紙質不是一般桑皮或三椏樹皮能單純達到的細緻度，二方面這個印法不是一般凸版印刷可以壓成，需要另造壓床來特製。

簡而言之，這張名片，雖然沒有任何油墨或防偽裝置，但光憑材料、製程、設計，就如同一張精美的鈔票一樣難以仿造。這世上最難仿製的對象就是質感。

還有個細節她不知道：印製Q的襯線字體，專為這張名片打造，這套字型沒有Q以外的任何字母。單就這張名片，從質感上給人的印象是：炫富。

Suite Q，Q stands for qualification.

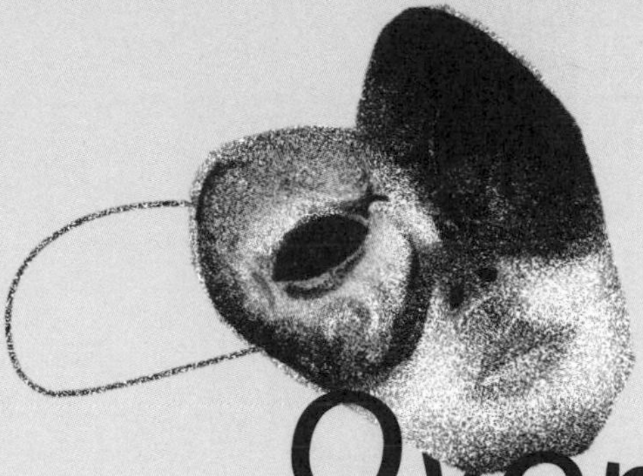

Overture

序曲

經理領她往賭場後方走，到一扇工作人員專用的門前，打了個電梯下樓的手勢，微笑回去工作崗位。這裡看起來完全是工作人員的工作走廊，兔女郎收回的酒杯餐盤隨手疊在推車，等廚房來收。算是絕佳的偽裝，跟Suite Q本身一樣。

花王正疑惑這台不是客梯而是貨梯，難道賭場貴賓都要搭貨梯出入？電梯橫移了。從她剛才偵查的賭場平面配置來看，自己在往賭場東面移動。電梯門打開，是停車場，只有賭場飯店住客能停車的室內空間。電梯旁的侍應索看門卡後，打開一旁門片一模一樣的電梯。是客梯，有扶手有鏡子。看樣子貴賓平時是直接搭客梯，只有菜雞需要搭一次貨梯。

「到櫃檯辦理住房，也請您帶這張名片。」侍應非常有禮貌。

客梯倒是老老實實往正下方走。打開門，迎面而來的銀色羅馬體大字寫著「Suite R」。她終於鬆了口氣，正式進入貴賓室。樓上用賭場最普通俗豔的金紅配色，Suite R整層藍絨鑲銀的冷調色系，沉穩更顯貴氣。而且這裡沒有絨幔分隔賭檯區域，明明面積跟樓上差不多，格局卻更顯開闊。

花王深吸一口地下賭場的空氣，心道：（台灣共和國，我來了！）

這心情持續了十分鐘，變成：（貴賓室什麼屁都沒有！）

Suite R明明人氣比樓上更旺，但人心裡只要有特定搜尋標的，一旦過盡千帆皆不是，整座港灣泊滿，也是一片空寂。才出電梯門，她就細細巡一輪賭檯，沒有任何賭局跟台灣政治有關，也沒有明確賭注跟中國政局有關。她之所以能一眼望穿，因為Suite R的賭法跟樓上完全不同。

一般賭場都把金錢兌成抽象的籌碼，以便拉開損失與賭客的心理距離；Suite R卻直接拿金錢背後更具體的價值出來下注。樓上百元美金的澄黃籌碼，跟這裡的雷射雕字壓克力牌匾比起來，簡直玩具貨幣。一張張碧絨賭檯上，賭注都有自己的名稱跟估價，繞場一周就能讀完檯面上的交易。從倫敦市中心的房地產，到玻利維亞最新釋出的採礦權、ORS對沖基金股權、沖繩高江聚落土地兩筆共〇・八七平方公里、馬爾他度假村二十年期經營權。光是資產能夠轉移的對象就很有限，贏得賭注的人到底能怎麼處理？

更要命的是每份賭注都好大。這裡的計價單位大約是百萬美金。最小的目前看到〇・三個單位，是筆農地；檯面上攤出來最大的，目前是七十個單位的一筆航空器採購單。剛嫌棄完整個貴賓室沒自己要的賭注，她緊接一陣心慌。在Suite Q，一枚一百美元的籌碼賭起來就非常大手筆，這在Suite R連零頭都填不滿。她去哪裡生個賭注來跟人家玩？

在樓上豪賭的時候，她還不知道自己憑什麼獲邀進貴賓室，一進Suite R她就明白了，答案全攤在桌上：賭得起大筆輸贏。

除了驚人的賭本，Suite R充滿玩不起的遊戲和不認識的人，以及她沒興趣的賭注。從何下手？她的終極賭本，正因為一個新的核子潛艦基地開發案而流失價值，她也沒有時間慢慢來，得快研究一下這裡的運作。

要說Suite R和樓上哪裡看起來最不一樣，就是兌幣房超大。把一般賭場的吃角子老虎機全圍起來，那個占地就是Suite R的兌幣房。兌幣房裡一枚籌碼都沒有，都是人，和許多、許多隔間，許多、許多螢幕。若不知道這裡是賭場兌幣房位置，完全會認為這是交易所。花王凝神聽：

「黃金收盤價進來了！」

「十八號，未上市礦產兩份估價！」

「最近未上市礦產的種類怎麼都是稀土？」

「不爽不要估價，我丟給三十六號。」

「哪有不爽？拿來！」

「沖繩郊區土地，給二十七號還是二十八？」

「私人還是公產？公家一律十三號。你新來的？」

「這個要算金融類新創還是科技類新創？」

「天使輪還是A輪？」

「哇靠！獨資。這怎麼算？」

「給一號。」

資產進了這間估價室，出來就有了自己的一份簡歷，和牌匾上的最終估價。這裡藏的賭注資訊，比檯面上拿出來賭的不知道多出多少。她想對賭的東西，這裡找不找得到？

「請給我們編號。」估價室給了個軟釘子。

「查什麼都一定要編號啊？」花王動用一點鼻音，試圖撒嬌得逞。

「您成案的話，估價不超過您案子的都可以檢閱。」

「我第一次來Suite R，要怎麼成案呢？」

「您給我們實質持有的證明就可以。珠寶、古董都可以代驗。估價完畢就完整奉還。」

Suite R提供賭客免費鑑定服務，非常划算。

「什麼東西都可以估價嗎？」

「目前不收活體。」這規範明確排除需要照顧的珍禽異獸、奇花異草，以及人質。

「所以海洛因磚可以？」花王調侃。

「只接受公斤為單位。」合法性在Suite R顯然不值錢。

聽起來，賭注的多樣性很高，而且無須合法。她想要的東西可能只是今天不在現場而已。

「我的東西是機密，不能給任何人知道。這你們要怎麼估價？」花王問。

「抱歉。這裡只收有效資產。資產流動性不是問題，但是必須是資產。」

資產？一個國家的主權算是資產嗎？她沒問下去，心知不是。沒有辦法直接估價的東西，看起來是不收。難道傳聞中的賭注不在貴賓室？

「您的機密如果價值很高，我們有高級貴賓室可以玩。」

「高級貴賓室在哪？」

估價室只給她一個禮貌的微笑：「我們會從Suite R邀請適合的貴賓一起玩。」

花王暗罵一聲幹，還以為闖過Suite Q就到底了。看起來Suite R這個貴賓室也不怎麼貴賓，就只是貴。翻閱賭注前，要先有相當於賭注的資產，是純然的資產階級秩序。

「怎樣才算適合的貴賓呢？」她挺起圓鼓鼓的胸脯，帶上一絲奶奶的鼻音問。

「興致高、玩不夠的貴賓，我們會主動提供進一步的服務。」估價員微笑回應。

這話多耳熟？在Suite Q，進一步的服務就是指這個貴賓室，但這個貴賓室也有個「進一步」。現場這些以百萬美元計，價格高昂的賭注，一旦跟她手上的朝鮮，和她尋尋覓覓的台灣相比，價值簡直拿盲腸比心臟：前者可割可棄，後者死生同命。就算在器官移植市場裡，這兩單也無法對價，難怪放不上同一張賭桌。（要賭大的，得先通過Suite Q考驗；要賭更大的，在Suite R玩到多大？）

花王心知賭局難免，但首先，她得有個什麼東西來被估價，才能拿到成案的壓克力牌匾，那是Suite R的籌碼。她還得去抽支菸。

賭場外牆的凹陷處，打火輪旁的小燈著如藍焰。鉑金色耳骨鉤裡的柔脆女聲說：「晶聯估價再高也過不去七百萬美金。」

「不是說潛力很高？」

「估價只能估現值，晶聯沒上市。」

七百萬，能翻閱的資料不多吧。花王想試另一條路，沒人會拒絕的路。

現金仍然是這裡非常受歡迎的賭注，跟在全世界一樣受歡迎。單把壓克力牌匾攤上賭桌展售的人，幾乎都是在等現金。他們可以拒絕任何估價較低的賭注，也可以婉拒估價更高的賭注，說自己處理不來。但沒有人會拒絕美元現金，這是全世界流動性最高的資產，而且一分債務風險都不含，美國不倒台的話。

現金不像其他賭注，沒什麼騰挪空間。一百萬美元的資產，就是等著跟一百萬美金對賭，連個折扣都沒有，證券商都不如。但眼前已經是目前檯面上最便宜的一把。花王等不起，時間不站在她這一邊，因為她手上的情報，正在擴張，一旦擴張出她的掌握範圍，這份情報就再不值錢。

她用手勢，對賭桌上等人來賭的莊家，估價五十萬美元阿根廷門多薩省十年期公債，打出四隻手指。對方搖搖頭。花王扭頭就走。對方有點急了，伸手去扳她肩頭：「四十五，公債用美金計價。」

理性算起來，有賺頭的生意可以做。畢竟開價九折，去掉賭場佣金1%，一旦贏也是賺很大。雖然阿根廷政府是一個隨時準備倒債的政府，國債絕不可信，但門多薩是南美洲最知名的紅酒產區，能賺外匯，值這價吧？

一般百家樂表面上是賭莊家和閑家，事實上只是在賭桌上的不同格子下注，賭客都是跟賭場對賭。Suite R的莊家是真的莊家，莊家就押他那塊門多薩公債。賭場荷官只老老實實依規矩發牌，無論誰贏，賭場都抽成。花王當閑家，直接疊上四十五萬美元。

閑家先開：J、6。

莊家再開：3、4。

百家樂是這樣：所有牌加在一起的點數，只取個位數計算。莊家、閑家各有補牌的規定。莊家七點不能再補；她當然選擇補牌，閑家六點對莊家七點，不補就是個輸，補了就有機會。

3！居然補滿到九點。什麼好狗運？莫名其妙入手一塊阿根廷公債，猝不及防。

上繳1%佣金後，花王拿這塊匾去兌幣室討五十萬以內的賭注檔案。不多。

曼菲斯股票五十張、錫蘭會計事務所合夥人提名權、中國義烏工廠、馬諦斯肖像習作原稿、巴基斯坦瓜達爾港起重裝置供貨拍賣權……讓人看花眼，也讓花王覺得再往上加碼，就會出現天國的七十二個處女這種賭注。勉強記下，當作對整個Suite R既有賭注的輪廓。那輪廓之大，真為難這間估價室。這還只是五十萬美元以內的賭注。她想找的東西，說價值連城都嚴重低估，現在絕不能縮，得往下賭。

花王拿那塊新到手的阿根廷公債牌匾，走回百家樂賭檯區。認真在同一桌看人賭了三輪，至少十三張牌打出，才把自己的賭注落在莊家的位置，待人拿現金來對賭。她打出四十五的手勢，顯然是低於帳面百分之十的數字，對誰來說都有入手的動機。低價買進是投資界顛撲不破的真理，很快迎來一捧現金願意當閑家。

閑家：7、Q。

莊家：4、2。

她選擇補牌。不補就是等著輸。

3！又讓她補到九點，拿下四十五萬美金。這也不是白來的。前三輪共五局，這一桌的牌出過三張K、兩張J、一張10、一張9、一張8、一張5、一張4、一張2、兩張A，已經出過的牌，出現機率自然會降低。她補牌拿到Q、6、3、A的機率高於其他數字。

現金總是最好對賭，她對一塊估價一百萬的泰國中部農地下手。這種流動性不高的資產，她相信對方既然在等現金，就會願意打折。八五，她打出手勢。對方只遲疑了一秒就點頭。下手前她已經看了那副牌七輪，再不下手荷官就要洗牌了。

不知道為什麼今天那麼幸運，這塊土地就這樣入手。拿一塊一百萬壓克力牌匾，就可以去翻看一百萬元以內的賭注。百萬等級似乎和五十萬沒有重大差別：阪麗股票兩百五十張、白獾製粉全球經銷權、萊登大學秋石斛蘭育種技術、碳排放一千萬噸、一戰前丹麥王室御用餐瓷全套、柴達木硼礦開採權……族繁不及備載，也都是在市場上脫手很耗時的資產。她開始了解為什麼這些五花八門的資產會出現在這些檔案裡了：一場賭局的交易風險極大，但交易時間極快。那些上賭檯等現金的資產，都是持有人現金流斷鏈，留那些需要額外投資和時間才能變現的資產也沒用，才會拚著輸掉也要來變現。畢竟這裡的賭局實在迅速便利，佣金也只抽百分之一。跟真實世界的交易費用相比，簡直是避稅天堂。更不用說Suite R居然還提供有公信力的估價服務，這不是投資人天堂是什麼？頂級服務，不過如此。

贏牌、翻閱檔案、折價變現、用更高額的現金賭更高額的賭注，再重複這段流程。花王今天賭運亨通、一路暢行。趁著運勢正好，看緊這桌前十局的牌，花王把三千兩百萬拿出來賭一塊波蘭馬拉舍維奇火車站的換軌業務承包。直到輸掉，她還不知道那份業務究竟為什麼值這個價格。心裡只落得一響「噹！」重物墜地的聲音。

她以近乎以物易物的邏輯，用本金換來的三千兩百萬美金賭注，連波蘭馬拉舍維奇到底在哪裡都還沒來得及研究，就落入一個拿四千萬賭注跟她對賭的灰鬍子手裡。灰鬍子一賭完就去兌幣房繳佣金了，完全不給她機會翻本。

今日好運用完了，算上輸掉一開始拿出來的四十五萬，七輪佣金抽下來。今天一整天也花了近百萬美金，真是豪奢。一般人一輩子都賺不到的金額，她光是佣金就被抽得比本金還多。看來得出去抽根菸。

銜一片辣椒黑巧克力在嘴上，她一轉打火輪，點亮藍色小燈，向鉑金色耳鉤的另一頭討點現金支援。

「富貴，我錢輸光了。」

「還要多少？」柔脆女聲沒有驚訝、沒有責備、沒有質問。

「我還有多少時間？」花王沒正面回應。

「不確定。日本海打撈流船意外發現輻射反應，後來監測沒有新進度。」

「確定是核子潛艦基地？」

「從補給時間推算，中間一定有新的補給點。只知道應該在羅津灣和清津之間。」

「怎麼知道是基地，不是其他船？不是才要蓋嗎？怎麼就能補給了？」

「不然為什麼要從新浦遠迢迢陸運燃料棒過去？」

「好吧，先來個三百。如果有一千的話，一千。」

「能撐多久？」

「知道了再跟妳說。」

因為手裡最後的賭注隨時可能落價，趕在崩盤前拿來賭一把大的，她心急了。在賭場裡心急總是要輸，沒人例外。

有人走向她的抽菸位置。她馬上噔一聲，闔起打火機銅蓋。身後走上來的人穿荷官制服披外套。抽菸這種社交行為就是這點好：只要點著菸，不論你是老闆還是員工、賭客還是荷官，這一刻都只是個出來放風的傢伙。人人平等。

幸好這位荷官抽的不是菸草，是大麻。草味挺新鮮、不怎麼臭。她其實很不喜歡菸草味。

花王沒有真傢伙拿來吞雲吐霧，只側眼看了一下是哪位。那是在Suite Q見過的荷官傑西，把籌碼疊得無比稱手那位。只不過她下一秒就把人家精心的好意砸了。

「每一局都有一條魚，如果你玩了四十五分鐘還不知道誰是那條魚，就是你。」他對空氣、對沙漠、對地平線上橘粉漸層的落日霞光說。

花王發現在Suite Q大方打賞荷官是目前最划算的投資。

不當笨蛋太多年，忘記被耍是什麼感覺。自己是笨蛋的事實，芥末一樣衝上腦門，提神醒腦，正是她此刻需要的清醒感：一路把流動性超差的資產變現，讓自己成為一籃子現金，人家不吃你吃誰？自己剖腹清腸，還把魚鱗刮乾淨躺砧板上，請貓來叼。遠在朝鮮半島東側的羅津灣和清津生變，正在威脅她的賭本價值。但是輕率出手，本來不是自己的作風，今天幹嘛這麼猴急？

順風順水，必定有鬼。

- SUITE R -

今日漫長，她在Suite Q已經絞盡腦汁找出各種策略，進了Suite R，又為了能贏得更高的賭注，一直在算牌等機會下手。放任自己沉浸在「一天內受邀進入貴賓室」的超高工作效率裡趕進度，累的時候判斷力一定下降，而且定焦單一目標也會降低環境觀察力。低估賭博本身的效應跟賭場環境設計，是她的錯。一百萬美金的學費繳出去，她有必須要學會的事。

首先是睡飽。運動選手本來就重視睡眠，這是她跟其他同行生活規律的主要區別。她一路交通耗時，一進賭場就上工，甚至一天之內破關，連續上工，早該下班。幸好Suite Q的名片在櫃檯能無預約獲得飯店房間，上樓即上床。

睡到自然醒。上工前，床上有件重要的事得決定：今天穿什麼？床上攤開兩套：一是軛領削肩的合身黑洋裝，再踏上紅底細高跟的經典款晚宴鞋；一是在麻灰色家居服外披罩衫，不穿襪子只套內襯舒柔的室內便鞋。服裝永遠是第一張名片，寫滿你是誰。

Suite R舉目所見，賭桌上的人以居家服為多，在周圍觀賭、簇擁、聊天的，正裝為多。看熱鬧的人又比坐檯前賭的人多。她前一天在寶藍色長大衣裡，穿一條藏青哈倫長褲，合身白色圓領棉衫，外披一件駝色半長袖罩衫，搭腳下的駝色低跟麂皮踝靴。不貼身、不鬆垮，不過分正式、不一派休閒，這裝扮放在任何場合都過得去，是很一般的外出服。但Suite R裡頭，只有兩種穿著：正裝和居家服。她的穿著顯示：她不是來賭的，也不是來找人聊天的，她是菜鳥、路過、局外人，活該被宰成生魚片，還自備醬油。

她昨天犯的錯，一抓就是一把。其中最要命的還不是被兌幣房跟賭注的宏大規模嚇到，或被朝鮮新進度的時間壓力逼緊，而是自己不敢什麼事都沒做的內在迫切感。花王滑進軛領削肩黑身黑洋裝，踩上紅底細跟晚宴鞋，只要不拎個包，就連錢都沒地方放。手上沒錢有好處：進賭場保證不虧。

再走進Suite R，她兜裡沒錢，卻像條來巡狩領海的鯨魚。站在場心環視，她一一數算：沒有簾幕、沒有籌碼、沒有俄羅斯輪盤、甚至沒有固定賠率……這裡沒有靠賭技就能攻克的關卡。因為賭場不做莊，荷官真的都只是荷官，不作莊。賭檯上，莊家、閑家，只能是賭客。如果說Suite Q的特別之處是沒有機器和人類之間的博弈，那麼Suite R的特別之處就是只有賭客之間在對賭，賭場純抽佣金、不做莊。另外，場內禁菸，可能是全賭城唯一無菸味的場子。不容賭客過分放縱，是非常罕見的設定。從「沒有」開始觀察，似乎找出一點端倪，還得好好看看這裡有什麼。

今夜良夜、今宵良宵，Suite R人氣很旺。百家樂賭檯上，押注等現金的人最多。七十五萬、一百八十萬、兩百三十萬、四百萬、五百六十七萬、八百四十萬、一千萬、一千零八十萬，上千萬的賭注在百家樂場子裡不多見，檯面上很多還是昨天花王在兌幣房翻閱過的。像巴基斯坦瓜達爾港起重裝置供貨拍賣權，這種非常特定使用範圍的資產，都拋售不易，來Suite R變現大概比什麼管道都快。更重要的是，部分資產一定有期限壓力，就跟她的祕密賭本一樣，拖久，價值就沒了，才會來這裡找人拚輸贏。她昨天涉足的，幾乎都是流動性低的類型，自己哪來的勇氣只看估價就入手？

她故作閒暇，手捧一杯蘋果馬丁尼。昨天曾經一度溜過她手的「萊登大學秋石斛蘭育種技術—0.7M」在賭檯上做莊，花王想看別人拿這塊賭注會跟自己的賭法哪裡不一樣。昨天把她贏光的中年女賭客今天穿深紫色絲袍，捧七十萬現金，直接對賭。

現金：K、4

秋石斛蘭：10、6

現金補牌：3

秋石斛蘭決定補牌：8

秋石斛蘭爆了，整塊壓克力牌匾被現金捧走。

這位亞洲面孔的紫衫大姐坐定一桌，竟待著不走。大姐拿出兩百萬面額，像個待售資產一樣，等人來對賭。通常都是流動性低的資產在等待現金，反過來，一整摞的現金若要找待變現資產的時候，唯一限制她的，只有估價。花王相信此人絕對翻閱過所有兩百萬以下的賭資，說不定正在等待某個標的。大姐紫衫下的銘黃色寬褲內，兩腿自由敞開，毫不拘謹。深紫和銘黃的高彩度對比，非常搶眼。（她打算引人注目？）花王下了個預判，接下來要驗證這預判準不準。

大麥期貨向紫衫大姐走來，她搖搖頭。帛琉渡輪航權把牌匾往桌上一放，她抽起五十萬，對方搖搖頭。網漫動畫侵權公關費揚起價格對她展示，她搖搖頭。竹島大佛工程案點頭示意，她搖搖頭。泉州灣貨港碼頭租期兩年經過，她抬起右手，請對方展示估價。估價：3.5M。

一・五倍溢價，花王發現自己昨天賭得像商店街促銷的工讀生一樣客氣。她心裡做筆記：（Suite R的賭局甚至沒有賠率可供計算，因為一旦成局，賭注本身就是賠率。檯面上純比輸贏。）紫衫大姐的態度就像是對方一定會同意這對價一樣，右手下放，請君入坐。泉州灣貨港碼頭也真的坐下來，玩一盤百家樂。

現金：A、8。尾數九，是天生贏家！

泉州灣：2、7

泉州灣牌已經夠好了，不料紫衫大姐的手氣更旺。百家樂個位數相同的時候就要比牌面大小，8還是勝7。泉州灣悻悻離席。

紫衫大姐沒有要下桌的意思，繼續坐定，作莊加碼，拿出三百六十萬，等人來戰。正宗莊家氣勢，把這裡當自己主場在坐鎮。花王看著氣定神閒的紫衫大姐，才懂自己昨天對賭注毫無篩選能力的樣子多麼可欺。

紫衫大姐坐定邀賭的樣子，不像個賭客，像個莊家。她任憑長過膝的深紫色絲光罩衫開襟垂地，裡頭軟綢的銘黃色長褲貼墜在自然張開的膝蓋上，腳尖也朝外，看似不加防備，推測是沒有值得她防備的人。她很自在。

帛琉渡輪航權舉牌匾表示迎戰，紫衫大姐立馬抽走一半，剩一百八十萬。帛琉搖搖頭，走了還嘴裡叨念。新來一個烏拉圭養老院建案向她走來，大姐搖搖頭。一艘標價四百萬的破冰船含北極海航權向她走來，大姐擺擺手。要不是連連放棄帛琉和北極海，花王幾乎要以為此人是航運大亨。吉爾吉斯的肯蘇鎢礦開採權走了過來，她眼睛盯著人家估價：三百三十三萬，點了點頭，她居然願意溢價對賭。

鎢礦坐定，紫衫大姐作勢抽走十萬，鎢礦動作凝了一下，壓克力牌匾還沒壓實綠絨賭桌。紫衫大姐把那份十萬拿在左手，右手做個「請」的手勢。鎢礦還是押了注，起手無回。現金大姐這麼溫和的討價還價，相較之前對待帛琉，實在大小眼。花王暗自小結：（Suite R的賭局，上桌前就開始，賭檯只負責公布結局。）

花王弄不明白，萊登大學秋石斛蘭育種技術、泉州灣貨港碼頭租期兩年、吉爾吉斯的肯蘇鎢礦開採權，這三筆類型和分布地區完全不相干的資產，這位現金多多的大姐要怎麼處置。換作她自己，除了換成現金，沒有更多的想法。本來她以為現金大姐在利用別人的資產劣勢，取得低價對賭的優勢，走當鋪策略。但從吉爾吉斯鎢礦看來，不是這套理路。

只有花王在對賭注多樣性煩惱，紫衫大姐的大採購還沒結束。她剛贏得鎢礦，馬上在下一輪輸掉五百萬，但她一張壓克力牌匾都沒有拿出來再賭，只掏現金，還非常有序地掏，從低到高。花王幾乎可以看出來，她有明確標的，每次都拿那個標的的相應現金出來待價而沽。她在洗資產，但不是洗自己的，是洗場子裡的，紫衫大姐顯然是場子裡的買方，而且針對性很強。

花王首先想到的可能性是壟斷市場。但以紫衫大姐目前的手牌產業跟位置來看，她想壟斷的市場也太多、太大。大姐手上的壓克力牌，幾乎可以湊成一副手牌去打撲克了。如果知道資產牌的有效組合方式，可以組出一手好牌。但她在組什麼牌？

紫衫大姐收集到六張手牌之後，又拿出兩千萬來對賭花王昨天輸到精光那塊牌匾：波蘭馬拉舍維奇火車站換軌業務承包。花王直到輸掉，都沒翻過那項資產的資訊。賭注上限是很硬的門檻，紫衫大姐正示範一套不缺錢的玩法，她今天贏來的手牌總價，只比輸掉的現金多兩百萬左右。這還是手氣非常不錯的幾局。

紫衫大姐掏出來的賭注已經有好幾個是花王昨天贏過的，不無可能就是把她當魚來撈的人。大姐手上還有另一張昨天流經花王手上的資產：泰國南部農地。而大姐剛入手的波蘭車站換軌業務，也是一份跟任何其他賭注都看似無關的資產。唯一比較明確的是：很多份賭注都和交通運輸相關。勉強來說，地理位置都在歐亞大陸，真的很勉強，因為不在歐亞大陸上的人類資產不到全球的一半。

紫衫大姐跟她一樣在百家樂泡一整天找人對賭，但策略和結果跟自己完全不同。她錢不多；大姐錢多。她對賭注非常陌生；大姐對賭注如數家珍。她只想辦法提升單項賭注估價，不在意賭注內容；大姐對賭注應該有明確的針對性和篩選，也選擇招搖過市的衣著和態度，守株待兔。最重要的是，大姐絕對不是那條魚。

紫衫大姐似乎很滿意今天的勞動成果。下賭桌吃飯，攤開一整把牌，看著成果，自我宣慰。花王走近，發現有另外一張不是今天上桌贏來的牌匾：巴基斯坦瓜達爾港起重裝置供貨拍賣權。（該不會真的是航運大亨？）花王決定先從紫衫大姐滿手的收藏品裡找找共通性。她相信，再怎麼隨機的決策，都跳不脫一個人思維框架的限制。找出一個熟手的玩法，對條魚要　網至少有幫助。遇見這位大姐之前，花王一心想解答的問題是：從Suite Q進Suite R的條件，一定是賭的金額夠大。但是從Suite R去超級貴賓室，到底要滿足什麼條件才叫玩得好？就連這位玩得風生水起的多金大姐，不也都還待在Suite R嗎？

花王反向推論：在Suite Q顯然要輸得夠多，賭場有賺頭，才算是好客人。像紫衫大姐在Suite R這種頻繁的賭法，每局都繳1%的佣金，難道不算優質賭客？多撈幾條魚，魚就是好賭客，開賭場比搶銀行還賺。

因為銀行裡的錢也沒這裡多。那座占地超大的估價室，還有Suite R這層貴賓賭場，本身就是一座巨型的兌幣房，把世間的財富切換成可賭的規格，上桌拚輸贏。這裡的一切，都考較人對巨量資訊的處理速度和判斷能力。看一整天賭局，資訊超量到連處理都還來不及。她到現在還不知道「馬拉舍維奇火車站」在波蘭國土的哪裡，昨天哪來的勇氣光看估價金額就跳進來賭？

發現自己是笨蛋真的很痛苦，尤其是前一天剛進Suite R，憑一己之力往「輸得多」這麼違反常識的表現靠攏，受邀進貴賓室，還在心底慶祝勝利；下個樓來，她連個賭注都看不懂。她以前最看不慣有人在結案的時候指出有甚麼東西「水很深」，那都是工作沒做完就蓋牌。但這裡水深不知底，她終於學會要怕。敬畏它，就去搞懂它。

Suite R的銀色羅馬字體在深藍色的牆面上，很襯滿室的貴氣藍絨椅面。那些看似舒柔安逸的設施，都是賭場手段的一環：用環境包裝讓人以為這裡很正常，以便你輕忽時間與秩序的異常。站在Suite R場心，這裡藍得像海底的大陸棚，金梭魚、海月水母、龍鰟、鬼手海葵、魟魚，千形萬狀的海中生物游獵其中。花王手裡的賭本，除了密不可宣的情報稱得上是一條抹香鯨，只憑手邊的現金和自己的新創公司，大概算一小尾鯡魚。憑她的體量，連一盒罐頭都塞不滿，得要七、八條才夠。

一條小指大的丁香魚，從場邊游入，那是標價0.17M的一幅畫。花王不知道丁香魚為何而來，但她最不濟也是條鯡魚，吞丁香魚還有餘裕。（要不先咬餌？讓人以為她還沒發現自己是條小魚？）

餌來，上鉤。誰吃誰還不知道。總之就算輸了這局，十七萬美金比起一百萬或一千萬，錢小。上檯，開賭，定局。十七萬沒丟，倒還摸了一塊牌匾回來。她心裡也無風雨也無晴，十七萬讀不到什麼賭注資料，她只想顯出自己還沒發現被當條魚。不料這塞不了牙縫的丁香魚還有後話：

「有興趣？」說話同時，露出「舊金山聯合廣場公共藝術—3.3M」的壓克力牌匾。賭注就是Suite R的名片。她從人人身上攜帶的牌匾已經學到：穿正裝來社交的，多半有求於人，手邊的資產也比較不起眼。

「這不早點掏出來，拿十七萬的小牙籤幹嘛？」

「這麼大的作品非常難賣。除了博物館收藏，沒什麼機會。來這裡建檔，給畫廊曝光。」

畫廊的說法給了她一個全新的視角：來這裡曝光。她筆記：（利用賭場設定值）

沒人能逼你賭。只要不輸掉，就能一直在　幣房裡的存檔中被翻閱，翻閱者還全都買得起！何其精準的廣告目標投放？本來賭這一注，她的首要目標是掩飾發現自己是條魚的事實，次要目標是拿一筆不必持有的資產當錢母，進可攻、退可守。她昨天一整天只專注於找自己要的那一份賭注，目光如夜行車燈，只管眼前，看不清全局。一座賭場，除了拿來賭錢，還有很多用途。Suite R的探勘進度，終於出現一些足以連成線的點。

晃到兌幣房前，調閱這幅畫的資訊，賺到一次聽人吵架。

「不是，我上週二就送進兌幣房了，週三輸掉轉給那小子，為什麼交易和增值稅是算今天股價？」兌幣房門口，西裝大叔大聲嚷嚷。

「贏家決定今天才兌現賭注，東京交易所的售出時間由購入者決定。」兌幣房的職員應對得不卑不亢。

「就是阪麗要開股東會，股價一定會漲，我才週三賭嘛！拿出來的時候我就沒有資本利得了！後來漲價干我屁事？中間都在你們這裡，資本利差是你們要繳吧！」原來大叔是在爭這個。

「Suite R保管期間，只取得您股票的出售權，所有權不在我們手上。」

「那就那小子付自己買股票的資本利得稅啊！」大叔已經氣到叫買方付資本利得稅。

「東京交易所只為我們保留交易權限，所有權不在他們業務範圍內。」

「中間的時間是怎樣？薛丁格的所有權嗎？」

兌幣房職員輕輕點點頭，不作聲。

薛丁格的所有權固然玄妙，但更玄妙的是：東京交易所會為Suite R保留交易權限。聽起來是為了保障：Suite R的兌幣房，絕對保證在賭客要兌現的時刻，能把贏得的資產交到贏家手上。這些可不是什麼容易轉移的資產，阪麗股票這種流動性超高的資產根本不應該來這裡。這大叔連一點稅金都要跟人吵，大概除了股票，剩下的資產不多。

玄之又玄的是：Suite R憑什麼讓東京交易所為它做這種事？而且以場上賭注看來，合作單位當然不只有東京交易所。這裡的賭博行為一定會影響股價，也牽涉稅金。那些土地、文物、專利、所有權，沒一個轉手起來容易。Suite R卻能讓贏家想兌現的時候就兌現，這遠不是錢能解決的問題。從Suite Q下到Suite R只靠錢就能解決，Suite R去高級貴賓室要靠什麼？

占地一半的兌幣房，說什麼都不會是可有可無的機制。雖然上億的資產是沒機會翻到，但是一千萬以內的賭注，真要仔細讀起來，一天都不夠。她手上就一塊賭注：美金十七萬的印尼畫家巨幅畫作。既然是到手的物件，翻翻估價資料，知己知彼。再去望沙漠抽菸時，柔脆女聲讀出這間藝品經紀的拍賣紀錄：

「開業十一年，後七年才開始投入拍賣。拍賣作品：兩百七十九件。成交作品：一百七十三件。拍賣紀錄如附件……」富貴工作效率很高，在花王吃完第二片辣椒黑巧克力之前就把整份資料傳進沙漠。

這間藝品經紀的成交率奇高。更出奇的是，收藏他們一百七十三件代理作品的單位，總共只有七家，其中只有一家是個人。這間藝品經紀公司的七大買主裡，一位是香港拍賣的常客，兩個是中國地區性拍賣的半公家單位會員，一個是中國國營企業底下的基金會。至於那位個人，已知是加拿大國籍的亞裔人士，在溫哥華。一切都充滿濃濃的中國因素，同時還享有超高成交率。再看底價/成交價的比例，藝廊的獲利率恐怕比科技公司還高。拍賣紀錄是藝術品的戶口名簿，它顯示這項資產在哪些市場上具有能見度。如果明明可以順利放到拍賣會上成交，為什麼不選合法又安全的交易，要來賭場拚輸贏？

她花了一整晚讀所有作品交易資料，得出一個結論：因為畫家Ina Tjoe是華裔穆斯林，她還是反政府組織的意見領袖。而這身分是在公司購入這幅畫之後，才白熱化。花王把這位畫家的資料翻找一遍，發現絕大多數的熱議焦點，都發生在兩年八個月之前，印尼班達楠梆市長收賄，賤價把國土使用權外包給境外資本後。媒體引用這位畫家評價市長的一句話做報導標題：「把蘇門答臘和爪哇的臍帶，上繳到中國的剪子下。」

班達楠梆是在印尼的蘇門答臘島和爪哇島之間，扼巽他海峽的城市。而巽他海峽，是麻六甲海峽以南，聯繫太平洋和印度洋的要道。如果依照中國的一帶一路計畫，把泰國細長的克拉地峽鑿穿成運河，就會是麻六甲海峽以北，聯繫太平洋和印度洋的要道。

巽他海峽跟克拉地峽在地圖上，一北一南，夾著麻六甲海峽。但麻六甲海峽是天然海道，周圍基礎建設也很成熟。這兩個海峽要跟它競爭，需要額外很多、很大的投資，或者利益。任何替代方案實在都太貴，除非有經濟以外的動機。這動機只有中國有。因為扼麻六甲海峽的新加坡，算是美軍的勢力範圍，但中國跟中東產油國進口的石油也都走這條水路。截斷中國的能源供給，不會即刻致命，但損傷很大。

中國是世界上，藝術品拍賣炒得最高昂的市場，畢竟人民幣出入境不易，價格彈性的藝術拍賣，讓每一件藝術品都成為裝滿外匯的麻布口袋，可以在自由港的無關稅貨艙裡，為中國富豪靜靜累積自己的境外資產。一旦進入中國拍賣市場，又成為兌現和融資的絕佳擔保。所以印尼畫家的巨幅畫作才會出現在Suite R。它從華裔藝術家這個香餑餑，淪為批評中國政府的異議者這顆燙手山芋，時間剛好在公司入手之後，是一筆失敗投資。絕對進不了全球最大藝術品拍賣市場，不如拿出來一賭，機會成本最小。

花王眼前的地圖還攤著。紫衫大姐手上的泰國南部農地，根據從兌幣房昨天抄下的經緯度，也在地圖上。那絕對不是什麼上好農地，是塊崎嶇不平的山地。如果不是能產橡膠，到底憑什麼值那個價？

把地圖拉遠、再拉遠、繼續拉遠，直到看見整個泰國。那塊農地，靠近克拉布里河下游。克拉布里河身沒什麼航運價值，對灌溉倒是頗有貢獻。比較特別的是，它是泰國跟緬甸的界河。緬甸的態度親中，但泰國是美國在中南半島的堅實盟友。

花王停頓一下，閉上眼皮調整目光：明明地圖不管怎麼看，最明顯的都不應該是國界線，而是陸地和海洋之間的分隔。中南半島本就是太平洋跟印度洋的分界。

泰國又稱白象王國，整個國家的形狀也像頭白象。那塊農地的位置，在象鼻子最窄的一環，也是整個中南半島最窄的一處。克拉布里河的旁邊，就是克拉地峽。克拉地峽的東邊是太平洋，西邊是印度洋。地球的另一端的巴拿馬地峽，西邊是太平洋、東邊是大西洋，鑿穿巴拿馬運河，就省下一整個南美洲的輪船繞行。巴拿馬一成的GDP靠這條運河。紫衫大姐手上的泰國農地，是塊有交通樞紐潛力的農地。

（馬拉舍維奇火車站也是邊境車站！）花王昨天做的初步研究衝進腦門。（還有港口，港口都是邊境）好像串起了點什麼。

把地圖攤開來，也許就能逐步破譯這位航運大亨的計畫。畢竟表面上是農地的資產，骨子裡顯然是跨洋海運的運河選址，其他資產能不能用同一套計畫來揭開？馬拉舍維奇邊境火車站，落在波蘭和白俄羅斯的交界。火車之所以需要換軌，是因為俄制鐵軌比標準軌寬。說穿了，人家怕你打仗直接送整列車的軍隊到自己國土，所以軌寬絕對不要跟你相同。波蘭雖然也是前共產國家，但波蘭和白俄羅斯的國界，現在是歐盟與俄羅斯勢力範圍的邊界。掌握了換軌業務，就掐住共產勢力與西方邊境的貨運流速。Bingo！

萊登大學秋石斛蘭育種技術、泉州灣貨港碼頭租期兩年、吉爾吉斯的肯蘇鎢礦開採權、巴基斯坦瓜達爾港起重裝置供貨拍賣權、泰國農地，某個價位一千萬以上的資產，以及曾從她手上贏走三千兩百萬的，波蘭馬拉舍維奇火車站換軌業務承包。紫衫大姐手上這把牌，幾乎都落在國境交通要道。秋石斛蘭說不定是紫衫大姐的個人興趣，先不管。

吉爾吉斯的鎢礦呢？這跟航運大亨的全球布局有什麼關係？把地圖往深裡探，肯蘇是很接近國界線的礦地，離哈薩克斯坦不到十公里，離中國，也只有一百公里左右。又是一個逼近國界線的據點，藏在礦業裡的交通據點。但這些據點之間，有什麼關聯？為什麼陸運和海運要津一併收集？通常會全球規畫路線的只有空運，但紫衫大姐的手牌組合顯然不是空運要道。

出來賭，不見得是為了贏、不見得是為了入局，可能只是為了別的。她自己也是為了別的。自己是為了進入高級貴賓室去賭一局大的，紫衫大姐是為了什麼別的？還有什麼可以從中汲取？

「巴基斯坦瓜達爾港起重裝置供貨拍賣權」是份估價狀況很模糊的賭注。拍賣權這種資產估價類型，跟某會計事務所合夥人提名權一樣，屬於檯面下的協議，沒有任何合約保障，格外適合拿到Suite R來賭，因為估價書最後一頁會打上：「Suite R將保證賭注轉移。」每一份通過兌幣房估價的賭注明細上，都有這一行字。這是Suite R最大的價值：對這種沒有法規強制力能保障的權益，提供強制執行力。這樣一來，只要被列入Suite R清單，並且通過賭局轉移持有對象，就會提升這份資產的價值。

花王把已知的紫衫大姐手牌一一釘上地圖。一旦以中國為核心，大姐幾乎每張手牌的關聯，加上印尼畫家Ina Tjoe發聲砲轟的巽他海峽，能畫出一幅很完整的輿圖：一帶一路。這裡幾乎每一筆交通樞紐，都是亞洲基礎設施投資銀行的投資標的。大姐的計畫不小，呵。

花王一掐手心：這兩把賭注同時出現在Suite R，也許不是巧合。她不禁打了個顫。「富貴，找所有亞投行今年內的資料給我，我晚上讀。」花王連話都不讓富貴回，留完言就關打火機。她有事要回賭場辦。

進高級貴賓室一定有個標準，就像進來Suite R顯然就是要能賭得大一樣，她一進Suite R就看出這個標準。可惜就是進不去高級貴賓室，沒辦法從那裡回推怎麼在這裡受邀。一旦搞懂遊戲規則，贏起來就快；可是遊戲規則就是搞懂遊戲規則的話，她真正該玩的那一局，不是在Suite R搏輸贏，是想辦法快點進入高級貴賓室。但無論規則是什麼，兌幣房都不能小覷，也許兌幣房才是Suite R的精華。

雖然也可以用剛贏來的十七萬巨畫當成錢母，但那不是一張好名片。即使富貴那邊可以提供現金，但沒有任何名片，在Suite R寸步難行。打開兌幣房查閱權限，最快的方式是自己掏一份賭注來做牌匾，反正也沒人能逼著誰賭。不做第一床伴的時間很多，她花了一半在做技術，還業外創業。壓克力雷射雕刻的「晶聯物聯網— 6.5M」是張中小型的手牌，也是花王的全部身家。拿到自己真正的名片，她第一次嫌牌匾的手感過分輕盈。

就算是Suite R這麼大一個池子，裡頭能裝的賭注，也不過是在當下這個時間切片上，交易不如一賭的資產。那些新聞裡和產業報上看不見的內線交易，來這裡巡一輪，恐怕效果好過在外頭撒網埋線民。Suite R裡的賭注看起來再怎麼無關，都和賭場外的世界絲縷相連。她得下海，但不能再當魚。

不管在別人眼裡她是金魚還是鯨魚，今天至少不像第一次那麼胡看亂看，摸不著頭緒。前幾天都在兌幣房翻找魚餌，今天照計畫是觀魚咬餌的日子：什麼魚，會咬什麼餌？她今天穿得既不張揚也不寒酸，長及腳踝的靛藍色針織連身裙，罩一件密織米色菊紋的淡褐色絲棉長褸，腳下的室內便鞋充分說明她就住賭場樓上，但沒有穿居家睡衣下樓賭博。單憑這一身，又難掂出她身家有多厚。雖然穿得像是來賭，今天也是觀察日，不准輕易下手。

近看，與其說是賭場，Suite R更像個市場。無論是假賭博、真資產轉移，還是把賭本資料庫當成廣告黃頁，以及明面上的討價還價、眼尖腦利的瞬間估價，根本是富豪菜市場。當然，看客多於賭客這點也非常接近。

拉遠看，Suite R就是個社交公園，設計成讓賭客之間相遇相處機會最高的動線。兌幣房不計，賭檯區也只占三分之一，也就是說用來賺佣金、有坪效的營業面積，排得不滿。所有賭檯之間的距離，讓人有充分的空間可以群聚聊天，不只是圍賭檯一圈觀戰的設定。占地另外三分之一的餐飲區，完全沒有獨立餐廳和小包廂，是一整片開放式座位區和精緻的自助餐。桌距非常恰當地在低聲談話不容易被隔壁桌聽見的距離，但完全容許閒雜人等在每一桌之間走動相遇。說不定連賭局都只是社交的一環，是賭客們相遇交流的途徑？

進Suite R第一天把這裡當普通賭場，又想用高效率賭博來贏得高級貴賓室入場券的自己，在別人眼裡有多傻多天真啊？Suite Q用金額總量判斷貴賓身分，難道Suite R就會用同一個指標嗎？雖然Suite R賭的還是真金白銀，但是如何成局的決定好像比賭注、甚至賭局輸贏更耐人尋味。她又時間有限，不能窩在這裡看一輩子，得採取行動。她需要繼續演條魚。

十七萬這種估價，真的有點難找到對賭標的，畢竟這裡以百萬為計價單位。她在場邊只對人說：「華裔畫家，還沒在拍賣會上訂過底價。」同時有意無意亮出自己的真實名片，就找到「京通線上後台全資料—0.32M」願意一試。她只要贏得有中國市場地下需求的賭客信任就行，這不難。畢竟十七萬這種小賭注，很少人會仔細翻閱過資料才來邀賭。既然牌面價顯然低於人家，賭法就得讓給對方決定。結果上了牌九桌。

花王高牌是一對孖板凳，京通線上的高牌，只得一對雜九。她贏得先手。輪她揭翻低牌的時候，故意拇指捺在雜五牌的第五點上，遮它個一秒，製造一點緊張感。要是她拇指底下有兩點，丁三配二四，正是眾所渴慕的至尊寶。可惜那是雜五，丁三配雜五，合起來點數是八，畢竟至尊寶哪那麼好得？八點的唯一勝算是對家也沒有任何對子，而點數比她小。

京通線上的低牌揭曉：人牌配雜七！排下來只有六點。她用八點勝了六點，只覺得僥倖。明明和百家樂一樣的點數算法，在牌九裡玩起來覺格外僥倖，不知為何。總之手上有的牌匾擴增到三張，能對賭的選擇也多一點。最重要的是，晶聯是花王的底牌，她不想被抄走。其他人的底牌是什麼呢？

剛到手的京通線上資料是很棒的餌，比價值可以無限炒高的藝術品更好用一點。一方面當然是因為估價比較接近其他賭注，二方面也因為大型網站解鎖資料，這麼非法但有用的數據格外難得，沒有官方釋出或長期滲透，全資料其實不易取得。三方面則是全球前三大單一市場，掏錢出來花的使用者行為，這麼有效又乾淨的資料，應用範圍實在很廣。花時間研究Suite R裡的賭注，果然讓她學會使用手牌。

傻傻當一條魚比較輕鬆，望著餌直通通游過去就好了。難的是要說服釣客自己仍然是一條魚，讓新的餌持續往自己身上拋，卻同時要趕著在釣客收線前，停止浪賭。手風順的時候，該在哪裡停下來，是無人知曉的宇宙祕密。花王當然也不知道，她似乎手風正順，是個容易手滑的時節。懂算牌這項密技，此刻到底是藥還是毒，端看後果決定。

尤其是自己真心想要的賭注來到眼前，更是不附煞車。「賭城全區光纖鋪設合約—40M」，如果能用在前一局贏來的「全球最大雲端運算系統最高管理員權限—24M」在同一局對賭，雖然不到兩倍的估價，還是非常可觀的等級躍升。而她還是維持當魚的習慣，每贏一注都去翻閱資料，像沒意識到自己的處境一樣。這是個絕佳的習慣。對自己手牌的價值了解得深，就能揣測哪些賭注願意對她以大搏小。她表面上還是跟剛進Suite R那天一樣，連著賭，盡力想辦法翻倍，而且不斷翻閱兌幣房賭注資料，做條待宰好魚。

但是她這三天來，已經連贏三盤價值翻倍的賭局。好運能連續嗎？魚要被收網了嗎？這麼會賺錢的魚，能飼到多肥才被撈起來秤重宰割呢？上一回在波蘭火車站栽跟頭，有什麼被收網的徵兆？波蘭馬拉舍維奇火車站的換軌業務承包—32M，這塊牌子被現金大姐收了，而且很有可能不會再釋出，直接從兌幣房被兌現。有人在收集的系列手牌，不要去擋，這是花王學到的一項規矩。但是「賭城全區光纖鋪設合約—40M」這筆賭注太誘人，比歐盟與東歐交界的波蘭火車站運輸要道令人垂涎得多。她太想太想要。

賭城光纖的持有者想要什麼？會來這裡賭的，都有想換的東西。此刻拿著賭城光纖牌匾的傢伙，頂著一頭濃棕色鬈髮。Suite R裡頭有趣的人物實在太多了，光是探底都探不過來。

濃棕色鬈髮從賭檯區移動到社交用餐區之前，花王用罩著身體的菊紋絲棉長褸包捲起一摞透明壓克力牌匾，靛藍色針織連身裙雖然長及腳踝，但針織質地柔軟垂墜，甚是貼身。她揀一個賭檯區之間的咖啡座，既看得見賭檯，賭檯也看得見她，坐下來，啜茶。坐下以前，她加深眉眼的妝色，但完全不打陰影不暈染，在賭場微黃的照明下，五官鮮明可見，不顯妝濃。

濃棕色鬈髮經過的時刻，她不閃不避，目光隨他的動態移動。但她一不看他眼睛，二不看他手裡的賭注，只把焦點放在他耳際的鈷銀耳釦上。盯人不盯到底，避嫌卻也不避透徹，遮一片曖昧模糊。但人對於往自己身上射來的目光，就算眼睛沒對上，還是會有感。濃棕色鬈髮有一張麥斯蒂索混血臉孔，眉骨不是很高，但眉毛很濃，應該是拉丁美洲人。他第二次經過咖啡座，頭不動、眼不轉，但嘴角上揚了一下。花王心知，拋出的餌奏效，坐等魚來咬。

低頭啜茶的時刻，一雙金釦鱷魚皮鞋站到她桌前，一個比陌生人近，比熟人遠，接近服務生側耳點餐的距離。他開口的第一句話不是「這裡有人坐嗎？」也不是「這茶很香，是什麼茶？」站在桌前，他說：「妳看我多久了？」她就笑笑，也不正眼看他眼睛，讓眼神飄過他的鈷銀耳釦，但不停在他臉上，卻落在自己對面的椅子。

濃棕色鬈髮降落在和她一樣的高度上，唰地攤開自己一整摞壓克力牌匾。花王忍著不把眼神低下去細讀，眼角餘光只看得出，大約有六塊。這六塊牌匾比六塊腹肌還迷人，是撩妹利器。她就是個妹，至少看起來像。

花王對著濃棕色鬈髮的眉心，給了個淺笑，不忘牽動眼輪匝肌和笑肌，讓左右上下臉的笑容都顯得真實。還沒笑完，她就把臉低向面前的茶盅，看著羞怯，兩頰卻笑得更開，顯出欣喜。頭不仰、笑不收，只把眼睛向前轉去看濃棕色鬈髮。從茶盅一路轉眼睛到濃棕色鬈髮臉上的三秒內，她疾速掃描過桌上的六片賭注，大約有：油輪、千里達、鳥糞、政治庇護，沒辦法很清楚看見全貌，隱約可以推測出，外貌與關注的資產類別相符。但這當下，濃棕色鬈髮本人比他的手牌還重要。

她此刻正以嬌羞的神情瞟著濃棕色鬈髮的棕色眼睛。他可能不比她老，因為亞洲女生總是看起來更嫩一點，而他臉上不乏疲態。她笑得淡，但眼輪匝肌一直飽滿地鼓起，怎麼看都是真心在笑。對任何陌生人來說，望進對方雙眼的時間，都已經太久。他先霎了眼，她一勝。

「¿Todo bien?（一切都好？）」她猜他懂西班牙語，講出最普通的寒暄。

「Perfecto. ¿Tú?（很棒。妳咧？）」他回得很快；她猜得很準。

她一句不回，只抬手招了服務生。服務生一路走來，她也用眼睛盯著服務生一路走近，避開與濃棕色鬈髮的眼神交流，也避免需要回話。服務生靠桌，她伸手示意，表示對面那位先生需要服務。濃棕色鬈髮讀菜單的同時，她垂眼再次掃描他那摞透明壓克力牌匾。可惡的是，牌匾是透明的，層層疊壓會讓字蓋著字，不容易讀清楚。再讀一次的內容大約能讀到：

光纖鋪設合約、精神號油輪——36M、千里達西班牙港、鳥糞開採、政治庇護、高級專員公署。在他點完飲料之前，眼角餘光只能讀到這麼多。再加上他加勒比海口音的西班牙文，這位濃棕色鬈髮有非常明顯的拉丁美洲地域性，但為什麼會持有賭城全區光纖鋪設合約？他眼睛已經重新盯上她的，能裝蒜的時間剛用完。

「我喜歡加勒比海口音。」她一開口先奉承，但同時也顯露自己的觀察力。

「我可以整晚都講這個口音。」作為一個拉丁男人，他這個反應完全在她意料之內。

她一講完話就雙手托腮。倒不是因為桌上放滿茶盅酒杯賭注，而是若不把手收起來，他講第二句話的時候恐怕就要把她的手含在他雙掌之內。這也在她的意料之中。

難的是表情，一直都是表情。反過來說，在賭檯上能維持一貫的撲克臉也很有利；但是對家臉上的所有變化都不容易讀懂，還是吃虧。點飲料的十六秒內，她迅速在腦中把位於南美北岸與加勒比海之間，盛產石油的千里達，和富蘊世界一等有機磷肥的南美洲東岸，以及濃棕色鬈髮的外型整合出一個輪廓，政治庇護也就不那麼難猜。觀察力這麼細密，腦子又動得這麼快的花王，對人的表情自幼沒輒。她現在能看到的是：濃棕色鬈髮的顴大肌收束，嘴角上提，應該是情緒正面。可以解讀成願意展開對話。這時候講什麼好？

「妳的眼睛好美。」他開口了，免了她的情境判斷失誤。

「我知道。」她改變策略，直對他的眼睛瞅。畢竟眼神判讀她雖然也完全不行，但跟人玩對視遊戲她可沒輸過。

動物就是這麼奇妙，一句話不講，光是眼神對上，就能決定雙方氣勢高低消長。花王連眼神都沒有改變，只是鼓著眼輪匝肌往對面那雙榛果色的眸子裡探。一旦超過正常社交容許的對視時間，光是持續凝視，張力都不斷增加，而她完全不感到壓力增生。所以在一分三十秒後，他眨了眼，低下頭。二勝。

就算她再怎麼不善於讀人的表情，他也被她打開了。雖然不知道心房打開幾分，倒能確定話匣子打開到翻箱倒櫃的程度。

「妳是這裡最美的女人妳知道嗎？妳這樣看我，我都不捨得繼續玩下去，必須來到妳面前。」

拉丁男人真是棒透了。她什麼話都不用講，只要望著他笑，他會自己用話填滿時間。她一笑，鼻子輕聲哼氣，像是忍俊不禁。托腮的左手從頰邊滑落，落回桌面，乘勢稍微撥開鳥糞開採權，露出圭亞納高級專員公署更名。（不出所料，是加勒比海地區）落到桌面的左手，馬上被濃棕色鬈髮乘勢拾起，被他用雙掌夾成一份以她為餡的三明治，淺棕夾奶白，看似甜口味。

「我以為這裡只有無聊的、來賺錢的人。只有妳，妳一點都不無聊。就算不講話，我也可以看妳看一整天。直到妳眼睛裡的星星把我帶過來，我才知道，命運帶我來這裡不是因為要賺錢，是因為要找到妳。」

「我就是不夠無聊，才玩不好嗎？」在他邀她去樓上房間之前，她得講點什麼來切入重點。

「玩不好？妳的賭注是什麼？我幫妳看看。」

花王趁機抽走棕色厚掌間的奶白色夾心，往菊紋絲棉長褸包袱裡，抽出那張只值十七萬的印尼油畫。姿態放低、讓這個拉丁男人在得到年輕女性的關注之後，能輕易展示自己的長處，得要吹牛一千倍也許更好，因為人在吹牛的時刻，飽滿的自信會讓他溢出更多資訊。做小伏低，是讓人鬆懈戒心的硬道理。

「藝術品很好。妳知道嗎？現金當然很棒，但是在這裡，在Suite R，藝術品是最棒的貨幣。妳不要看藝術品好像都仰賴作品的品味來決定拍賣售價，事實上價格彈性最高的就是這個。」她早就知道了，但是臉上微笑還是沒一刻鬆懈，視線也依然凝在那雙榛果色虹膜裡。她把眼輪匝肌再鼓得更膨一點，壓出崇拜的眼神。

「這張雖然估價十七萬，但是價格誤差區間應該是500％以上吧？」他這樣問，枕額肌收縮，擠出抬頭紋，是興奮起來的表徵。

「嗯嗯。」她頷首，把眼睛睜得再圓一點，表示認同、展現專注。同時降下唇肌微微收縮，拉出顯得無辜的翹嘴唇。

「妳看，挑戰八十五萬的賭注也不是問題。妳一定是太溫柔了，不好意思往上賭。放輕鬆，妳看我這張。」他抽起自己那張智利島嶼鳥糞開採權— 0.82M。同時完整露出底下的牌匾：巴哈馬政治庇護—∞。

「這張真的可以成局。妳看，如果妳的畫贏了我的礦產，妳現在等於有一份八十二萬的礦產加彈性貨幣八十五萬。遇到適合的對象，兩張一起去賭都沒問題，像現金一樣用就對了！」他空出的手居然不是去桌上撈她的手，再夾出一份花王三明治，而是往自己那摞賭注裡，抽出千里達西班牙港年度預算 1％— 2.7M。

「看起來一百六十七萬只是兩百七十五萬的45％對吧？但是如果我知道西班洋港港區預算需要什麼呢？」他一邊講，額肌一邊收縮，眼睛也自然瞪得更圓。（應該是興奮了）花王判斷。

「Boom！他們需要吸收更多巴拿馬運河的運量轉運！建立航線慣例是最重要的一步。妳看。」他興沖沖地搜尋了地圖上，千里達與巴拿馬的相關位置。

拉丁男人真是棒透了。只要妳讓他們感到自己很行，他們就會竭力展現得比妳所知的更行。他現在要把自己的 Suite R 策略拿出來跟她講了。這時候他往桌下一掀，自助餐座位區的黑晶玻璃桌面打出一整張世界地圖。她還真不知道這裡有這麼方便的功能，但是轉念一想，實在很合理。這裡的賭注實打實的在全球各地，談生意附個地圖不是很基本嗎？果然是市場不是賭場啊。他手指點在南美洲北岸，千里達的首都西班牙港上。

「西班牙港是一個天生的大西洋轉運港吧？只是偏南，所以歐洲航線會北上去墨西哥灣。但是所有的非洲航線，從這裡搭上赤道洋流，都很完美。」他的手指從赤道以北的加勒比海南端，沿著南美洲的輪廓一路向東，畫在赤道上，順勢滑進中非的象牙海岸。他額肌放鬆，眼輪匝肌卻開始收縮，瞇起眼。

她讀這張臉，發現他很專注，對象卻不是她。

「這個，就是一定會過巴拿馬運河，而且要送去非洲的東西。因為非洲的農業正需要磷肥來養活增加的人口。」他重新拿起祕魯島嶼鳥糞開採權。顴大肌高度收縮，嘴角上揚得厲害。花王斷定他對自己收集到的一整組手牌非常滿意。

拉丁男人真是棒透了。只要妳表達出對他無比的專注關注，他就湧泉一樣，把自己這段日子在Suite R冒著風險征戰的教戰守則，詳詳實實攤在妳眼前。畢竟，作為一隻賭博有成的菜鳥，遇到更菜的鳥，有機會耀武揚威一番，把自己膽識過人的戰果拿出來展示，實在爽徹心脾。尤其這人還是個年輕漂亮，對自己又非常有興趣的女人。

她把降下唇肌一收縮，嘟起嘴來，問：「這名字怎麼那麼貴？」手指點處，落在圭亞那高級專員公署更名——4M。她沒有點選估價十倍於此，自己真心想要的標的，先避個嫌。

「這個啊。」他笑容一斂。「改名字的話，高級專員公署變成大使館，圭亞那就退出大英國協了。南美洲就再沒有大英國協成員了。」這一刻，他的額肌非常放鬆，眼瞼也不再睜大，全臉的肌肉沒有興奮的表徵。有個轉變令花王突然驚慌：他把目光從她臉上移開。

他甚至把雙手收起，兩肘撐桌，交握的十指在鼻下擋住雙唇，這是把注意力轉移回自己身上的身體語言。花王的提問一下子讓自己失去對對方的控制力。

「這塊牌匾，就算拿這塊來賭，我也不換。」他從自己的牌匾堆裡，抽出賭城全區光纖鋪設合約——40M，攤在整摞透明壓克力牌的正上方。四千萬對四百萬的十倍槓桿也不幹，顯然這張賭注對他這位賭客無比重要。

「妳知道這塊我是拿什麼賭來的嗎？這個。」他從牌堆底抽起巴哈馬政治庇護——∞。他拿無限換有限，而且只不過是四百萬美金的有限。

（圭亞那是他所有的標的裡，最重要的一環。他這摞手牌，很可能正是沿圭亞那高級專員公署累積而來的相關資產。）花王瞬間得出判斷。

他雙手從縮回的緊繃狀態裡鬆動，落回桌面，散漫攤在整片壓克力牌匾上。他的表情也沒有任何興奮表徵，眼瞼一直低垂。花王相信這是真正的情緒，他沒有在吹牛來博取她的關注。

「我也會為我的國家，做出跟你一樣的選擇。」第一次，她主動握住他的手，用奶白色的雙掌，夾成一個棕色厚掌三明治。他的手溫升高了，但手汗沒有更濕潤。她判斷他的壓力沒有升高，不是扯謊。她也不是。

她下判斷總是很快。從濃棕色鬈髮的拉丁外貌和加勒比海口音，輕鬆縮限地理範圍，再從千里達、圭亞那、祕魯、巴哈馬，在在說明此人的活動範圍都在南美洲北岸，港口、油輪、鳥糞磷礦，也清楚描繪此人涉及的產業範圍。至於港口年度預算、政治庇護和大英國協，也把此人的政治資源觸角揭開。圭亞那脫離大英國協這個象徵意義的本身，沒有什麼商業價值，但有濃厚的政治意義。對一個勢力範圍顯然在加勒比海沿岸的人而言，持有這筆賭注的價值會比拿它出去賭還高。尤其是對一個需要收集巴哈馬政治庇護這種手牌的人。巴哈馬也是大英國協成員國。同時持有圭亞那脫離大英國協和巴哈馬政治庇護的人，是站在大英國協的利益方，拿到高級專員公署改名這張手牌，也不會使用，而是留存以免被使用。她判斷他沒有扯謊。

但賭城全區光纖鋪設合約—四千萬這筆賭注，跟整摞手牌不合。無論是地理區域還是產業，甚至政治立場，都沒什麼相干。

「為什麼拿無限出去賭？不拿四千萬？」講這話之前，花王在考慮要不要把手抽回。畢竟在國家話題之後，氣氛完全從調情變成同情共感了。她決定先不要，不要讓肢體動態干擾還很薄的信任基礎。

他的手溫降低了。其實她沒有問錯問題，不提賭城光纖而是就估價金額來提問，還是符合一個對他有興趣的傻白甜設定。他之所以現在手溫降低，是因為她實在太快，居然在這五分鐘裡，看出他的手牌底細和他的底細，他嚇到。他的確是為自己的國家而來。她也是。

這一嚇，把他從期待豔遇的拉丁男人打回愛國商人，升高的手溫也降回冷靜。

「這樣在美人面前才有東西可以炫耀啊——」他的面部肌肉還是很放鬆，但是音調提高了，尤其是尾音。更重要的是，他的手汗瞬間沁出。

她馬上明白他發現了什麼，所以態度轉折。這當下，她有兩個選擇，一是低頭笑，把顴大肌撐得鼓鼓的，做一個被逗樂的女人。她選擇二。

「拿命出來賭真的很了不起。那區區四千萬也拿出來賭嗎？」她拿出不失禮貌的微笑，正面提問。

「如果美女要賭自己的話，我馬上掏出無限來賭妳！」他不僅微笑不失禮貌，還笑彎眼角，維持調情的語調。但他手溫完全沒有升高，音調也沒有。反正他沒有答應任何賭約，沒有風險。

「象牙海岸的聖佩鐸港也不賭？」她的微笑也彎起眼角，好像要賭的不是一個西非的小港口，而是她今晚滾床單的男伴。

他的額肌收縮了，眼瞼被上提，眼睛撐大了一瞬。她讀得出來，這是驚愕。

「赤道洋流在西非的第一個觸地點。而且是整片港區呦——」她輕輕一捏他的臉頰，好像下一刻就要把他包出場共度春宵。那是她用過去三天在Suite R的兌幣房裡，找出他最可能願意對賭的標的，跟她手上其他手牌毫無關聯，純粹的餌食。

「我就叫佩鐸，聖佩鐸港怎能不賭？」他的確心蕩，畢竟有了一條航線的起點，若能同時掌握終點，豈不美到冒泡？

她從頭到尾沒有從長褸包袱裡拿出聖佩鐸港這張牌匾來。因為相較於那個四千萬的光纖鋪設工程，這個小小的港區，估價是七百八十六萬。對方賭注估價是自己的五倍之多。她得哄他上賭檯先，這次她實在沒時間先行算牌。想成局的人，總是要遷就沒那麼想的，通常都是在賭法跟規則上讓步。

「女士優先。」他就這樣拱她做百家樂的莊家。規則對莊家的限制多一點。

莊家：A、5

閑家：3、6

她就算補牌也贏不了，因為百家樂閑家九點就是贏莊家。三個小時前還為了自己除了藝術品之外，收集到一些輸掉也無不可的資本感到心寬。五分鐘前還為了自己有一張足以誘賭拉丁男子的手牌感到自信。就輸掉了。而且在發牌間就輸掉，連補牌的機會都沒有。在Suite R做莊就是這麼不利，難怪賭場自己不幹。

「美人——把我的港口送給我，不請妳吃飯我過意不去啊——賞臉嗎？」佩鐸真好意思。

「可是我輸了，心情不好。不給我一個贏的機會？用光纖那張。」他除了賭城本地的資訊，沒有其餘資產她有興趣。

「吃完飯跟妳賭。還是我請妳喝酒？」他油滑地溜開這項提議。

陪佩鐸去兌幣房繳聖佩鐸港的1%佣金時，一位估價員走出來笑道：「小姐，方便進來領一塊牌匾嗎？」明明花王就沒有再拿任何資產去估價。

那是一張比其他資產估價牌匾都小的透明壓克力名片，既沒有雷射刻字，也沒有估價數字。它跟Suite R的門卡一樣，上頭只有一個字母：R。這是一張完全均質透明的名片，R字母鏤空，洞的邊緣平整到完全看不出切割的痕跡。很可能的確不是切割，而是開模成形。但無論是塑膠或壓克力，都會有一個液態射出時的注入口，表面上無法不留痕跡。她唯一能想到的的做法，就是注入口在鏤空的字上，挖除之後可以無痕。這工藝倒不甚難。

難的是，R這鏤空字的內緣，有一層薄薄的金屬帶，但不是內鑲在洞緣，而是被平平整整地包在壓克力裡頭。如果只是要做出光潔平整的鏤字牌，用水刀切割打磨字體的塹型空洞就行。麻煩，但不難。帶狀金屬沿字緣鑲邊，卻又給一層極薄的壓克力裹著不外露，這個精度不好做。更難的是，要含在透明壓克力裡，得多出好幾道工序。有工序，就會留痕跡。但從名片上看不出工法。如果說上一張名片是在炫富，這一張名片絕對是在炫技。

「怎麼會決定要給我？」她超想知道自己做對了哪件事。

「我們會邀請適合去高級貴賓室的貴賓一起玩。」估價員一貫拒絕透露，只是抬手指向電梯。

Suite R，R stands for recapitalization.

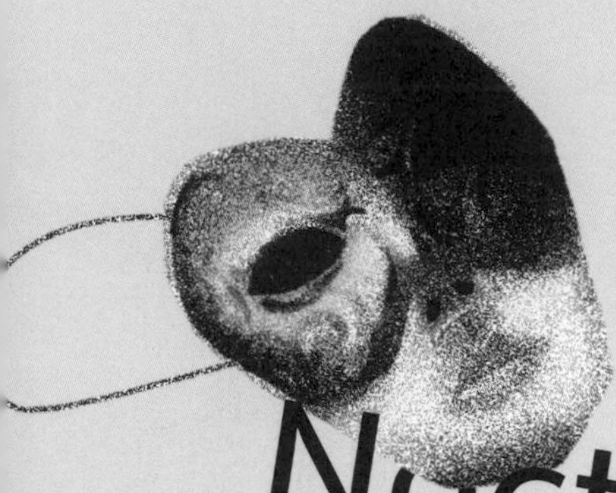

Nocturne

夜曲

花王在走出兌幣房面對佩鐸之前，把壓克力名片塞進胸罩內側。

「新賭注？」佩鐸問。

「阪麗股票賣了就有錢買新玩具啊——」花王隨口胡謅一個已知賭注。（原來在領到高級貴賓室門卡的瞬間，貴賓室的一切就毫不重要了，明明就還不知道高級貴賓室在賭什麼。）

笑盈盈擺脫想找她喝酒談心的佩鐸，拱他上一檯賭桌，她才循剛剛估價員指示的方向找路。占地近半的兌幣房後方，離賭桌區和社交自助餐吧最遠的一面牆上，朝兌幣房內鑲了一座電梯。精潔的亮面電梯門和深藍天鵝絨同色，要不是有人正等電梯，怎麼看都覺得只是兌幣房員工出入的後門。叮！電梯抵達，門還只開一條縫，裡頭的人就忍不住對門外在等的人破口大罵：

「伏基湖十三億，佣金就一千三百萬，肉痛著。搞啥不你贏這局？芬蘭電信八億，佣金只要八百萬，現省七百萬！」這人講中文，帶湖南口音。

「牌九局我開的？我想贏就能贏？你咋不自己開賭場咧？」門外等著的人有中國東北口音。

「比上稅省多少？妳不謝我倒怨我！」湖南腔一邊走出電梯一邊反擊。

（除了履約保證，還是節稅神器。Suite R意不在賭，是外面世界的兌幣房。）花王小結。

兩個人吵得凶，卻還是並肩一起走掉。電梯門關，她等不及，手伸進門想掰開，電梯沒有防夾的內門，說關就關，她及時抽手。花王對電梯門摳摳壓壓，都不成，這電梯連個按鈕都沒有。R字鑲邊的金屬條顯然是磁條或感應晶片，她掏出體溫預熱好的壓克力名片，對電梯門上下其手，試圖找出一個可以感應門卡的位置。哪裡都沒反應，她幾乎以為自己拿到贗品。正要往電梯門框外試試牆面的每一吋時，深藍色的電梯門框側面亮起一個朝下的白光色正三角形，原來門框是有一塊是透光的深藍色玻璃。

她欺近身把壓克力名片往玻璃一靠，想擋住手上的門卡不讓人輕易看見，三角形的光卻滅了，電梯門緊閉如常。手上有門卡、也找到電梯，卻搭不了。如果喊芝麻開門有用的話，她現在就會大喊三聲。不管把門卡平貼、側壓、豎立，還是用邊角敲擊白光三角形消失的位置，都沒有用。要不是怕折損門卡，她已經插進電梯門縫來撬開。雖然最好的做法是繞回兌幣房前面櫃台，直接問怎麼用門卡，但她就是心急想吃熱豆腐，同時也擔心蠢到有門卡也不會用，會讓自己變回那條魚。她頹然一退，門框上朝下的三角形亮起白光。她趕緊提卡感應，電梯門開。

感到腳跟底下微微的地面彈性，花王發現自己剛才那一陣亂摸實在魯莽，怎麼可能讓Suite R的賭客能隨便搭電梯去高級貴賓室？電梯門的正前方一定是磅秤，只容單人搭乘，所以剛剛那對吵架的賭客才會分開搭電梯。高級貴賓室嚴格控管會員出入才是正常，想搭便車進電梯的自己怎麼就這麼狗急跳牆呢？終於進電梯，裡頭的面板也顯示一個向下的白光三角形，花王正待按下關門鍵，卻遲了一步，佩鐸邊走過來邊跟她招手。

她心裡只有一個念頭：這座電梯是向下。這不是她想讓佩鐸知道的新進度，只好走出電梯，問佩鐸剛剛那局的輸贏，毫無關心。她的心思已經鑽進Suite R底下，此上的一切她都漠不關心，除了一件。

「搭過Suite Q到停車場的貨梯嗎？」

「誰沒搭過？」

「要不要從停車場搭回Suite Q，一起？」

這項提案不只能防止佩鐸軟磨硬泡她去他房間或去喝酒談心，還能搞清楚她唯一想在進入高級貴賓室之前了解的資訊。

雖然電梯是兩人共處的密閉空間，但貨梯無論是起點的停車場，還是終點的雜物間，都毫不浪漫。可就連防滑不銹鋼的貨梯內側，都比花王的內心還浪漫。她心裡想的是：一、二、三、四、五、六……她純粹在使用自己的內在時鐘，讀秒。精準讀秒對她不難，難的是還要同時體感這個電梯的移動速度。上下移動的電梯大家經驗都多，但左右橫移的電梯像沒有窗戶的車廂，只能靠滯留的速度感和抵達的停頓後座力來估算速度。

「去外面走走？」從停車場出來的時候，花王順口邀約佩鐸。一男一女並肩散步，總比她一個人繞賭場外牆計算距離看起來自然些，何況有說有笑。

她腿長，邁開步子跟佩鐸步距一樣。從賭場右側的停車場出入口，以六十六公分的步距，加上偶爾停頓，花王告訴她在台灣傳統裡，手指月亮會被割耳朵的習俗，走了七分半，繞到花王常常去點開打火機的位置，果然很靠近賭場一樓的雜物間。這位置大概能解釋荷官出來避風吸菸的偶遇合理性，也顯示橫向電梯離賭場左側的外牆有多近，超不合理。

幾乎所有的電梯井，都是高層建築物裡不得不的存在，既不能有礙觀瞻，又需要動線合理，還要盡量精準計算運量，讓電梯數量減少到最低。畢竟一座電梯井和周圍機械跟管線，占用的空間必須頂天立地，無論是視覺還是體積都大量占用室內配置的結構，但這裡的電梯顯然不採用這套思維。從 Suite Q 到 Suite R 的橫向移動毫無必要，而且電梯井硬是橫亙整層一樓的一整個連續面，把前場跟後場完全分開，對提供酒水和打掃的工作人員非常不便。從貴賓停車場到 Suite R 倒是簡單的電梯下樓，但永遠有個侍應在出入口管制，確認貴賓資格。以至於從 Suite R 往樓下高級貴賓室的電梯，單次只容單人使用。還有一點：這棟賭場附設的旅館客房，電梯出入口只通往停車場，無法進入 Suite Q。花王猛然覺得自己離目標的最短距離應該不是直線距離。

這一切設計，都指向一個功能：區隔。利用電梯的封閉運輸特性，明確以賭客資格來限制能夠出入的場所，又或許，能夠知道的場所。在普通賭場Suite Q，很難知道貴賓室Suite R的位置、資格，甚至存在。在兌幣房超大的Suite R，也不容易發現高級貴賓室大隱隱於賭場的出入口。甚至，他們正在並肩繞行的這座長方體混凝土大樓，整整齊齊的旅館房間窗戶，看起來就像現代化過程中嚴格採用最高坪效設計出來的工業品，難以想像地下層之間的連結管道都在曲裡拐彎。發現通往高級貴賓室的電梯即將向下的時刻，正是因為感到高級貴賓室和Suite R之間的區隔，才反射性對佩鐸隱藏這個進度：佩鐸應該不是能進高級貴賓室的人，但她已經是了。

「你不都在找圭亞那的航線？幹嘛拿賭城光纖？」她望月問佩鐸。

「這裡不是錢的交通中樞嗎？我要當航運大亨！」佩鐸的聲調沒有提高，語音也沒有加速，不像撒謊，但不排除只是在講幹話。

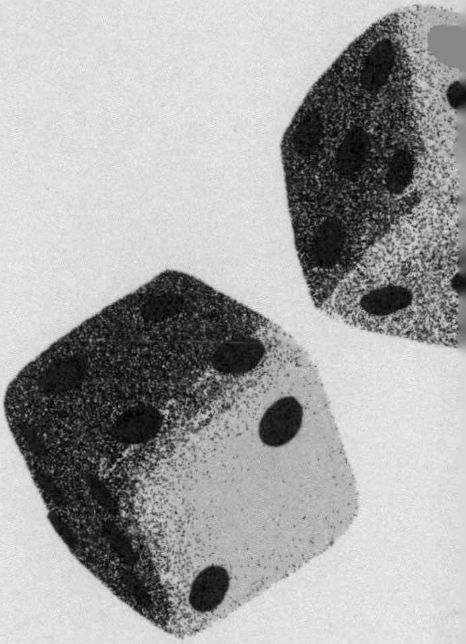

- SUITE S -

電梯內深藍玻璃面板後透出發白光的字母：S。深藍電梯門關上，老老實實往下走。途經R，降落到S，沒拐彎抹角。（Suite Q樓下叫Suite R，R樓下叫S，還挺沒創意的。）花王忍不住評價。她這回沒有熱切地像猜R是指reserve那樣，去猜S指的是superior，畢竟貴賓室和高級貴賓室的差別，她還不知道。連自己為什麼能拿到這張高級貴賓室的入場券，也還一無所知。反正拿到就是好。

還以為電梯門打開會是另一個杯觥交錯的偌大賭場。但電梯正對一面黑牆，整面牆上唯一的物件，只有正中央一個插卡孔。手上拎著的壓克力名片，很自然就滑進在這面牆前唯一可以做的事裡頭。

名片才滑進去，整面牆，以紅海的姿態，一分為二，展開中間一條甬道，能不能通往應許之地？不管黑乎乎的甬道盡頭是狼是虎，還是流著奶與蜜，她也只能走進去。這裡的一切都設計得讓人別無選擇，她也沒想要逃。

甬道盡頭有光，原來前段的黯黑只是因為甬道曲折。光照不進的地方，就是黑暗。甬道盡頭，還是賭場。當然沒有聲光大作的電子賭具，也沒有紅絨帘或藍椅墊，這回連賭客都沒了。四面隔音黑牆與黑天花板、黑地毯之間，只剩下綠絨桌布印白字的賭檯，以及賭注。一張賭檯有一盞燈專門打亮，更顯出周遭漆黑虛無。

Suite Q的設計是為了賭場、Suite R的設計是為了賭客，Suite S卻像是為賭注而存在的設計。綠絨賭檯上的白字，到了這裡，比不顯示賠率的Suite R更簡潔。長條賭檯被白線裁成兩半，兩端除了莊家和閑家，什麼標示都沒有。絨綠如草的檯布上，立有一座座方尖碑，儼然一幅墓園風光。這一整片長如玉笏的白石墓碑，上頭的字太有趣了：

江戶都知事未公開政治獻金清單、Jugando防毒系統漏洞、黎曼猜想證明、可口可樂配方、Wuzapp加密程式鎖鑰、印度國大黨黨魁罪證……精彩程度這麼高的賭檯，共三十六張。如入寶山。

空手而返。她細細讀完三十六檯上幾百座賭注，雖然不知道自己確切在找什麼賭注，但看起來足以撼動台灣主權現狀的條件，一個都沒有。連貴賓室底下的高級貴賓室都沒有的話，難道消息來源有誤？這種感覺，在樓上就有過一次。她好累、賭博好累。連任務的目標都不清不楚，時時刻刻都要猜，真的好累。一陣茫然湧上誘發倦意，她一時心鬆，連肌肉也鬆了，忍不住就地躺下。

甬道有人走來，硬質皮鞋底。黑色領結和黑色背心，是工作人員。來人朝她微笑點個頭，著手整理一張賭檯，把大部分閑家的賭注收進推車，只留四座閑家的方尖碑：中國一百強企業內帳、ＢＭＷ飛機引擎發動機製程、中國國務院副總理全資產清冊、ＨＩＶ受體複製技術。是荷官傑西，他表現得像不認得花王這位賭客，也不覺得她橫臥地上有什麼奇怪。

「十五分鐘後有賭局。請問需要面具嗎？」

「幹嘛要面具？」花王完全搞不清楚情況。

「是這樣，Suite S要賭祕密，很多客人不想被人知道自己是誰，有需要的客人會自己準備。不過賭客和看客我們都提供基本款面具。」傑西手指向甬道左邊的牆，牆上有插卡孔。

「插卡就行？」她指左邊牆上那個扁狹的洞。

「需要幫您嗎？」為讓橫躺在長絨毛地毯上的客人免於起身，荷官一貫服務入微。

「不然你告訴我在Suite S怎麼賭好了，我第一次進來。」她還是懶得坐起身。

不知道是因為襲來的倦怠感讓她想攤著，還是曾經給出誠摯忠告的傑西獲得她的信任，發現來人是傑西，她覺得沒必要繃緊神經。甚至，沒必要隱藏心思，本來臥著就臥著，不需要假裝得體。

「上週是第一次進Suite Q嗎？」

「對啊，沒來過。」

「好快。」他蹲下來，到她身側。

「那去Suite T要多久？」她冷不防一問。如果賭場的命名這麼沒創意，S之後就會是T。

「在Suite S完成賭局，就可以成為會員。」他沒有否認Suite T的存在。

「那在Suite R完成什麼才能來這？」她人雖躺著，嘴沒稍歇。

他嘴角上牽，眼輪匝肌也收縮，擠出肥肥的臥蠶。她看得出，是真笑。

「玩到三倍以上估價的賭局就很厲害喔。妳上一局談到五倍，這個月第二名。」他舉起兩隻手指。

他的臥蠶不消反增，是真的感到這則資訊有趣。她躺得更放鬆了。甬道另一端傳來刷卡聲，他趕緊扶她起身。

「面具？」他手掌指向左側牆壁。

她逃一樣地刷了卡進去挑面具。倒不是逃離進來的人，是逃離自己異常放鬆的狀態。在陌生環境、有其他人的空間，這麼放鬆實在過分。她戴上面具。面具不怎麼特別，就是遮住上半臉的白殼，歌劇魅影那款。

甬道口進來的五個人倒是精心，簡直來開嘉年華會，面具、羽飾、首飾、華服。還有一位女性，面具上的妝容比俄羅斯娃娃還濃，顯得陰森。賭局是一場幽靜的嘉年華，人人妝扮、人人緘默。最嘹亮的聲音來自荷官手裡的骰盅，喀啦作響。第二個聲響是在開盅後的一聲「幹！」

莊家輸了，「ＢＭＷ飛機引擎製程」贏得「三年內中國境內企業資金移出方案」的莊家賭注。其他閑家的賭注都物歸原主。於是俄羅斯娃娃拿回她的國務院副總理資產清冊、天行者領回自己的ＨＩＶ技術、中國大企業內帳歸返給一只死白臉的殭屍、羅馬將軍左手捧ＢＭＷ、右手拿剛贏來的中國境內資金移出保證，只有穿飄逸漢服的蝴蝶面紗女子空手而返。相較於樓上那種睡衣時尚，這裡根本萬聖節遊行現場。加一層面具，就把人的逸樂玩鬧之心放出來了嗎？還是覆上盛裝，不容易被發現真實身分？她沒有答案，只慶幸白面具和黑斗篷掩住自己的深藍針織洋裝和米色菊紋長罩衫。

「欸，可以教我 Suite S 怎麼下注嗎？」整群嘉年華成員退出甬道後，花王還留著。

「來這桌，我講給妳聽。」傑西非常隨和，隨和到不像在服務顧客，只在跟朋友講事情。

花王突然發現自己剛才為什麼一累就躺下了：這裡連張椅子都沒有，不是設計來讓人停留的地方。傑西站在賭檯的莊家端，兩手一捧「你的一切數位軌跡」那尊方尖碑，面對花王和她眼前的十六座方尖碑。這是閑家最多的一張檯面，莊家的賭注很吸引人。

「有空檯的時候，莊家可以下注。但是一個月內沒辦法成局，這個賭注就不能再做莊。」說完，他的眼神從方尖碑上移到她臉上。

「所有會員都可以下注做閑家。妳拿一個起來看底下。」他比了比她眼前那座閑家的碑林。

「墨西哥毒梟 Pinche 衛星即時定位」這座方碑下，有一組編號：CUN0218。她抬起頭來，眼神對上他，他眼珠溜開，定在墨西哥毒梟上。

「妳提的賭注會是妳在這的會員編號。」她打聽到的資訊裡，至少會員編號是真的。（那麼台灣正常國家化也是真的吧？）

「有會員編號以後會有特殊待遇。最好趕快拿到。」他在「以後」兩個字以後，壓低聲音。

「什麼祕密都可以嗎？」

「也不是。那邊會解釋比較詳細，跟樓上估價室一樣。」他指向右牆，也有個插卡孔。

果然是賭場，兌幣房是必需品，只不料每一層的貨幣相差巨大。她正往右邊牆去，打算插卡開門。他搶著說：「等一下。我先走。我們不方便跟客人一起開房間。」他應該沒有言外之意，只是一時心急。

（有點可愛）她心想。

傑西速速把剛結束那檯賭局清空下來的碑林給推出甬道，沒說再見。她等推車輪聲音隱沒，插卡。應聲而出的是語言列表：English、Español、中文、Русский、日本語、हिन्दी、Français、العربية、Deutsch、עברית、Português、한국어、ภาษาไทย。簡直是萬國博覽會規格。整面黑牆本是一塊觸控螢幕，插卡啟動。

點選語言後，一個色譜圓環展開，每一段是一種分類：商業、政治、戰略、人物、資源、國家、宗教、資訊、其他。食指往戰略、國家按觸，她手在抖，終極祕密要被賭場知曉、要被任何人知曉，都很可怕。那是她最後的賭本，也是用來對賭正常國家化的唯一籌碼。抖著的手碰到旁邊的環節，商業被點亮。（不要心急！妳是人的，不是猴子！）她停下三秒，點暗戰略、國家，點亮資訊。她還不想透露自己握有什麼樣的重大祕密，因為光是知道有人擁有這個謎面的謎底，都足以引發危險。

傑西剛剛給出一段非常寶貴的資訊：被邀來Suite S玩，是因為她在Suite R談到五倍溢價的賭局。截至目前，被邀進貴賓室的理由都不符合常識，但仔細一想，下一階段的貴賓室的確需要那些機車得要命的條件才能玩。Suite S擺明了是賭上機密的會員級貴賓室，如果沒有在Suite R探得對方的真實需求，哪有機會用幾倍價差邀賭？而不掌握對方的資訊，甚至機密，怎麼能猜出對方即使高倍溢價也要得到的標的？只憑自己手上剛好有的資源就想要贏得別人的青睞太碰運氣了，成交需要的還是探對方的底，投其所好。她第一天拿現金對賭完全反其道而行，粗魯不文，簡直野人。

下一個圓環展開。對家條件：商業、政治、戰略、人物、資源、國家、宗教、資訊、其他。她馬上點亮國家、政治。但是自己明明在這一輪打算拿出來的是商業機密啊，根據經驗很難成局吧！

把卡留在牆洞裡，她想去看賭檯，觀察Suite S的玩法先。不見得要贏，但是要玩得好，比較有機會被邀去更大的局裡。至少根據經驗是這樣。畢竟一直在贏的賭客當然不會受其他賭客歡迎，也不太容易受賭場歡迎。有輸有贏，在輸得起的局裡輸、在得贏的局上頭贏就好。商業和資訊這筆賭注，她還輸得起。難的是怎麼釣出最有價值的戰略和國家類賭注。

三十六張賭檯，有三十張是墓園，只有六張還是草皮。她一檯一檯去讀墓碑上的賭注，跟在Suite R讀人家賭本一樣專注。這裡的碑文，不像Suite R那樣，明定價、童叟無欺。在上一層已經覺得賭本的實際價值非常難挖了，這裡的價值卻跟價格沒什麼干係。每一尊碑文都是一則謎面，誘惑玩家拿另一則謎面來撬出謎底。所以「你的一切數位軌跡」能吸引到的閑家最多，而且分類也最廣泛。連她都想得到這份謎底。但是更想要的，是知道什麼樣的賭客供得起這份賭注。這間賭場的強大之處，是履約保證。她知道，所以她來了。所有的貴賓賭客恐怕都是慕名而來。

想和巨人哥利亞對賭，不拿出大衛王等級的賭注，恐怕等不到。但是三十張檯子上，不要說大衛王等級的機密，連參孫等級的都沒有。最受歡迎的謎面很小，但可以猜出背後的賭客有多大。不只在賭檯上要用賭具相搏，從賭注和賭局的選擇開始，都在賭。後者也許是更要緊的局。

剛才傑西不經意地說：「你提的賭注上會有你的會員編號。」又說了「有會員身分以後」。最關鍵的是，在她提出「Suite T」的時刻，他沒有任何驚訝的表情。如果剛剛可以趁勢握住他的手就好了，因為表情可以控制，但是手汗沒辦法、心跳也沒辦法。她本人就是一台活生生的測謊機。

Suite S裡有沒有她企盼的賭注？Suite S底下是不是至少還有一層Suite T？自己愈來愈薄的時間成本用完之前，來不來得及翻找出足撼動台灣現況的那筆賭注？這些揣想跟焦慮湧上來，手指在黑牆螢幕前垂下，無處安放。（妳哪一次犯急有好結果？）她輕輕告訴自己。著手處，點亮：商業、資訊、人物、國家、其他。她賭：目標不在這一層。現在就儘速成局，先取得會員編號、先開張一局再說。

整面觸控牆向右移開，為她開了個房間，裡頭倒不是床，只有一張灰色高背扶手椅和玻璃圓茶几，旁邊一位管家氣質的人物立而待之。

「先為您說明Suite S的玩法好嗎？」紮包頭的東亞面孔口音清晰舒柔。

花王點頭。

「首先，您不用擔心身分曝光，Suite S除了開局，一次只能用一張卡進入。用卡片搭電梯，一次也只能進一位貴賓。對其他乘客不會顯示您來的樓層。」

（所以名片上R字的鑲邊的帶狀金屬是晶片。在平面卡片上硬要做非平面設計，真他媽炫技！）花王心道。

更他媽炫技的在後頭。管家又說：「每位會員提供的機密，Suite S都會查核，確認這位會員確實握有機密內容的程度。」

（也就是說，Suite S他媽的什麼都知道一點。）花王腹誹。

「您可以放心，Suite S不會要求提供機密內容，但是可能需要您暗示機密來源，才能幫助我們加快查核效率，讓您早點得到會員編號，早點享受會員權益。」花王發現，管家提供資訊的順序順溜如她精潔的髮髻，從一開始就不斷令客人感到心安，不愧是以機密為賭注的賭場。

「所有的賭注都在檯上了嗎？多少比例不在檯上？有沒有清冊能看？」花王問一串連珠炮。跟面對傑西的時刻，態度鬆緊完全不同。

管家微笑答：「檯上能見到四分之一，最近貴賓興致挺高。」管家再微笑，答：「我們不會要求貴賓授權公開賭注。貴賓能自由決定什麼時候提取自己的籌碼，下注到檯上。只用卡片就能領到您的籌碼，任何人都不需要見到您的臉，我們也不會記錄您的身分。」一切的一切，都巧妙地滑過賭客隱私。這裡的舒適滑順源於：旁若無人的空間、精潔有禮到缺乏真人感的服務人員。人最舒服的處境，還是完全不用在意他人的時刻。整座Suite S刻意極簡的設計，都剝除了所有屬於一個空間的特質，讓進來的賭客都感受不到任何他人存在的痕跡。她已經學會，隨時注意賭場裡沒有的東西。旁若無人，難怪她剛才居然安心到躺下。

「直到您提出賭注，都不需要再親自造訪Suite S。只有提出賭注和提供我們足以查核的資訊時，要麻煩您來一趟。Suite S為了貴賓的隱私，仍然避免任何無線電波和可能洩露資訊的線路。造成不便，我們深感抱歉。」管家講的事情，她早就知道了，所以才想贏得這整座城市的光纖鋪設。

「Suite S所有的賭局都可以在您房間內透過卡片預約，賭注也能在房間內翻閱。您有任何問題都可以隨時在房間電話插卡，由專人直接答覆。」管家盈盈鞠躬，髖關節折出滿滿的直角九十度。

「另外提醒一點，賭注的平均查核時間是一週半。如果想要早點開始玩，建議提早提供我們您的賭注。」一直到管家從打平的直背起身，花王才發現這張穿黑色開襟外衫的東亞臉孔，有點年紀。這位管家的神奇之處，在長相和聲音都相當標準，以致於不容易留下印象。

為了縮短等待時間，她不得不把自己公司的物聯系統技術，透露一點給Suite S。

「目前物聯網技術都是透過特定無線電波，不管是Beacon用藍牙或是物件共用同一個wifi網路範圍對吧？晶聯用的是硬體網路和附著生態系。謎底是我們絕對能提供的技術，這樣也行吧？」賭自己的獨家技術，她恐怕是Suite S第一人。

「我們會在一週內為您準備好賭注。」

光是知道一個人有能力提供的謎面，就足以了解這個人的勢力範圍。何況為了確認會員的確握有謎底，進一步保證賭約實踐，Suite S都會取得更逼近謎底的資訊。她自己拋出來的機密倒是還好，一家新創科技公司的負責人握有令人垂涎的技術不是什麼很揭露人脈或金流的資訊。但是「你的一切資訊足跡」和「中國境內資金移出方案」的提供者或來源就非常有限，幾乎足以定位會員本人身分。Suite S憑這個能評估賭客的實力，同時握有部分賭客祕密。成為會員的預備條件就是被Suite S握有一件隱私。（媽的！）

「這裡也會邀請適合的貴賓去更高級的貴賓室嗎？」花王劈頭一問。

管家微笑點頭。

花王發現直到現在她都記不得管家的衣著和臉孔，違反她的習慣。（Suite S的設計很極端吶，連這個都特地挑過）她心嘆。

但她沒有忘記Suite S裡的另一張臉。年輕俊朗的傑西長得很討喜，雖然是單眼皮，但眼睛亮而圓。鼻梁在東亞面孔上算挺，但鼻頭非常圓。嘴唇飽滿到沒有唇峰可言，臉頰也豐潤。他臉上好像什麼都圓圓的，只有眉毛粗濃直挺，為整張臉的友善添一點英氣。粗眉毛很好，容易顯出臉部肌肉的動作，對不擅理解表情的花王是好事。她只後悔一件事：沒問他在Suite S怎麼打賞荷官。

從提供謎面到驗證謎底不知道還有幾天，她有太多要忙。首先得去戶外點根菸。

「富貴，我等一下發給妳一串名單，能找到的資料都塞給我。」

「對、對。我回旅館房間就有網路。」

「現在不缺現金，但是我可能會輸掉晶聯的技術。還沒輸，不知道。」

「名單上資料找到的就一筆一筆發，我一筆一筆讀沒關係。不要等資料齊了才發給我。最重要是幫我找這個人：Pedro Madhi Emerald。圭亞那人，不是法屬圭亞那。應該是礦業或航運大亨。他的生平、資金流向、政商關係都一找到就傳給我。打電話。啊，還有犯罪紀錄。」

Suite S就算沒有期待中的終極賭注，也有不少值得關注的標的。沒了解賭注就上賭桌這種事情，她不會再幹了。只可惜不能從下注賭客身上下手。Suite S裡沒有人，只有賭注。一切的一切就要從謎面上下手。

「朝鮮有新動作嗎？」

「近海的輻射值沒有任何改變，我們已經在追蹤路面交通。」

＊＊

花王在Suite R無邊的資訊海裡，打撈資訊關聯。濃棕髮的佩鐸，表面上是甘蔗園農莊主，但資產配比多是礦業。有趣的是，他原籍委內瑞拉，後歸化圭亞那，但被圭亞那政府吸納為間諜。雖然更合理的懷疑是他根本是雙面諜。礦業和農業雖然都是第一級產業，但礦業的祕密永遠都比農業多，那是跟政府關係良好的人才能做的產業。不過他的犯罪記錄太好笑，居然是嫖娼。更棒的是，他還遠渡重洋去性交易違法的中國被抓，她不能確定這齣算喜劇還是鬧劇，但應該跟巴哈馬政治庇護關係不大。需要政治庇護這種神主牌的，都是隨時能被滅口的事。

值得注意的是，佩鐸的金流表面上是來自歐盟的蔗糖收購交易，但許多國際往來的帳目，都流過聖文森。聖文森是大英國協的會員國，也在加勒比海，跟鄰居圭亞那有來有往並不奇怪。有一件只有花王因為身為台灣人才會注意到的小事：聖文森與格瑞納丁，是中華民國所剩無幾的邦交國。如果佩鐸沒有在中國被抓，她不會想起這件小事。

但是遠在東亞的中國，和所有的資產和政治關連都在加勒比海的佩鐸，最明顯的關聯就是邦交國稀少的台灣。畢竟有錢人在中國嫖娼絕對不可能被抓，除非中國政府打算整這個人。如果中國政府有整佩鐸的打算，而且是因為他在聖文森的活動，那麼他和她不無可能在同一條船上。不過他可能只是利用與中國無邦交的國家避免引渡跟調查，而且委內瑞拉是中國死黨，不可盡信。

她受夠Suite R兌幣房什麼資料都是無法偷取的紙本了。佩鐸手上有賭城全域光纖鋪設工程合約，只要她能找出比聖佩鐸港更令他難以拒絕的條件，使用一下下光纖，她就能戳進這整座地下賭城無處可駭的資訊網路。就算賭場內完全阻隔無線電波，賭場周邊還是必須要網路。她的公司有一項無傷大雅，但此刻可能派得上用場的技術：刮取資訊。

晶聯不是什麼間諜技術公司，只是比較新的物聯網科技。他們有自己設計的晶片和操作系統，足以控制硬體環境裡的各項功能。晶片的硬體監測功能，足以在光纖的資訊流旁，側錄一部分通過的資訊。只要她能過濾出想側錄的標的，就有機會利用賭場本身的設備來為自己做事。不這樣玩多浪費？

佩鐸沒有受邀進Suite S，她有。這是她對佩鐸的優勢所在。整間Suite S都在證明：隱密資訊叫人拚搏。

「欸，你是什麼時候進Suite R？」花王去Suite R的自助吧吃午飯，Suite S沒地方吃。

「上個月。怎樣？要給我慶祝滿月嗎？」無論有多認真，隨時調情是拉丁男人的文法基礎。

「我三天沒來Suite R，不問我去哪？」

「哦？妳很想要我問？」佩鐸舉杯，雖然只是香橙汽泡水。

「中國政府拘留的外國記者名單和聖文森跨國洗錢的檔案，哪一個比較值得下注？」花王沒一句在接他話，給佩鐸的調情配額已經用罄，談正事要緊。

「哪一桌？」他倒是沒一句話不接。

她朝他擺了擺手指，喚過一只左耳：「高級貴賓室。」其實Suite S根本沒有這兩項賭注。每往下賭一層，對上一層的疑惑都會茅塞頓開。資訊落差本身就很有價值。只要能提出對方無法拒絕的賭注，最終無法代為取得，也不會有任何後果。畢竟賭博不是努力和實力可以決定的事，賭客對輸贏沒有道義責任。

在Suite R，她迷迷糊糊搞不清楚為什麼這些明明可以正常交易的資產，要用賭博這麼壯烈的玩法，不是全贏就是全輸。現在她知道了，她要把這段資訊落差剖成細絲，一絲一絲賣給佩鐸，換他一條通往這家賭場的光纖。

**

整片祕密墓園上，跟花王目標相關的方尖碑有兩個：日本政府的稀土提煉生產線、吉里巴斯軍港構造圖。如果她沒經歷過Suite R，只想著最終賭局的話，檯面上最接近的她目標的，可能是太平洋正中央的吉里巴斯軍港構造圖，畢竟在太平洋正中心有一艘不沉的航空母艦實在誘人。至於稀土，是很棒的戰略類普世通貨，流動價值可比黃金。最重要的是，擁有中低污染稀土製程，是未來的避險標竿，尤其在中國壟斷稀土供應的現況下。雖然目前還是她完全不了解的產業，但全球性的稀缺資源，能掌握穩定供應，籌碼就高。說穿了，容易找人賭。

她的物聯網技術卻不知道能不能贏得人家青睞。Suite S跟Suite R最不一樣的是賭法，首先根本見不到賭客，沒辦法從他們身上下手。一切的一切都靠賭注本身。再來是莊家霸權：莊家能決定跟誰賭，還能決定什麼時候開賭，賭法也是莊家決定。閑家的優勢只在自由挪動自己跟賭的莊家，目前有二十九檯可以跟賭。

時間對花王無比重要，比檯面上任何賭注重要得多。她決定先成局，讓自己盡快被其他玩家選擇對賭。

（引誘佩鐸入局的方式，也能拿來讓莊家跟自己對賭。）花王想出在領到自己的會員編號之前該怎麼做了，賭場機制就跟法律一樣，只為懂的人服務。雖然整層Suite S只擺出兩百七十九份賭注，不容易遇到其他賭客，但很多賭注高度特殊，能把莊家範圍縮到很窄。例如日本政府的稀土提煉生產線，能夠弄丟這份所有權和專利技術而不需要切腹自殺的人，範圍很窄。

「富貴，幫我查日本經濟產業省的組織架構和所有主管級人員名單。樓層和座位可以的話也拍下來。還有，這次應該會用到日文寫手，找專業一點的。技術部分簡單，我這邊做一做就行。妳情報給我細一點就好，我看看要怎麼用。」花王出門找事做之前，先跟柔脆女聲交代準備項目。這個案子只是前菜，不需要用全力。

日本是數位化做得很差的國家，其中最差的就是日本官僚體系。驚人的用紙量，而且無法按搜尋鍵。這完全是時間有限的致命傷。在這點上，花王真摯懷疑Suite R是不是日本文官體系的產物，有效防止資料大量外洩。這讓她很難遠端作業。

偌大的經濟產業省下，製造產業局裡，非鐵金屬課並不大，地球上的八十九種金屬元素，相關的公務員比鐵鋼課人還少。其中稀土相關，還有層級夠高的人物，一隻手也數得完。把Suite R那種包山包海的賭注研究完一輪後，從區區四個日本公務員裡，找出個可以撬開的破口，根本重返舒適圈。

人難免有疏漏。棒透。

須藤先生有個很棒的壞習慣：什麼資料都馬上建檔，但是建檔完不會馬上歸檔。他一定等到全案終結後才一次性歸檔，導致「進行中」的專案愈積愈多，很難馬上找到當下需要的資訊。尤其在須藤年過五十，正是短期記憶力已經大不如前，但自己死都不願意承認的年紀。

「須藤先生，請問澳洲Rio Orinoco公司的合作開發案運輸預算可以給我們二課一份複本嗎？」

這種要求，在須藤先生每天的公務生活裡，平均有十一次。但是這一次，因為所有合約細節的正本都是英文，須藤先生的花的時間是十一倍。

「我只是好幾年沒用英文。找過兩次就能重新上手。」他話是這樣說，但今天這次已經是這週第四次找Rio Orinoco的資料了。前兩次他已經忘掉，所以覺得這次是第二次。

他不到三十歲的助理杉田小姐，朝對面的高橋小姐默默伸出四隻手指。高橋小姐笑出魚尾紋。

澳商Rio Orinoco的預算案，是兩個樓層外的通商政策局今天早上來討的。須藤先生在他的檔案小房間裡撈了一個小時才撈出來，二十五歲的杉田小姐完全無法理解這種行為。

「建檔的同時歸檔不是很省事嗎？」她翻著白眼在心裡說出全世界的助理都想講的話。

「叮！」須藤先生收到邀請郵件，試用一個新的文件自動掃描軟體，可以自動字跡辨識並建檔，省下人工輸入的麻煩。這份邀請的標題是：經濟產業省公文無紙化環保行動方案。一個大大的下載按鍵，採用看了就覺得很環保的深綠色。「叮！」他座位前面的助理衫田小姐也收到這封郵件。「叮！」跟衫田小姐要好的祕書高橋小姐也收到同一封郵件。

與其依賴須藤先生日漸淡化的記憶力來查找進行中的檔案，幫須藤先生掃描過一次就能自己調出資料，實在省很多時間。獲得須藤先生同意後，杉田小姐使用掃瞄文件來交付給二課。反正老闆才不會自己去掃描，都是助理的工作。

電子化、好搜尋的資料整理系統並非不存在，事實上這種服務多如牛毛，日本官廳也有購入各種軟體服務，但一直無法強制所有公務員使用。須藤先生這種年過五十，而且能自行搜尋文件的中階以上公務員非常稀少，高階以上的中高齡公務員，電腦操作能力有他們祕書的一半，或者仁慈一點，他們祕書的四分之一好了，都能被視為進步派。

但是在資料整理上，光是「味の素」這樣的公司名要以「Ajinomoto」被歸為A字部，還是歸為あ字部，就有內部爭議。產業技術環境局堅持歸在あ字部，才能跟現有資料共通。而堅持收納成A字部的通商政策局，自首至尾都不能理解平假名轉羅馬字母不就是一瞬間的事，有什麼轉不過來的？至今這兩個局處的企業資料都沒有使用過同一種格式儲存。

花王完全不能理解這種狀況，不過整個經濟產業省底下的每個局處都使用不同的資料彙整軟體，棒透了。這代表不只是紙本資料要進入電子建檔會有一層作業，電子檔案轉移的時刻，又有另一層作業。作業步驟愈多，可以撬開的裂隙自然愈多。

日本這種海底火山形成的地質，完全不可能有稀土礦藏。所以稀土只能靠進口，直到他們發展出從電子垃圾裡提煉稀土的技術。非金屬課無論如何都要跟產業技術環境局在這個案子上往來。而研究開發課的公務員們，是一群寧可要資料庫，不要紙本公文的傢伙。他們用的資料往往都不是文字檔案，根本沒辦法直接印出來。

杉田小姐順理成章地把所有稀土提煉相關的資料，都掃描後用電子郵件寄給研究開發課，因為對方所使用的資料庫軟體，非鐵金屬課連聽都沒聽過。研究開發課課長以上的部門長官，即使年紀稍長，通常也都有收發電子郵件這個等級的電腦能力，因為他們太多資料都無法用文字陳述。但部門長官才不會簽收助理衫田小姐這種層級的公務員信件。

好在，杉田小姐每一封寄給研究開發課的信件，都會寄複本給她老闆須藤先生。而須藤先生除了會簽收，也會寄電子郵件給他老闆。他老闆的祕書高橋小姐，以她老闆名義寄信給研究開發課的長官，產業技術環境局副局長時，副局長可是會收高橋小姐電子郵件的。而高橋小姐、杉田小姐、須藤先生，都已經下載了花王以經濟產業省的名義，寄給他們的文件自動掃瞄辨識軟體。帳號、密碼，一次搞定，棒透了。

只要了解日本官僚的責任結構，依照結構設計出側錄這些官員資料權限的步驟，就像拿一把把鑰匙打開一扇扇門，一片坦途。

她的日本行共有三項目的，第一項靠著日本官僚的慣性完成。第二項最簡單，只是拿一份有花王產品的廣告型錄寄到董娘的信箱，讓老闆知道自己還活著。第三項在朝鮮，她不確定能搞定。

＊＊

Suite S 和樓上兩層賭場一樣，絕對不提供無線網路服務。花王第二次拿 R 的透明壓克力名片，插卡進入Suite S，就是輪到下去領自己的第一座方尖碑，和會員編號。她同時帶了一小疊印出來的資料，插卡開了房間，交給管家。一出一入。這是花王第一次不急著把籌碼往賭台上堆，她想等那疊資料發揮功用。

Suite S真的很有效率，一旦會員所提供的謎底認證被其他賭客超越，賭注就被撤銷。二十九張有籌碼的賭台，剩下二十八張。日本政府的稀土提煉生產線這個莊家被撤下之後，這一檯的七個閑家可能另投賭局。

七個閑家裡，有一份不起眼，也不算很值錢的賭注：USync加密技術。它就算放在日本技術那張檯子上，也不太有機會被莊家挑中來對賭。畢竟這技術機密跟莊家的技術機密，不管是領域、不管是目標市場、不管是利害衝突，相關性都太低。但是晶聯的物件網路韌體整合技術，卻跟USync是同一把牌。稀土提煉技術才一撤檯，花王就撤手下注，自己開檯做莊家。

當天下午，USync就追注了晶聯物聯網專利。在旅館房間裡一收到通知，花王馬上結案停止追加賭注，約定當晚對賭。閃電戰。她就是求個快速成局、快速取得會員資格。但是這種暢行無阻的感覺，順利到好像應該要心慌一下。

花王當然沒有準備什麼華麗或中二的精緻變裝。她既沒有時間搞那套，也沒有心思搞那套，反正祕密墓園有得借。顯然USync也是同一套打算。當兩套一模一樣的白殼面具和黑斗篷出現在二十九號賭檯前，兩張白面具搞得荷官一時之間不知道哪個會員編號是哪位。

「TSA0098？」花王點頭示意。

「AUS2366？」另一張白面舉手。

發現自己的會員編號是TSA開頭，回想上次墨西哥毒梟的編號是CUN開頭，花王差點沒敲破自己的豬腦袋。會員編號是由Suite S探查出會員的地緣關係，用最鄰近機場的機場代號來編碼。所以自己是TSA，而顯然是一家德州公司的USync就以AUS為編號開頭。（有點耐心來Suite S一座一座方碑確認地理位置，對了解賭客資訊多有幫助啊？！）她不禁這樣想，但從她去東京觀察官僚行為到設局完成再飛回賭城，中間有時間也都撥給朝鮮了，那才是主菜。

纖細的女荷官把推車上常備的賭具轉向兩位會員，望向莊家說：「哪種玩法適合兩位？」同時尊重兩位會員，又首先詢問莊家的基本禮數，效率很高。

閑家提議骰子，花王接受。她本來設定要用自己熟悉、規則也簡單的百家樂來對賭。但一來這裡沒有前幾局可以算牌，二來對方很有可能是數學能力不下於自己的頂級工程師，算牌能力不見得輸給自己，不如爽快用純機率決勝負。

荷官攤平手掌捧著骰子，掌不動、指不動，只折了手腕讓水晶骰子自由滑落，共三趟，向會員証明骰子純正無欺。荷官穿九分袖口的左手打開骰盅，露腕的右手捧著盅底，分別給兩張白面具看碗底。再俐落地換手，換邊檢視。直到兩張白面具點頭，荷官才甩骰入盅，喀喀嗚響，用清脆均勻的撞擊聲，向會員証明賭場的公正不阿。

花王照例押大，閑家只能選小。

三粒骰子，開盅前的最後一聲有點軟。花王一貫押大，當然希望點數破十。骰盅開一縫的刹那，她心裡一驚：只有兩粒骰底。其中一粒水晶骰子底下的光影凌亂，加上那最後一聲不是骰子和骰子之間的硬喀啦聲，那就是撞骰盅壁的聲音。這一局開起來有顆疊骰，也就是一顆骰子立到另一顆上頭。一整套三顆骰子立成一道柱的手勁技巧是有的，而且不難練。三顆立骰的話，就要重擲，但是兩顆沒有這個限制。

花王心一涼。兩顆骰子要破十，只能是開五或六點，那機率多低啊？USync該不會有自己手底的荷官，這一局專門來坑殺她？

骰盅揭開。一對四。八點小。莊家輸。

花王差點發軟到走不出Suite S，她抖得厲害。

只有在恐懼裡，才有機會直面自己的恐懼：她做了不利的選擇，不是憑運氣輸掉。也就是說，能控制的部分她一敗塗地，不能控制的部分她也沒辦法。失控感，比輸還可怕。

輸掉自己公司的核心專利技術是一回事，敢出來賭就沒在怕的。開始心涼和發軟的時刻，和可能要輸的時刻完全重合，才以為自己是怕輸掉公司。其實不是。她回頭一想：哪件事讓她心臟緊縮到幾乎要從喉頭嘔吐出來咧？

首先，是荷官有機會用技巧來左右賭局結果，這超乎自己的預想。超出可預測、可掌握範圍就已經很驚險了。

再來，骰子這種賭法，唯一可能的非常態機率就是疊骰。疊骰只對押大不利，而自己沒有考慮到這種可能性，就依照慣例押了大。

最後，自己主動在賭局開始之前，接受了對自己不利的賭法。被人觀察至今，還固著於自己的慣性，直接押大，承擔異常風險，完全忽略不只一個荷官知道自己從Suite Q以來一直都押大這個事實。

她不只輸掉自己半輩子做出來的技術，還輸在自己半輩子培養出的判斷力。祕密墓園外，黑洞洞的甬道裡，花王倚著牆全身顫抖，沒人看見。

＊＊

日本行的第三項任務還等著她收尾，再害怕也不能耽擱。

穿過日本海，到朝鮮近海，有一小批半自由的朝鮮人，是自有漁船的漁民。船的航程就是他們的自由時間，只要不越過北緯三十八度線。其中有一小撮更為自由的朝鮮人，在小艇的盡頭，她們能深入海底，打撈鮑魚或章魚這種底棲的海產。海女裡水性最精熟、對這片海床最熟悉的一位，她的祕密採集區，有一塊深處的火山岩。火山岩中空，是花王在朝鮮的固定信箱。信箱裡有三層防水袋包裹的回信。

一週前她只問了：「新潛艦？」

回信是一張簡陋的手繪地圖，海岸線旁的一個小城鎮洛山，南方有一個海岬半島，標註三個字：梨津里。

那是用自己生命換取家人被安置到韓國的一項回覆，從七年前開始，一直都是真實資訊。花王心想（他還活著！）有了這麼明確的位置，花王就能逐步把朝核全圖重新補齊。

＊＊

「我們會邀請適合的貴賓進貴賓室一起玩。」從賭場入口、兌幣房，到祕密墓園，所有的工作人員都給出制式答案，偏偏還是真的。偏偏往下賭之前，賭客無從知道什麼叫適合。

花王拿出競賽前研究對手的專注力，細細分析：賭輸賭贏是運氣不是實力，不影響受邀。Suite Q是Suite R的篩子，資產不夠雄厚就算下樓也沒得玩。Suite R又是Suite S的篩子，不到掌握對方的身家，無法打開槓桿。Suite S也很可能是Suite T的篩子，能展現出在Suite S非必要，但事實上更重要的實力，就有機會賭下去。

她已經炫技過一次：破解莊家堵住機密來取消賭局，以誘特定閑家來跟自己對賭。還是沒有獲邀，表示情報能力已經不是重點。她需要其他機會來表現，通常是繼續賭。但她剛輸掉自己真正的身家：晶聯的專利技術。

前兩層只要賭本夠粗夠厚，就可以大手大腳地一賭再賭。進到這裡，除非你是情報局的雙面諜，不然哪來這麼多夠資格的祕密可以拿上桌賭來賭去？祕密的麻煩就是錢不見得買得到，錢買得到的，別人又不見得剛好需要。

這裡就是這麼麻煩的地方，表面上遊戲規則清清楚楚，骨子裡遊戲操作一片模糊。

「你在Suite Q怎麼知道要大賭大輸？」她又去Suite R吃飯，又遇到佩鐸。

「有賭場喜歡一直贏的賭客嗎？」

「也對。那你是想去Suite R，還是想往下？」花王「一不小心」透露出超級貴賓室的位置。

「在樓下啊？」

她就望著佩鐸不失禮貌地微笑，跟賭場經理和Suite S管家一樣。

「你．怎．麼．知．道．的？」她才不正面回答他的問題，他得先回答她的問題。

「妳插我光纖想幹嘛？」這次佩鐸也只問自己想問的。

「你想幹嘛我就想幹嘛，而且有我能幹得更好。」

晶聯是一個聽起來跟所有物聯網供應商沒什麼差別的服務，讓消費者可以用手機開家裡冷氣，買菜的時候也能看冰箱裡的存糧，相當便利。但這座賭場絕對不會使用這種服務，因為整棟大樓的一樓以下，完全阻絕特高頻無線電波。也就是說，無論是藍牙還是beacon或CDMA這種一般物聯網常用的技術規格，在此形同虛設。但晶聯不是用無線電波形成的通訊網，它是基於硬體間的連結，不論硬體選擇的通訊波長和波頻涵蓋範圍，只要裝置之間能聯繫就可以。就算是撥接線路都行。他們只是像在肌膚上貼一張尼古丁貼片一樣，在賭城的光纖內貼晶片，寄生在硬體上。而賭城全區域的新光纖鋪設，就從整座城市的經濟命脈，賭場區開始。佩鐸的選擇是從東北角開啟鋪設，正是Suite Q所在。

這裡顯然有內網，而且內網不連外網。但賭場客房才不是鐵板一塊，大家都有聯外需求。這世界上最最難以避免的，除了陽光、空氣和水，就是平台、管道和錢。沒有賭場可以不把錢拿出去，所有的物資也需要透過管道進入，而旅館本身有自己的管理平台。只要相關的萬事萬物，最終都會有連結，只是這個連結的深度和層序比日本官廳下的小單位麻煩好幾倍。有了佩鐸在賭城內大興土木提供光纖硬體設施的機會，花王暫時跨過第一道坎。

只有不懂資訊的人，才會以為資料到手一切好辦。拿到數據只是第一道門檻，把數據理乾淨最難。沒弄乾淨的資料，就像沒去內臟沒刮鱗的魚，腥。一句話有多少種講法，數據就有多少種梳理法，的十次方。

他們先用最常見的梳理法：時間。數據分布的頻率、一天內的時間分布、一週內的時間分布、一個月內的時間分布。通常使用者會有使用者行為，從週間或上班時段與否，就能推測使用者的活躍時段和生活型態之間的關係。但賭場是個沒日沒夜的地方，賭場內的設計就是為了讓人不分晝夜、不覺時間流逝，才能賭得更長。單用時間來看，還是一片亂。沒什麼資訊性可言。

空間也是一個很常用的條件，不同的發送端和接收端會有不同的位址。連接頻繁的兩點也會是好的資訊。但是Suite R，以及Suite S，甚至未知的Suite T裡頭的交易和賭客，範圍都有點太廣了。就算把位址攤成全球地理上的地圖來看，也很像航空圖：愈大的城市有愈多連結。說白了就是符合常識。常識不是什麼具有資訊性的東西，違反常識才是。

側錄數據的解碼也非常難。要能取得數據的內容才能開始破譯，但如果要取得全部的數據，那麼大的傳輸量一定會被發現，所以當然不能直接引流下載。而且那也太多了，畢竟占最大流量比例的色情網站影片最近畫質愈來愈清晰。光是憑流量分析來找出值得繼續監測的資訊節點就已經非常耗時，還沒時間鎖定幾個值得繼續往下挖的節點。也就是說，他們連數據的內容都還沒碰到，還停留在搞清楚哪些數據可能轉化成有意義的資訊的程度。到這個階段，掃瞄光纖資訊源的微型晶片已經不敷使用。畢竟晶聯本來只是工業用物聯系統，不是間諜晶片。

（為什麼9478房跟Suite S樓下有這麼多連接時段？）花王是有會員編號的Suite S會員，能理解Suite S或更深層的會員會從房間電話更新賭局資訊，但是樓下跟客房能有什麼通訊？在破譯加密內容之前，這是能收到最窄的有效資訊了。9478房是唯一跟Suite S樓下有通訊的客房，如果樓下不出所料是Suite T，這就可能是取得邀請卡的管道。

輸掉晶聯專利技術的賭局已經是七天前，至今還沒有人邀她往下賭。時間就是金錢，而且金錢還買不到時間。再不把Suite S所有檯面上的賭注透露給佩鐸，他就要把晶聯嵌在賭場光纖上的晶片給撬起來。她規畫把「Suite S會員編號其實是賭客位置最近的機場代碼」這項資訊，當成跟佩鐸第二次的交換價碼，現在還不能透露。而且她還要繼續假裝不知道從Suite R受邀進入Suite S的資格是什麼，明明他們兩個人一賭完，兌幣房就把她叫進去發卡了，而且她還輸他。畢竟這是她對佩鐸的資訊優勢，不到最後不能拿來換。她得取得進一步資訊優勢。

不管是Q的厚紙名片、R的透明名片，都是資格一符合就立馬受邀。看來自己在Suite S賭得不怎麼出色，不是「適合參與特殊賭局」的賭客。Suite S完全沒有要給她特殊賭局邀請卡的意思。她想賭得出色，但連在Suite S繼續玩的賭本都拿不出來。

終極賭注是個天大的祕密沒錯，比整層Suite S裡的任何一塊方碑都還大。拿出終極賭注絕對能展示自己是一個極有分量的賭客，基本上應該可以毫無疑問地被邀進特殊賭局，吧？

但祕密是不可回收品。不只是謎底，就連謎面，都能透露出太多資訊。匿名會員編號什麼的、還有一次只能一張會員卡搭乘的電梯什麼的，都是狗屁！能夠持有那些祕密的人有多少？能拿出手來賭也不會斷送自己前程的又有多少？這幾乎都是不揭露謎底、只看謎面就能查到的事。她怎麼探底日本的稀土冶煉製程和USync的加密技術，自己清楚得不得了。晶聯專利的賭注一上檯，就是她本人進場的宣告式。她的終極賭注一出，恐怕給她謎底的人馬上就會被清算。更糟糕的是，有能力更改謎底的人，就一定會想辦法更改謎底，讓她這份祕密失效。終極賭注一旦拿出手，她就進入倒數計時。而台灣主權還不知道在多隱密多高級的貴賓室呢！

插卡下樓。在得知Suite T要賭什麼之前，幾乎沒辦法確認在Suite S做了什麼才會符合受邀資格。唯一能知道的是，迄今做過的，都沒用。她得來搞件沒幹過的事。

「新賭注會有新會員編號嗎？」

「賭注不會影響您的會員編號。」管家的清淡有禮還真是一成不變。

「會員裡有任何和朝鮮有關的人嗎？任何一點相關都不行。」

「朝鮮人的資產，連Suite R都進不去。」管家十足中肯。

「那我來賭一下朝鮮的核武分布全圖。」

「請問能提供我們什麼資訊來確認您的確握有正確機密內容呢？」管家回應的時機稍遲了半秒。

「妳是在叫我賭資訊來源的命嗎？」

「抱歉，提供驗證資訊不是您的義務。我們會盡力驗證。但無法保證成案。」

雖然心裡罵的是幹，但花王吐出一項她準備好的資訊：「東經130.168495度。」

她也沒確認過這項資訊的正確性，那是梨津里的經度。符合富貴大致定位在「羅津灣以南、清津以北」計算核燃料從新浦出發，陸運可及的範圍裡，找到最可能最為核子潛艇新基地的地區，也是朝鮮和日本地理位置最近的地點之一。決定性的證據是：朝鮮把新浦到洛山的副幹道泥土路面夯平了。以朝鮮的基礎建設之低落，要找到平坦到能安全運輸核燃料的路面也很難，在飢餓邊緣花錢整頓一條沒有經濟價值的海濱道路完全不合理。這個小半島的陸運只跟一條副幹道相連，而且港灣夠深，卻不夠大到做軍港或漁港。她正在賭，賭自己不需要透露任何一點確知的資訊，還能反過來利用 Suite S 來驗證他們還未確認的臆測。比起在 Suite R 把估價室當免費古董鑑定的賭客，她可能更賺。畢竟那個位置有沒有東西，能決定她的賭注是否還算朝鮮核武分布的完備全圖。

行百里者半九十，這話說得不夠重。放在全球核武的恐怖平衡，甚至朝鮮整個國家以核威攝來懸命的處境下，是否涵蓋所有核武的精確定位，賭注價值判若雲泥。只要在關鍵時刻無法確認所有朝鮮的核武都不會發動，就是核子戰的開端和地球的終端。畢竟朝鮮領導高層自己說出：「沒有朝鮮的世界我們也不要！」

「如果賭客裡有人聯絡朝鮮高層就完蛋。不如不要驗證，妳直接退我這份賭注！」

管家微笑，說：「如果公開賭注會造成您或任何會員的損失，Suite S 一定不會讓它發生。」

截至目前，這間賭場都是一個可完全信賴的單位。這裡最大的價值是：聽說無論是甚麼賭注，只要賭局結束，賭場都會保證贏家獲得的賭注兌現。而且佣金不超過一成。花王決定賭一把，反正賭注成立，讓賭場知道自己多有分量即可，不用進場下注。她賭的是：賭場工作人員到賭注驗證者的環節裡，沒有人透露風聲。如果說晶聯的技術是她的全部身家，朝核全圖就是她的命，是她用半輩子組起的驚人成就，牽涉無數情報來源的人身安全。

如果這份賭注曝光，整條情報線上唯一有機會保命的人只剩姓趙的海女。她只是常常翻查那塊中空火山岩信箱，並在送信到柏樹洞裡的日子，在她兒子午餐便當裡放一根紅色生辣椒。她兒子吃不了生辣椒，會拿給旁邊嗜辣的同事，同事就知道要去柏樹洞收信了。沒有其他人知道趙海女的存在，她有機會活下去。

朝核全圖相較於整層Suite S大小祕密加總，也是核彈等級。管家說過會邀適合的貴賓進一步去更高級的超級貴賓室，跟荷官的話兩廂印證，就知道Suite S果然是在為超級貴賓室篩選頂級賭客。她一發現朝核全圖和台灣正常國家化這種霸道的賭注只能在超級貴賓室相遇，就出手表態自己絕對值得獲邀。

「我一個人待一下。」花王一拋出賭注就急著把管家趕走，而不是自己退出房間。因為她在發抖，不願意站起來顯得發慌。（原來這就是豪賭的感覺！）賭檯還沒上、賭注都還沒變籌碼，只是讓人知道自己手上最大的一個祕密，都不用揭曉，她已經腿軟。傾盡一切的巨大壓力，比實際輸掉還焦灼得多。檯面上完全沒有國家量級的賭注，Suite T的受邀資格也八字還沒一撇。她底牌已出，起手無回。

不管是刮取賭場的數據，還是找出朝鮮半島東岸的核子潛艦新基地，她都在猜、都在賭，沒有什麼可以確定的事情。對她這種做足事前準備、精準計畫流程、勝率大於五成五才可能宣戰的人來說，從進賭場那刻起，她淨幹一些這輩子沒幹過的事。壓力山大，但不乏過癮。

她把Suite S檯面上的賭注抄給佩鐸。終極賭注都出手的情況下，用那點小小的資訊優勢來換取他讓她持續刮取賭場數據，不痛不癢。

十天後，朝鮮核武分布全圖的方尖碑做好了，通知她可以領。她當然不會上檯下注。光是讓Suite S了解她的量級就行，畢竟造冊清單的功能之一就是宣示存在，而她意在賭場，不在賭客。

Suite S，S stands for secrets.

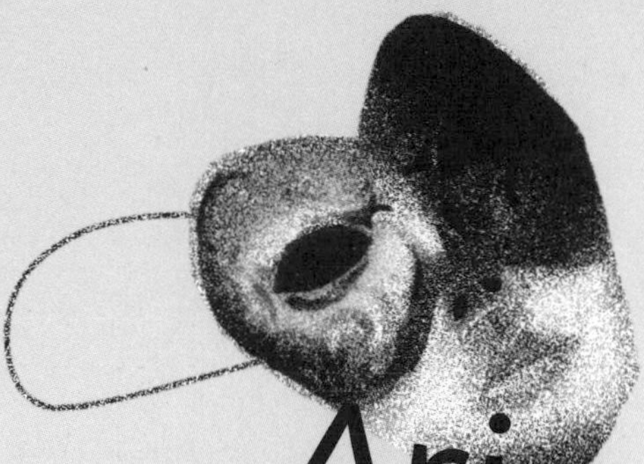

Aria
詠嘆調

她還是沒得到Suite T的邀請卡。究竟特殊賭局不是天天開盤？還是特殊賭局不是有了不起的賭注就能進場？或者參與特殊賭局需要的能力，跟能夠掌握天大的祕密無關？如果有人拿出「進入Suite T的條件」來下注，她都想生個賭注出來跟賭。

軟著腿走出Suite S，她要在Suite S驗證梨津里實況的時間裡，先嘗試其他做法。與Suite S樓下有通訊的客房9478，機台並不高級，只是一般的個人電腦，甚至不是伺服器。最軟的柿子，先摘來嚐。

9478的房客顯然人稱團長，但團長顯然不是那些聯絡對象的上級。因為從地下四樓的所有機台都在吩咐團長時間地點，讓團長幫他們把「標的」護送到這些時間地點去。如果在武俠小說裡，團長就是個護鏢的鏢頭。無論是鏢頭還是雞頭，就算他只是個送玩伴給賭客的皮條客，花王都打算探探第一條線索。

她的房卡只能搭電梯到三樓，不過樓梯間依照消防法必須全時開放。九樓已經是客房層的頂樓，離三樓只不過六層樓高，穿拖鞋睡衣都能散步上下。她首先得知道穿什麼在九樓晃不會顯得太奇怪。Suite R的經驗讓她挺不放心的，衣著在不同的樓層實在透露出很不同的訊息。她不想再經歷一次被當笨蛋的處境，尤其是要去探人虛實的笨蛋。

走出自己房間的時候，她腳下踩一雙絨裡室內便鞋，身上穿鵝黃色彈性寬褲，套一襲素面奶油緞睡袍，頭髮披散，因為上粉紅色髮捲太過分。最後，手上還提一支翠生生的小黃瓜當零嘴，故示閒暇。她這是學Suite R那紫衫大姐，當自己家。

9478房應該比她的房間大很多，因為旁邊的兩扇門離得很遠。她側身伏耳，故作嬌慵地靠在牆上啃黃瓜，決定下次要拿一些不脆的食物，以免頭骨聲音傳導太好，阻礙她聽見裡頭的聲音。

「噠！」門開。花王頭一滾，耳朵離開牆面，身體還倚著牆，半根小黃瓜掛在嘴邊，頭不抬臉不動，只有眼球斜斜一瞥，看誰打斷她磨牙。在旅館走廊上啃小黃瓜超不正常她，但這整棟賭場都不正常。她拉長臉，擺出有點不耐的表情，用蔑視他人的神情來合理化自己出現在這裡。

9478房的光頭男子出門轉向電梯的那一刻，花王伸長手在鎖閂和門框中間的鎖洞上，粘一張透明軟膠片。門扇緩緩闔上，門閂應該要發出鎖聲的同時，她大力嗑了一口小黃瓜「喀！」還張嘴大嚼。青翠的小黃瓜還是有點用處。等電梯下樓，她順溜溜滑進房門。

房間裡頭真大，像打通總統套房，卻又一點裝潢都不給。有桌有床，但又顯然不是一般旅館會給的內裝。這裡像是那個光頭男子的工作室，只是他剛好也住在裡頭。裡頭的一切就是他的工作和生活，有工作站主機、有成摞的資料、有好幾個紙箱，還有沙袋和長棍。衣櫃裡有正裝，但更多的是便於活動的戶外用機能服，還有軍裝。在她複製電腦裡檔案的過程中，也就看到這麼多了，紙箱還來不及翻。硬底靴的腳步聲往這個房間來了。

9478房在走廊盡頭，很寬。能走到這個距離上的腳步聲，幾乎可以確定是往9478的門板來。幾乎所有人第一直覺，不是躲洗手間，就是床底下或衣櫃。花王打開衣櫃，踩著中隔板一撐，把自己滾進衣櫥和天花板的夾縫裡。光頭不特別高，這是他視線所不及之處。

「噠！」光頭回來了。花王很苦惱。從賭場外看了這個房間一週，通常夜裡都回來得很晚，而且每次出去時間都很長，是必須開車出城的距離。他這趟出門不到十分鐘，還穿上戶外短靴跟防風大衣把她給騙進來，現在卡著，出不去。

軟綢睡衣有兩大好處，一是顏色跟牆壁很像，二是不容易磨擦出聲。但是夜未央，光頭已經脫掉軍靴和外衣，上身一絲不掛。（看來這人沒有要再出門的意思）除了被發現會很麻煩之外，衣櫥頂不是很糟糕的匿身處。既有槍袋可以遮掩她，還沒什麼灰塵，不容易打噴嚏。這比她以往任務藏身過的環境優渥很多，空調有開更是令人銘感五內。野外潛伏果然比不上室內匿身，除了不能隨便尿尿之外，室內真的比較好。

光頭默默在電腦前待了很久，滑鼠按鍵聲多於打字聲，這表示他接收資訊多過傳送資訊。可他也待太久了，她的膀胱都發脹了。水喝多是她失策，9478空調的低溫也促成尿意。花王盡力調勻呼吸，光靠房間裡電腦風扇和中央空調聲音就能掩蓋。但她穿得薄，空調正對著衣櫥頂吹，鼻水不是她能控制。鼻水在她鼻道裡被吹乾，一點點鼻孔內的不均勻阻隔，氣流通過窄處加速的輕微吹哨聲，足以斷魂。屏起呼吸，她極輕極慢地把右手貼著腹部滑上臉前，輕輕把鼻孔掏挖乾淨，抹自己睡衣上，以免留下生物痕跡。

在鍵鼠聲裡細聲呼吸近一個小時，光頭的位置傳來女人呻吟聲，不是疼痛的那種。花王當然不會冒著被看見的危險探頭了解情況，畢竟單憑和電腦揚聲器同一個方向的嬌吟，以及光頭逐漸增強的腹式呼吸聲，就算濕漬漬的擠水聲被壓過去，也能想見光頭正在套弄什麼。唯一可惜看不到這人是左撇子還右撇子，任何事實都可能派上用場。三分鐘後，光頭從橫膈處深深吼出最後一聲，女人叫春也滅聲。花王一邊在光頭神智清明的時刻，把呼吸調得不能再細勻，一邊想：男人自己卯管就是這麼有效率。

房間電話響了。

「幹！在那種地方是想死給誰看？」光頭一巴掌拍向自己的光頭，啪一聲超響。

「T是沒規定不准在吃飯的地方拉屎嗎？T的屎拉到S去，現在叫我擦屁股？一開始就不准他拉啊！幹！」

「哇幹頭殼裝屎！世界上哪個白痴還在用左輪？把子彈留頭殼裡很方便齁？是要做子彈標本喏？」

「哇咧幹！他幹嘛不乾脆刷卡付錢給槍手？讓信用卡公司抓到槍手跟那個白癡，一次兩隻。」

「叫S砍那白痴的會員！T不叫S砍，我就不幹。」

「嗯，我帶兩個人。」

掛掉房間電話，光頭用手機撥號。

「跟AJ戴手套推清潔車去3003號房。大台車，加蓋。」

光頭很快穿回褲子，出門。3003似乎有具爆頭的屍體救了她。硬底靴的聲音完全淡出，她終於可以回房間尿尿。

從廁所出來，房間電話來了個Suite S的新傳真：PEK4689做莊的賭檯撤消，賭注是紫光閣內帳。同時PEK4869會員資格也註銷，顯然是北京中南海內部的人。（除了找出謎底，還有更簡明的方法可以取消Suite S的賭局啊。）她一嘆。日本經濟產業省那件事情花了那麼多時間折騰，才撤銷一台賭局，3003房只花了一發子彈。想歸想，好不容易才取得會員編號的她，當然不打算犯禁忌被砍會員資格。想把事情做好就不能貪方便。

＊＊

房間配置看來，9478是特別為光頭設置的硬體，或者特別為光頭要做的事設定。整棟賭場和旅館房間都鋪滿或薄或厚的地毯，光頭的房間卻是木板地。再加上格局和其他房間相異的門距，怎麼想都是客房在硬體規畫上給了光頭方便。光頭說不定是與賭場業務同壽的一個人，或一個職務。畢竟有住房客的時候，客房區很難大規模施工。9478很可能是賭場業務既有的一環，才能有這規格的配置。就憑9478和樓下頻繁的資訊往來，能不能猜出Suite T在賭什麼？

從光頭的電腦裡匆匆下載的一點檔案裡頭，很幸運地有一份聯絡人清單，雖然還不知道是什麼人。不幸的是，絕大多數下載完成的是高畫質無碼成人片。木馬程式放是放了，但是對方用內網，他們不在同個網路連線裡，一時之間也抓不到東西。不過9478房這一小時沒有來電和通訊，而且燈亮著。她想用最短的時間得到答案。

右手中指指節敲上9478房門的時候，花王身上既不是奶油色，也沒有鵝黃，她寶藍挺拔的長大衣，和兌幣房外，不斷找人搭話卻少上賭檯的那種人相仿。為了和走廊上啃黃瓜匆匆一瞥的模樣區別，她盤起法式髮髻，妝容也精緻犀利。寶藍長大衣只要解開鈕釦，剩下的就只有成套的蕾絲胸罩和蕾絲內褲，是襯膚映肉的深藍。

她用下半張臉擋在9478房門貓眼的正前方，白生生門牙輕輕咬住紅豔豔下唇。門開了。光頭在皺眉。她微笑，有記得把眼輪匝肌鼓起，以免顯得皮笑肉不笑。

「幹嘛？」

「不邀我進去？」她講話同時，鬢邊散出的香氣是紫玫瑰，領口被體溫蒸透薰上來的水霧卻是夜來香，兩股氣息渾混成一片，異樣濃豔。

光頭收下巴，頓了一下。脖子上的光皮腦袋向房間內傾斜了一下，讓她進來。畢竟就憑他這種體格，這個身上沒什麼地方能藏東西的女人，實在構不成威脅。而且稱手的武器他房裡還少嗎？

打通的房間很大，有一半的木板地上沒有任何傢俱，只有頂上懸一個沙包。房裡連客人能坐的沙發都沒有，她不是不知道，但選擇用睜圓的眼睛盯著光頭，像在等他邀她入座。光頭的額肌縮得很緊，不太妙。她在想：大衣第一顆釦子打開的話，以光頭的身高，一定能看到乳溝。能不能擰轉氣氛呢？

左手放上胸口，還沒來得及抹開鈕釦。她瞬間轉念，手停口開，問出：

「3003 房死的是北京會員吧？我看 Suite S 馬上把賭注撤了。」

之所以沒有打開釦子，而是拋出個顯示自己知道得不少的刺探性問題，是因為在攤出乳溝前的一瞬間，她腦子裡浮現那個自己色誘光頭以探出被邀進會員特殊賭局的條件那個畫面，是百分百的伏低示弱。色誘本身就是犧牲型的朝貢手段，沒有手握權力的上位者需要對下位者這樣做。而在 Suite Q 被邀進 Suite R 的條件和從 Suite R 去 Suite S 的條件，都是能掌握運用更多資源的權勢上位。她無論如何不應該示弱。於是深藍色大衣第一顆鈕釦安全停留在釦孔裡，放出來的是花王推測的事件因果關係。

無論是梨津里有核潛艦，還是3003死者與紫光閣內帳之間的關係，都是她純粹推測，未經實證。脫口而出同時，就是在賭，賭對方知情，也賭對方得到這些資訊後，能為她證實這些推測。但她知道得太多了。

話尾最後一個音還未收聲，光頭的手已經掐向她脖子。她雖然完全不會看人臉色，動態視覺倒是一流，身體反應更是超一流。往右閃開同時，她用整隻右手抓住光頭左手的小拇指，向後一翻。光是能閃開運動神經就已經超乎常人，精準抓住對方肌力小而脆弱的部位，更需異常精準的動態視覺和即時反射肌肉速度不可。她在一瞬間做到全部，而且翻他小指的方向剛剛好是容易脫臼的角度。她對人體結構非常熟悉，操作也精純無匹。

光頭其實是退役傭兵團長，也是個打架專家，只是完全被花王嬌豔的外表所欺，想都沒想過對方有這種實力，才會被反擊得完全來不及反應。但是接下來他只會更來不及。因為即使只有小指這麼枝微末節的關節脫臼，整個身體的靈活度也會被拖累。因為脫臼很痛，非常卸力。

光頭小指後翻脫臼只是一眨眼的事，她行雲流水的動作完全沒有被這微小瞬間阻滯：右手本來反手去折光頭的左小指，反手到正手的力量順接，讓光頭關節逆位。這一整套流暢精熟的反擊，只是海濤尖上的碎浪，底下接著的海潮才是正主。左小指到左腕逆折，就同時壓下光頭的左手肘。她右掌根順勢在光頭的左肘下向上一推，同時打橫一個側踏，包抄到光頭的左後方。

這時還杵在小指脫臼的劇痛裡的光頭，整隻左臂已經從被折彎到順著左肩的球狀關節，向上畫了整個半圓，被推到自己身後反折。下一秒，花王的左膝已經從後背壓住光頭被反折的左肩背窩，而光頭的左右膝接著跌落到地板。她順勢把自己的右膝壓在光頭兩條發達背肌中央的脊椎溝裡，穩穩稱稱。而光頭，整個人從左手指尖到手肘、肩膀、背脊、臀腿，所有關節都逆向彎曲，整個人背向反捲，被打趴在地。

「抱歉吶。」她的語氣絲毫沒帶歉意。

「你要掐我脖子，我實在太害怕了。」憑這語調，誰都聽不出她有多害怕。

「你先不要亂動，我幫你把手指放回去。你亂動的話會裝歪呦——」語聲跟個哄孩子吃青椒的媽媽一樣溫柔。

「妳要幹嘛？」光頭雖痛，還能講話。

咯！小指物歸原位。一般人不知道，以為脫臼的那一刻最疼，其實把關節轉回原處的那一刻也足以讓人痛到失禁。她知道，還裝出委屈的樣子。

光頭整個人從出手，要抓小雞一樣抓住這陌生女人的頸子，到從肢體末端一路被這陌生女子向後屈折到跪地，大約只花了七秒。她不敢用更多時間，因為她力氣的確沒有光頭大。從光頭的房內配置就可以發現，短棍、拳套、沙包，以及他渾厚到幾乎無法用外力把他肩關節卸脫的肌肉層，都顯示他的搏擊專長是打擊技。被這種人打到，非死即傷，她非得速戰速決不可。憑她的體型，對光頭的優勢在關節技和寢技。站在他前面，無論是好好講話，還是好好打架，對她都很不利。反制光頭的關節，再把他的重心穩穩釘在一個無法平衡起立的傾斜角度，她才方便講話。

「我是Suite S的會員吶，玩不過癮，想去樓下Suite T賭。都沒有人邀我。我看你好像幫忙清理了3003的人，應該知道怎麼去樓下玩，就來問問你嘛——」一邊說，她一邊把光頭跪地的重心往後再壓一點，好讓他沒機會向前躬身起立，只能一屁股坐下或者側轉翻身而起。但無論光頭要先坐下還是滾地側翻，她都有足夠的時間反制。

如果只聽這間房間的對話，不看見光頭關節剛歸位，痛楚襲來汗出如漿的窘臉，只看從寶藍色長大衣前側的衩裡齊根挺出、深藍色蕾絲底褲下的雪白大腿，正從上而下壓制光頭的裸背，這個看似香豔但非常違和畫面，再聽她的溫軟語調、近乎撒嬌的口吻，一切都顯得像她原初的計畫：色誘光頭來拐出受邀進Suite T賭局的條件。

「愈往下層不是愈好玩嗎？我就是想要玩過癮一點啊——」她聽起來還是那麼嬌憨。但同時她的右手也撈起光頭的右肘，又把拇指掐在他橈骨腕間的太淵穴位上，一按就酸麻。同時制住左右肩，大大降低光頭側轉翻身反擊的機會。

電話響了，房間電話。

「一定要接嗎？」只用耳朵聽，這話講得像滾床單時，一方對另一方的抱怨。她放掉右手，右臂環著他的腰腹，背後擁抱，單手去拆他腰間皮帶。

「嗯。」光頭的鼻音多過氣音。她單手解皮帶的技術，比很多男人單手開胸罩的技術還好。比較麻煩的是，她從他背後解，得用自己的身體重量壓住光頭，以免他的重心改變。胸脯壓在光頭的裸背上，擠出深邃乳溝，可惜光頭無緣得見。

「那你現在正在上廁所，等一下回撥。」她不只撒嬌，現在耍賴了。帶釦開了，她伸手一抽。

「不行！」趁腰間一鬆，光頭一撐大腿，想要起立。

「你尿久一點。真的想找你的人，一定會再打來。」她語帶笑意。但同時鬆開體重，沿著光頭起立所需的上半身前傾，順勢把屁股往前一推，光頭用力過猛，撲跌在地。

她反身跨坐在光頭的胸椎上，雙腿大開，掩不住的蕾絲底褲，畫面誘人。但光頭當然無福消受。用腰帶束好光頭的手腕，她說：「要尿嗎？我不介意幫忙。」

這中間光頭有無數的機會講話或大喊，但光頭完全沒有這麼做，只專注於憑自己的力量脫身。雖然他力氣很大，可惜花王是關節技和寢技專家。只要她制住他整個人的重心，就一定會把重心壓在各種不便施力的體位上，四兩撥千斤。

「對不起喲，我實在是太怕你掐我脖子了。先這樣，不然我怕你不跟我講話。」每一句聽起來都在對他撒嬌，但是她才剛把他狗一樣牽到電話旁邊，以免鈴響。

「妳想幹嘛？」站在背後聽，他的口頰肌肉居然非常放鬆。即使用還在他肩胛中間的右手掌來壓他的重心，也能知道他的肌肉也不緊繃。

「我就是想問問你，從Suite S要怎麼去Suite T嘛——」

「T那邊會給適合的會員發邀請。我不是T，我不知道。」他的肩胛也是鬆緩下垂的，跟他耳後控制舌頭的肌肉一樣。

「真的不知道啊？」她聽起來真的失望了。

「那我走了。」

她真的走了。走得飛快，他也沒看到她的臉第二次。說起來，整趟對話裡，他只有開門和準備掐她脖子那幾秒正眼瞧過她的濃妝。

皮帶不難解開，但綑綁方式足夠把他的重心後押，讓他很難追上她。光頭每天都在處理荒謬無比的事情，但今晚這趟遭遇的荒謬真的是數一數二。幸好她沒有幫他尿尿。

她問房間電話是不是一定要接的時候，他已經知道她對他絕無殺意。反制他只是一個高手的反射動作，而她是高高手，所以做得異常好，如此而已。一個男人，尤其是搏擊高手，被一個女人壓在地上動彈不得，情緒通常都是反射性地屈辱。但是他今天沒有。除了被卸脫指關節又被反制在地的那幾秒鐘驚愕，他連怒氣都沒生。心裡也不覺得荒唐，只感到神奇：這女人的技巧真是此生見過最好。擒拿迅捷精準已經是很了不起的技術，但是更了不起的是她的壓制方式。

她的體重無疑比自己輕至少三分之一，要光靠擒拿來壓制他非常困難。但是她即使是單手，都能把他擰在一個使不上腿力、用不到腰力的位置，這實在是神奇到他簡直想被壓久一點，好慢慢研究怎樣掙脫。把手腕從自己的皮帶裡滑脫，他左手拇指往她剛才印出的指甲痕上比畫。他當然不知道太淵穴這種東西，但是腕間這個點一旦被壓住馬上襲來的痠麻，簡直像本日新知一樣，讓他整個人覺得這一趟荒唐像一門高級課程。他發現自己在近身搏擊上，差這女人的程度太多。

最感荒謬的還是花王本人。光頭看不見自己背後發生的事，但她看得見啊！她人生頭一遭穿著性感內衣打架。這種裝備明明應該是妖精打架的時候穿，她卻結結實實掰脫了一個男人的關節再安裝回去，還用露出半邊臀頰的蕾絲屁股坐在一個光頭男子背上。跟她原本想好的腳本實在差太多。她甚至連性慾都準備好了，有必要的時候也許色誘到極致。

結果她抽掉人家皮帶還不是為了脫他褲子。當妳準備好要幹炮結果只幹了架，心裡的空虛可能比想玩梭哈結果只玩到抽鬼牌還空蕩。更空虛的是，被完全壓制的光頭居然給了個管家等級的官方答案：Suite T會邀請適合的會員去參加賭局。她唯一不擔心的是光頭把今天的事透露給Suite S，因為一個男人被女人狠狠打敗，絕對不是他會張揚的事，發生在他房裡，對他更是萬幸。光頭顯然是以武力專長提供服務的人，打架打輸這種事更不可能告訴雇主。

但花王直覺自己應該做點什麼，不然今晚什麼都白幹了。平時，找人打架是很棒的發洩方法，但是今天連架都打過了，還是空虛到炸裂。她拎起菸盒，走進沙漠夜色，叫富貴把梨津里那個小半島，截至目前的所有衛星和聲納探測資料分析給她。

今天的薄片黑巧克力吃得太快，因為她心躁，嚼著吃。話才講完，巧克力就沒了。她往大衣內袋裡重新掏出菸盒，要拿第二片。

來了個人。他沒有穿荷官制服，但是是認得的那張臉：傑西。沒打領結，大概是下班了。她把菸盒往旁邊伸，遞菸般地請他吃巧克力。他笑著點頭，菸盒裡裝巧克力這個情境有點逗。

她也許沒有注意到，也許注意到了但不在意，也許注意到了但是決定不要改變這個現狀：在她交叉的腿間，從長大衣展開的下襬來看，不難發現她大衣底下只有蕾絲底褲。從他站立的高度和距離來看，要看出大衣領口內只穿了透肉色的深藍色蕾絲胸罩也不無可能。總之她不遮不掩，從內袋撈出菸盒後，沒花一點力氣整理下襬，任它散著。

她食指和拇指指腹輕輕夾著巧克力，以免體溫融化表面，會黏。傑西沒有伸手拿巧克力，他走近一步，低頭，以口就手，往她手上銜住那片薄薄的辣椒黑巧克力。他卻沒有銜走，只在她的食指和拇指之間，把那片辣椒黑巧克力緩緩含化。

正方形巧克力薄片的兩個對角，不能確定哪一角融得比較快。只能確定融化之後，兩角的體溫得往中間移。整片巧克力在體溫中從固態很快融成液態，傑西嘴裡能含的東西只剩下花王的食指和拇指，雙唇之間的舌尖也盡責地把殘存的黑巧克力漿吮舐乾淨。

今夜良夜，今宵良宵。

花王此刻深能體會客房寢具使用四百針棉布做床單的好處：感官放大的時刻，不滑不澀，讓她能無礙沉浸感官之樂。傑西是個很乾淨的男生，此刻嚐起來卻是鮮鹹。她忍不住貼著他蒸潤溫熱的皮膚表面深吸一口氣，鼻腔充盈。人的指尖神經密集，她在他被汗水浸潤的皮膚上，有時候會一不小心溜開，尤其是肋骨側面和滑韌的背肌。他光潤平滑的青春，在她特別薄的胸口肌膚上反覆溜滑，汗沁得多，愈來愈濕。再濕也濕不過她腔內，在稀稠之間，進程滑潤無比，停不住也退不出，只一味迴環反覆。她一挺腰，他才得到一個稍停的機會，緊貼她深處無所不包的溫熱。深吸一口氣，也緩不過來，因為她從肺裡深吸，也從膣裡深吸。

她眼裡所見是他圓嘟嘟的嘴唇和牙關已經閉不上很久，珠圓的鼻頭從沁汗到滴汗，整張臉唯一顯得英氣的濃眉蹙起，圓晶晶的眼睛被他的單眼皮闔上。也好，遮起視覺，其他感官能放得更大。她要來了，無論是今夜準備充分的性慾，還是這個男生含住巧克力的那一刻，抬眼望向她的專注眼神，都讓她想要盡百分之兩百的力。她一點不擅於了解人的表情，才會需要記憶那麼多顏面肌肉和情緒的關係。但他那股飽含水光的眼神，只專注看進她眼裡，把她整個身體給看得熱騰。不只明目張膽地透出對她的欲求，還直勾勾地走進她的身體邊界，濕暖暖含著她的指頭，軟嫩嫩地緩緩舐動。輪到她了。

花王對人體的掌握極精，不只在關節技和寢技上，她連自己內裡的肌肉都練得分寸有致。從膣口開始，壁側的肌肉內收，把他微微往內提了一把，這還只是起個頭。內壁的肌肉從前後夾進中央，這是他第一次被攫住。不料從最深的內裡，又有一股內拉上提的肌肉緊度，從後到前、從外到內，他被緊緊環抱，收束在她裡面，無從逃逸。

他顫著後仰的身體呼出最後一聲，反弓的身軀蜷抱住她。這讓她格外滿足，就繼續從內裡緊握住他，令他忍不住繼續輕輕顫抖，但喉間出不了聲，只是進氣粗重。這時候他格外沒力，已經撐不住自己，只能把體重真真實實攤在她身上。她很喜歡。從頰側到胸口、從腹面到腿間，溫熱的重量，實感十足，很能真真切切感受到一個人的全部。

她體能一向極佳。到現在還沒把氣喘過來的原因，不是因為一場淋漓的性愛，也不是因為之前打了一架，而是傑西光潤飽滿的肉體，還有他光潤飽滿的靈魂，現在都以真實無支撐的原始重量壓在她身上。接近純潔無瑕的氣息，讓她喘不過氣。他不見得非常年輕，但無論是不閃不避的眼神，還是每次準備衝刺時呼吸的速度，都透出一股純真：通常只在還未被人生磨耗太過的人身上才能看見的奮不顧身。她沒料到在這座賭場能遇見這樣的靈魂。

他睜開那雙線條清晰的單眼皮，無畏的清澈眼神，正對她的眼睛。他今晚第一句話：「我叫朴英（Park Young）。」名字是最短的咒，他脫口而出，無法收回。

她的手還在他汗濕的背上，他整個人都很飽滿，顯得光滑完美，只在左肩胛後有兩粒突起的痘子。她忍不住想：得戳破這層完美，否則這股滿足到幸福的感受，恐怕讓自己由慾生情。她右手中指的指甲，斜角內壓，不輕不重地摳破一粒不大不小的痘子。背後看不見的微型火山爆發，在她指尖下，本來應該要挖出一個破口、一個瑕疵，但那是青春痘。濕淋淋的汗很快掩過小破皮滲出的漿血，他連噴湧出來的，都顯得青春無畏。

她看著他的眼睛，視線沒有逃開。一直到疲倦把兩人一起捲進睡眠，她都沒有逃開。但她銜起舌尖的衝動，沒有以自己的本名回應。

先醒來的是她。房間電話留了Suite S的訊息，請她有空可以去Suite S領東西。沒說是領什麼東西。她決定留六百美元的現鈔在朴英的外套口袋，算做給他的夜度資。如果不用這筆錢來稍微玷污他光潔無畏的純真，恐怕自己會被這份純摯給絆住。現在不是可以被任何東西絆住的時刻。

她又忘了問 Suite R 以後的賭局要怎麼打賞荷官。

＊＊

朴英常在賭場過夜，都是在樓下排大夜班。在賭場樓上客房過夜是十年來第一次。十年來，朴英在賭城只說過本名兩次。第一次是來應徵，第二次就是在這張四百針棉織床單上。為什麼那麼想要告訴她自己的真名？高潮後張開眼睛看見她的那一瞬，如同燈開，點亮萬古長夜。此前，他的生活漆黑，沒有光，也不知道有光。那一刻，是生活黑暗到光明的交割。

他一輩子都在服侍人。賭場荷官無論發牌、搖骰、疊籌碼，都是面對面的服務業，當然得讓賭客稱心順適，打賞才多。他的每一段細心和每一波笑容，都是職業所需的情緒勞動。他不介意，他就是來賺錢，這些勞動都能得到相應的報酬。這裡是整座沙漠賭城豪客最多的地方，他很珍惜這份工作。

韓國鄉下，很多男生一輩子也不會煮飯做家事，但他不是。父母去城市工作，祖父母年老、妹妹還小，他是家裡最堪用的勞動力。不過他書不算唸得好，本來就打算早點服兵役、早點工作賺錢。不管是伙房裡劈菜打飯的小兵，還是船廠老闆的司機，他都是勞動力基層，鮮少被當個人來尊重，通常都是隨傳隨到，配合人家方便的角色。他也是跟朋友吃烤肉的時候負責顧肉夾肉的那種。

這位小姐第一次在Suite Q給的小費算大方但隨興。在他精心排好讓她稱手可用的籌碼塔柱後，她大手一壓，潑喇喇把籌碼攤得亂成一片。雖然她嘴上只說請他把落出檯面的籌碼當小費留下，但他看得出來，接續壓散籌碼塔的時候，她刻意左右揮灑，好掉出更多籌碼落在檯外。他當然不會抱怨，畢竟一枚籌碼一百美金。

所以他才會在第二次遇到她的時候，告訴她她是魚。雖然不在她的檯上發牌，從背後光是聽賭客的聲響，也可以發現她戲劇化地連戰連勝，最後一次輸光。他一般不這麼做，荷官本來就不應該跟賭客在賭檯外聊天。不過抽菸區嘛，眾生平等，誰都會借誰打火機，24K金打火機和超商塑膠製品都能點火。雖然沒有人點菸草，一個吸了大麻、另一個吃巧克力，閒聊個一兩句不過分。

第三次碰面，她躺在地板上。他不知道她為什麼躺著，也不知道為什麼他走進Suite S她不起身。可能是賭客根本沒把荷官放在眼裡，他們這些穿制服的只是賭場設施的一環。但是她問問題的態度不是把他當工作人員，而是一個可以信任的人。好像他是朋友。他在這整座沙漠城市裡沒有半個朋友，只有盡量多排班、多賺錢。

第四次見面，她真的把他當朋友。她在他面前的自在，不是不放在眼裡的自高身分，也不是有錢人慈善打賞身旁小廝。她只是看見認識也信任的人，舒服自在。雖然滾床單真的是個意外，好像是他人生截至目前為止最美好的意外。

她算是漂亮的女人，雖然跟賭城內冶麗的伴遊女郎不在同個檔次，但是修長的身材和容光煥發的臉龐，跟大部分的賭客都不一樣。直到開始吮舐融在她食指上的巧克力漿，他才回過神，發現自己正在舔她，而她沒有拒絕。她不但沒有拒絕，還看著自己。她體溫升高蒸出的氣味，直接從大衣下透出，一點阻隔也沒有。低頭才發現，大衣裡頭只有蕾絲內衣。他的大腦有點無法處理這麼誘人的情境，說不定不是因為透肉的深藍色蕾絲，而是溫熱的身體氣息。再回過神的時候，他已經在她的白色床單上、在她身體裡，一片濕濡。

從來沒有這麼舒服過。她比口舌還要全面濕熱靈活的膣腔，按摩一樣含著他滾動，不讓他走。他沒想過可以有這麼深的結合。而她還在吸吮，蠕蠕內捲，像笑臉歡迎的鴇母，邀他再深探、再前進。前方無什，只是一片溫熱，十足緊致的濕熱。被深深攝入到她腹腔深處的時候，她從裡頭一擰，擠出他最後的高潮。他幾乎要把靈魂脫開，留在她裡頭。她甚至在他脫力之後，仍然從內裡輕輕夾緊逐漸消軟縮小的他，在他虛弱但仍然敏感的消褪期，持續讓他合不攏嘴也喊不出聲。售後服務做得比本職還敬業，比他還敬業。

不只是按摩般的體腔接楯令人心蕩，他連心靈都得到一場按摩，雖然兩個人一句話都沒有講。做愛畢竟是兩個人的事，誰主導誰配合、誰在前誰在後，每一瞬間協調起來都可能有扞挌，一轉念就不合的也有。他非常明確地感覺到她在配合他，而且非常高竿。她自己支撐得很好，在任何體位都穩定得不得了。他只要選擇怎麼做，就能順風順水地捧著她的腰湊上。她抓節奏之快，在他找出自己的節奏之前，她已經找到當下的節奏，準準地迎上他。她既在領頭，又隨時跟上，時時刻刻熨貼上他當下的需求，須臾不離。他整個人在那當下，被她摸了個透。

朴英不知道自己值得這種對待，雖然他一輩子都盡力這樣對待別人。但是那真的不只是被服侍，因為無論如何，她都沒有討好他的理由。而且單是一味討好，也做不到她那個境界：他覺得自己被另一個人理解。從他人對待自己的態度裡發現自己做為一個人，貨真價實地有價值，是在生活裡發現的新大陸。摻了汗，但他確定某一刻，自己眼角有淚。

這還不是她第一次從無光的闇黑中點亮他的燈。

有個國際笑話：俄國是誰罵我我就打誰、以色列是誰心裡想打我我就打誰、美國是想打誰就打誰、英國是美國打誰我就打誰、日本是誰打我我就叫美國打誰、南韓是誰打我我就跟美國一起演習。最後由朝鮮壓軸：誰讓我心裡不痛快，我就打南韓。

朴英是韓國江原道高城郡人。高城郡是整個大韓民國的最東北角，在北緯三十八度線上，與朝鮮民主主義人民共和國接壤，高城郡的北部在朝鮮境內、南部在韓國境內。隔壁的麟蹄郡有軍營，但他們高城郡只是漁農村。那是政治和軍事上的緩衝區，不是戰爭的過道，就是隨時可能被犧牲，沒有任何發展價值的一塊領土。因為和朝鮮發生衝突的機會太高了，連基礎建設投資都很落後。那個國際笑話就是高城郡的現實，這是一個無望的鄉村，人口外移特別嚴重。

光鮮亮麗的南韓首都首爾，離朝鮮也只有四十公里。整個南韓都要面對朝鮮問題，只是在高城郡，這問題貼身如內褲。能脫身的做法只有離開，愈遠愈好。於是朴英穿過整個太平洋來到這座沙漠賭城，離朝鮮極遠，離錢倒近。他打算認真存錢，帶家人搬到其他地方去，只是還沒想好要去哪裡。

然後 Suite S 收到一份賭注檢證：朝鮮核武分布全圖。他幫忙搬方尖碑的時候看到，當下沒有想太多。前天把一整檯撤下的方碑，從推車移進庫存架上，就看見那尊新做好的賭注，會員編號 TSA0098。有了方尖碑，表示 Suite S 確認這項祕密的謎底確實存在賭客手裡。有了謎底，就表示瞬間解除朝核問題的確可行。任誰都知道朝鮮軍隊裝備有多麼不足，高城郡的農民都知道北方同郡的農民過什麼苦日子。只要卸除核武，朝鮮對韓國沒有威脅性。

一個不受朝鮮威脅的韓國，這概念像一盞燈，拿一絲希望點亮朴英至今無所冀盼、只求逃離的人生。一個不需要逃離的故鄉，多好？他承認，會以口就手，去銜起她手裡的巧克力，想親近這個擁有朝鮮核武全圖的人是部分原因。但不知道是彎身下來導致頭暈，還是荷爾蒙薰得他腦袋發暈，總之回過神來時，自己已經把她含在嘴裡，用舌頭包捲著舔舐了。她瞧著他舔，一臉享受，他沒有不往下的道理。

發現口袋裡有六百美元現鈔，朴英雯時間懵了。這什麼意思？

＊＊

Suite S要花王去領的東西是一張名片。要不是上頭鏤有S字母，實在很難發現這是一張名片。表面上看起來，這東西的確是普通名片的尺寸沒錯，但是怎麼看都像是網路圖片上被塗黑的一塊長方形，只是發生在真實世界裡。嚴格說起來，跟這東西最接近的是黑洞，因為它連光都不反射出來。只有正面鏤空的S字母可以直接透光，其餘的表面都被地球上最黑的物質覆蓋。後來她才知道，這絕對黑，靠一層叫做Vantablack的奈米碳管結晶，滿新的技術。

世界上其他黑色的物質，無論是木炭、墨汁、黑絲絨還是號稱純黑的映像管，只要打上光，都能看見材質表面或粗糙、或光滑、或細緻的質地。這張名片卻沒任何一點反光可以看出表面材質，只像世界被挖空的一個長方形黑洞。在炫富和炫技之後，Suite S給了會員一個超乎想像的神奇感受。這會是Suite T需要的賭本嗎？

就算拿到了邀請卡，花王也不知道自己為什麼獲邀。她昨天幹了一架、打了一炮，也許其中一件事情有幫助。但是這到底能有什麼屁幫助？

去Suite R覓食三次就會有一次遇到佩鐸。佩鐸今天看起來不一樣，他瞇彎著眼、提著嘴角徑直朝她走來，經過她身旁的時候，抽出胸前的透明壓克力名片：R。（好傢伙，要往下一層去了呢。）還好她今天也拿到了S名片，還是跟他有一層資訊落差。早點告訴他會員編號的祕密好了，多換一週來搜刮數據。

- SUITE T -

管家在內室裡打開電梯入口，請花王自行取用。整間灰色調的內室底端，是一片平整的霧灰色雙開門，電梯非常寬敞，明明一次只能載一個人。花王把黑得像異空間入口的S名片放在電梯內側的卡片閘，閘裡打出一道紅光。那張名片不反射任何光源，吸收殆盡，電梯關門，緩緩下行。這次也非常老實，只往下走，大約兩層樓的移動時間。（果然是一路賭下去）花王暗記。這座賭場的地面建物毫不起眼，以便隱匿地底的蜘蛛巢城。

這麼難進的Suite T，離她的終極目標有多近？如果賭注的規格跟層級終於來到傾國傾城的等級，她願意賭到粉身碎骨。Suite S是一片黑；而Suite T電梯門打開，是一片白。（這裡也不是熱鬧滾滾的賭場大廳氛圍啊）她邊看邊猜。

白跟黑都有無限多的層次和質地。電梯門外的整片白牆，不是百合白色的水泥漆，而是瑩白透光。一般建築喜歡用白色大理石營造高級感、用乳白色玻璃打出科技感，這裡兩者皆不是。面前的半透明玻璃，不是磨砂玻璃，而是導電玻璃。半透明玻璃本身只是半透明，這一片白靠的是玻璃後面均勻整致的白色物體。第一眼看，既透明、又瑩白。十足費事。

白透如天堂的純淨牆面上，也有一個剛剛好能插入名片的孔隙，連孔隙都映出白光。把洞黑的卡片插進這一片瑩白，幾乎有種玷污感。是純黑玷污純白，還是純白玷污純黑？以表面硬度而言，奈米碳管比較脆弱，玻璃硬得多，讓人怕刮傷黑洞的表層。

整面玻璃是一道對開門，門一滑開，一整個挑高、正方的白色大堂，是一個長寬高相當的巨大白色立方體內部。空間一大，人就覺得自己渺小；人一渺小，就畏懼外在世界。在白色盒內面和導電玻璃中間，讓整面玻璃牆瑩白無匹的，是光。

大阪市的茨木春日丘教會，人稱光之教堂。牆面上十字形的破口，讓光透出，以虛穿實，用光嵌成十字架。而Suite T在白色盒子的底牆，頂上和正中，各有一道凹陷的間接式光源，巨大T字裡頭透出的光，均勻反射在整個白色盒面，打亮盒面與半透明玻璃之間那層瑩瑩如月的透白。

于前在頂的巨大T字光照迎面灌頂，在深深的地底四層，卻也和煦如日光。這是座儀式感充滿的聖堂，避開過分精潔的科技感死白，用全周光填滿整個空間。沒有比沐浴在日光裡更令人類感到神聖的東西了，離罪惡賭城的距離一下子拉開。

這裡一張賭檯都沒有，忝為賭場。如果不是正中央祭司台般的中控台，整座Suite T就是一座聖殿，一條條水晶方柱，是諸神和聖徒的神龕。花王面向堂心的中控台，和樓上一樣有多種語言選擇。除了賭檯，Suite T和Suite S的操作似乎挺接近。才怪。

中控台用電子紙介面，配合純白的內裝。這個螢幕的功能主要也不在操作，而是閱讀，讀這座白色聖堂的十誡：

一、所有人都可接任所有任務，唯須在期限內完成。

二、累計三次未能完成任務者，不得再進入Suite T。
三、洩露任務機密者，永久不得進入賭場。
四、會員完成任務後，取得深層會員編號。
五、深層會員不得成為Suite T任務目標。
六、會員可開設之任務數量，等同於會員完成任務數量。
七、同一任務目標不得重複開設。
八、因任務被任何勢力究責者，永久取消會籍。
九、會員失去會籍後，其開設任務取消。
十、深層會員得受邀進入貴賓室。

簡明來說，Suite T就是：去殺人。

三次殺不死，你就別想再來看這裡的名單。這可不是Suite S，還幫賭客即時更新資訊。殺人得無痕，被發現的話絕不讓你有機會拖賭場下水。但是殺完之後可以叫別人幫你殺人，而且這裡沒人能叫人殺你。最棒的是，進入更高級貴賓室的方式，在Suite T講得清清楚楚：只要能成功幫深層會員無痕殺人就行。

整座白色大堂滿是水晶方柱，柱高等身，折射出眩目的水晶碑林。每條水晶方柱上都刻有人名及簡介，例如：Suzana Suavez — TCC新聞主播、Vince von Lardz —環保激進倡議者、Hans Gutemann —巴登．符騰堡邦議員。剔透的水晶柱身下是白石基座，基座附明確任務細節。幾乎每一項任務都有時間限制，還有部分任務要求能馬上被發現屍體，甚至見報。貼心的任務會附上這位目標的詳細資料，例如病史或情婦地址，以利作業。其中最觸動人心的編號A57，是一位八十七歲的女性，特別標註：不能讓她痛苦。那是整座白色聖堂裡，僅有的溫柔，其餘的都是冷冰冰的資訊指定，例如：

B35—姬近臣—中國丹東商人—自然死亡，無人為跡象—新義州—時間不拘

發現一個認得的人在待宰名單，頓時顯出現實有多荒謬不堪。姬近臣是中國丹東到朝鮮新義州的貿易商，從朝鮮出口勞動力、從中國出口物資，需求強勁，年年大發。她一部分朝核全圖的情報，就曾經透過姬近臣從朝鮮運出來的人交遞。誰想置他於死地？

有了一個認得的人，這裡幾百條剔透的水晶方柱，以姬近臣為中心，一個個都成為生鮮血活的人。從立柱人也希望她不要受苦的A75，到被指定必須先把他單獨囚禁一週後才賜死的C07，人人都以被指定的死法浮現在水晶方柱裡。

花王親眼見過一個人眼裡生命火光熄滅的瞬間。但這種事就如同時差，永遠無法完全適應。人能適應的，只有衝擊帶來的痛苦；對衝擊本身還是無能為力。就算姬近臣這種人，據

說從朝鮮透過他們進中國的女工，只要稍有姿色，都被他留置，狎玩過一輪才放人，的確罪該萬死，但他的確還活著。把個大活人往死裡攢，不是一個瞬間，而是一段過程。就算用氰化物，過程也會發生在準備跟調查，以及收屍，全都需要滿懷殺意，成本極高。

和幾百條水晶方柱並肩，花王在一片瑩白中回顧自己這兩個月來的經歷：她在Suite Q丟失一次理性的時候，還不知道自己去Suite R會輸掉身家，直至在Suite S輸掉自己半生創業的成果，以為自己已經沒有可以賭的東西，不料Suite T要賭命，別人的命也是命。她再往下，就是拿良心換前科。

理論上，花王是政府公務員，為了執行任務也不能犯法。當然，詐騙跟偷渡這種程度的犯法常常需要做，她駕輕就熟。她也知道有些人因為她們的工作成果而死，但只要不是他們的線人，只要是他們的敵人，那甚至是戰果。但這裡不是戰場，也不存在戰爭，殺人就不是戰損，只是屠戮。屠戮在任何一個地方都犯法，也違反所有道德原則。

有錢人可以簡單買兇殺人，付費完成、自動晉級。難在要對Suite T證明人是自己殺的，親自把罪證奉上給Suite T存檔。成為Suite S會員的風險是繳出自己手上握有的機密，拿別人的也行。能握有的機密終究是由你是誰、你的資訊網有多廣決定，難免透露出你的真實身分。但Suite T深層會員要上繳的，是投名狀。殺過人，大家就是共犯，不好相殺，一同快樂當深層會員。

她第一次，新進入貴賓室，一點都不急著往前衝。除了朝核全圖的變數逐漸進入掌控範圍，只要花時間心力就有機會即時更新，主要還是殺人至少得賠上一個人的人生。這不是她自己賭身家、賭命，可以自行吸收向前闖關的風險。

瞬間興起向肉包請示的念頭，但她沒有肉包的聯絡方式，只有富貴的對講機。這種事沒有什麼好跟富貴報備的，富貴只需要幫她收集這整片水晶碑林的人物資料就夠忙了。其實Suite T水晶碑的數量比樓上的白石方尖碑少得多，做出決定卻比樓上難了百萬倍。

她遁入思考：Suite Q過濾掉錢不夠的賭客，開啟賭場外難以想像的豪賭；Suite R是超大型兌幣房，加速一筆筆流動性低的資產流動，賭場從中搾取1%佣金，對賭場一定也是重要收入；因為Suite S沒有直接收入，只能獲取會員機密；而Suite T甚至沒有人真的獲利，只有一些人的障礙被剷除。Suite T後面有更高級的貴賓室，Suite T只是這級貴賓室的篩子，每一層賭場，似乎都是下一層的篩子。Suite T要篩選的條件是什麼？

錢是最基本的，有辦法的人，一定能搞到錢，很多很多的錢。資訊不對稱能把錢的槓桿加大，或者權力不對稱也行，所以機密確實是很棒的優勢。殺得了人、殺得起人、殺完人之後不會有後果的人，怎麼說都是有力人士，而且是各方面都有關係到足以不受法律制裁。如果說Suite Q篩的是最基本的可支配資源總量，Suite R篩的就是資源支配能力。能在Suite S如魚得水的人，資訊網或關係網的層級必定不凡，也就是說，與其他資源豐富單位的連結也深，這樣才有機會逃脫法律制裁或報復。下行至此，會員資格已經不是挑你有能力擁有什麼，而是能承受失去什麼。

花王一嘆。殺得起人，是無論如何無法繞過的深層會員敲門磚。（這雙手要用來造孽了呢）花王攤開掌心。

取得深層會員資格勢在必行，只能從既有選項裡挑一個比較能接受的。她想做那個「不要讓她痛苦」的任務，因為溫柔可能是最好的結束。但是A57的位置在剛果的金夏沙，又有內戰又有伊波拉病毒，光是去要找到那位似乎活得很痛苦的女性，時間成本就高到不合理，而且誰去取她性命，都可能攤上自己性命。到底為什麼會編在明顯比較容易的A等級？唯一的優勢就是應該不容易被追索，後續好辦，才會編入A吧。

Suite T就是個嚴苛的資格考試，怎麼過不重要，有過就成。花王想挑個容易完成的標的，將重點放在完成任務。「容易」在不同的目標設定裡，有不同的定義。容易死的人，除了老人、病人，還有那些喜歡把自己暴露在風險下的人，都非常稱手。還有些人容易下手。基本上，只要人沒有保鏢、沒有名望、沒有人在意，下手起來都非常容易，而且絕少引發認真調查甚至挾怨報復。人窮不只志短，也可能導致命短。

符合所有容易定義的好任務早就被挑光。還有種容易，在事少錢多離家近的條件裡，屬於離家近。也就是從Suite T過去完成任務，來回交通時間最省。雖然她心裡想選的是那個

「不能讓她痛苦」的任務。讀完她的年齡、體重、病史，花王連巴比妥鹽注入靜脈的濃度和分量都已經心算完畢。如果有需要，花王甚至可以握著她的手，靜靜陪她度過最後一程。可惜花王完全沒有那個剛果時間可以飛去金夏沙完成任務再飛回來，也沒有那個命去取她的命。祝她好走。

B12是她能找出最容易的一單。飛機航程一小時，從沙漠賭城開五個小時的車能到，不會留下旅行紀錄。留下最少線索才容易成功，白色聖堂考驗的基本面，她這輩子第一次這麼認真製造不在現場證明。

她還有一個不起眼的小祕密能用來當賭注。她駛出賭城後兩個小時，佩鐸手持花王的R名片，為她進Suite S下注。佩鐸已經取得R的名片，不需要貪她那張。更重要的是，自己目前還有求於佩鐸，他沒必要質押她的壓克力名片。她同時把Suite S的會員編號是機場代碼這項資訊拿出去換，畢竟在佩鐸提交的祕密做成方碑之後，他也可能自己發現機場代碼這個小祕密，不如賣個人情，幫他增添觀看賭局的趣味。用一樁小罪惡掩飾另一樁大犯罪，非必要，只是加層保險。

畢竟這項任務不算艱難。任務目標除了身體不算健康、年紀不算輕之外，還有酗酒跟藥物濫用的紀錄。最棒的是，他人品也不怎麼樣，多次讓球員在賽前使用禁藥，成為球迷的眼中釘。雖然有名氣，但是輿論不會對他的死感到激憤。更棒的是，他太太身上有家暴的痕跡，花王下手的時候連罪惡感都能舒緩。除了住宅區人多、保全系統規格高之外，這是檯面上的任務裡，屬於該死的。

在他常去的酒吧請兩位漂亮小妞灌他半醉，完全沒有難度。比較難的是選擇什麼手法來完成終極目標。刀槍這種留下外傷的方法當然不行，自找麻煩。促進或抑制生理機制的藥物，無論是口服還是注射，如果留下太新的針孔，或者殘留量容易檢出，也會留下殘跡。能讓醉漢從樓梯上摔死當然是最棒的，可惜他們家沒有樓梯。

她只加上一點點乙醚，以確保他意識不清，但還活著，能自體血液循環。因為屍斑成形的時間會決定她的不在現場證明有多可靠，雖然最好是連用都不需要用到。這個中段肥胖的中年人，打呼的聲音真的很大，因為睡眠中呼吸中止致死，實在是跟他的健康現況太符合了。所以她乾脆俐落地在他喉結以下的領口內，捏碎環狀氣管軟骨，還確認有空氣外洩的聲音才離開。緩緩漏氣、慢慢缺氧，還能夠延後他真正的死亡時間。如果他命大一點，就能在她回到賭城，去隔壁熱門賭場大廳豪賭一把，順便大方打賞荷官的時候才腦死。賭場都有監視器，不在場證明完美。

個屁。了結一個昏迷的中年男子，憑她精到的人體掌握和飽足的指力，就跟打蛇打七寸一樣容易，技術問題。但是為什麼高級住宅區外頭有喝醉的小混混？而且一次五個人。要全部打到失去意識也很難，而且小混混都看到她的臉，還用大舌頭的西班牙文對她喊「Chinitita（中國妞）！」叫她給他們樂一樂、要她幫他們吹。小混混那些胡話都不打緊，打緊的是不要引人注意。從這幫小鬼畜脫身相當容易，難的是不要讓鄰居聽見吵鬧、不要讓路人拔刀相助、不要讓任何人叫警察。簡而言之，不要讓任何人留下任何印象。

（這些成事不足敗事有餘的小鬼，當年就該被他爸射在牆上！）她暗罵。

她當然不可能喊救命，更不會跑去人多的地方。往派出所去是別想了，光是少讓幾個人見到她的身影，就能降低失敗機率。她想過，乾脆回過頭去跟這些小混混調情，以降低這些王八蛋醉後毫無節制的音量。但是把臉轉過去，被記住的風險太高了。

時間也與她為敵，她還有不在現場證明要計算。她開始小跑步，跑在一個這些醉鬼勉強能跟上的速度，醉鬼連跑步都很吵。她一邊跑一邊拿出黑色口罩戴上，確認跑到一個三邊都是高級住宅花園的街角，盡量離有人居住的屋舍有點距離，而且還有樹影。關節技在這時候並不好用，因為讓人吃痛會叫得很大聲，而且花力氣制住一個人，還剩下四個人要應付。媽的。

她轉進一個有矮牆的轉角。跑比較快那個小混混右轉追進那個轉角，她對準眉心，用中指指節硬敲，馬上又在兩邊太陽穴補兩拳重的，把這小王八蛋瞬間砸暈才行。因為下一秒，這個小王八蛋就要成為用來砸下一個小王八蛋的武器，而且得正正準準地頭砸頭，把第二個人最好砸暈，至不濟也要撲倒在地上，阻一阻整隊王八蛋。

她在轉角，左手提小混混背心、右手抓後腦勺，抱著不如砸破腦袋的決心，把第一個小混混撞進第二個小混混的腦袋。

「打我！？」

「去死！」

她盡全力把兩個小混混撲跌的位置留在轉角之前，讓剩下三個小混混在轉角之前停下來處理那一團亂，最好還能打個群架打到頭破血流。她得先閃。

這五個小王八蛋浪費了她半個小時，跑過來的方向還跟停車處逆向。她特地把車停遠，這樣一來一回就耗了超過一小時。而且她絕對不能超速，絕對不能被開任何一張超速罰單。

足足開了五個小時的法定最高速限，剛把車停好，她餓得個半死，擦把臉，套上寶藍色大衣，馬上帶著前天就換好的籌碼進場。在賭城最熱門的一家賭場大廳，誇張闊氣地賭了幾把大的百家樂。一贏錢，就興高采烈地打賞荷官，隔壁幾桌的荷官也同場吃紅。荷官的滿意度是整座賭城最有保障的東西，只要你跟荷官沒過節，他們都會記得大方賭客的臉，畢竟要討好你，下次多領點打賞。打點完畢，一進房間，她連鞋都沒脫就趴倒在沙發上睡著。

大城市代表隊球團經理逝世，理論上一定會上新聞，她一起床就在找當地報紙。沒有，什麼都沒有。當天下午，球團經理的社群帳號甚至還更新表示正在為季前在熱身練習。（發生什麼事了？）花王覺得不妙，不知道該不該把領走的任務退回去。要嘛這個任務機會失敗了，要嘛球團為了顧投資價值在裝模作樣。因為被追溯責任的懲罰比失敗重得多，如果現在不退回任務，案發的風險也會很高。

球團更新資訊只有兩個可能：一是有人想要掩蓋球團經理逝世的時間，以維持球隊出售價格。二是自己沒有成功讓那傢伙嚥氣。一很完美，二很慘。因為二會導致球團經理本人報案或尋仇。但是這整個計畫的實施要點之一，的確就是在自己離開後好幾個小時，任務標的才真正移除。

她決定不要賭這一把，先把賭注退回 Suite T 再說。因為往下賭是必須，她還有兩次機會可以成功完成任務。同時她想辦法駭進離那個高級住宅區最近的醫院和附近的殯儀館，翻找裡頭有無窒息或氣管相關症狀的資料。他媽的還真的有，只是名字跟任務不一樣，姓氏倒一樣，連長相都很接近。

她回想了一下那個主臥室裡閉眼張嘴睡覺打鼾的半禿灰髮中年男子，和資料照片上睜著眼的檔案照，以及新聞上的發言照片，的確有落差。雖然說親戚的確可能共享相似的臉部特徵，兩個人的鼻子也的確很像，但是睡翻的微禿半老中年男子之間，大概不免俗地非常相像。考慮到前一天是感恩節，兄弟待在同一間屋子裡的確不無可能。而且夜裡不開燈，黑人的長相又比其他人更難分辨，因為皮膚反光度極低。

為什麼這些開頭看似簡單、執行時手感順利的任務，後面都來個滑鐵盧？她覺得好累。不只是昨天一整天的奔波，主要是這球團經理的弟弟沒有什麼顯著的劣跡，自己趕時間趕到錯殺一人，特別難受。身體的累睡一大覺、洗個澡、大吃一頓可以緩解，但是B12的弟弟就這樣在自己的右手食指和姆指間喪命，她非常抱歉，而且沒有機會道歉。第一次進入Suite S時，讓她忍不住往地上一躺的那種疲累，從腦後翻到眼前，她卻沒時間闔眼，得趕時間去殺下一個人。

犯錯的感覺好糟，更糟的是沒辦法彌補。她決定無論如何接下來不要犯同一種錯。因為完全不犯錯根本不可能，只要能避免同一種錯，已經善莫大焉。

＊＊

賭場牆外，離垃圾回收區太近，以致於沒有人去的吸菸角落，朴英制服外頭罩了外套，杵著看日出。他早就下班了，大麻也不是真的很常呼來鬆一下。他只是想去碰碰運氣。

「嘿。」他還等不及她走到定點，就出聲打招呼。

「我今天巧克力吃完了。」她話講完，他的耳朵已經紅了。

「嗯……可以問妳的名字嗎？」

「你在Suite T工作過嗎？底下的超級貴賓室有需要發牌嗎？」她望向橙紅的日出，沒正面回應。

「啊，Suite T不排班。樓下U會排班，但是我才剛去。」

「我以為你做很久了。」

「U要求比較多，最近才讓我去。」

「打賞多嗎？」

「是。滿不錯的。」

「我很好奇，沒有籌碼要怎麼打賞荷官？」她終於轉正面向著朴英說話。

「U最近流行直接給簽帳卡。以前聽說會給很豪爽的支票。」他講這句話的時候，臉上沒有什麼肌肉突然改變鬆緊狀態。她想他應該講的是實話。

「你拿過？」

朴英點頭。

「如果知道怎麼買空股票，NYSE:ZTD。就當作你告訴我我是魚的打賞好嗎？」

朴英又點頭。

「下次。下次跟我在一起的時候，我再跟你講名字。」朴英不知道是聽到「下次」還是「在一起」從耳根紅到臉皮。

＊＊

「賭注C38完成的可能時間點有三個：不是明天，就是三天後，或者三個月後。」花王對Suite T回報。

「您能保證三個月內完成賭注嗎？」

「如果目前的實施不順利，我三個月內會用別的手法。」

「好的。我們會在這三個時間點確認。」

之所以會訂出這麼明確卻分散的賭注完成時刻，計畫的起點來自一個掠耳而過的閒聊：「三號刀助的無菌觀念真的很爛。」這是一個醫院附近鱸魚湯專賣店門口的護理師小抱怨。

花王雖然不很懂這句話，但這世界上所有的真實資訊都是資源，值得收編。要了解誰是三號刀助並不難，只要跟上護理師的腳步，就能知道病房區域。知道病房區域，就能知道科別。知道了科別，就能知道刀房位置。知道刀房位置，開刀房編號和刀房助理自然手到擒來。重要的是三號刀助無菌觀念差，這條資訊有什麼使用方式？

金陵醫院的婦產科三號刀房助理，曾經被目睹手上的止血鉗碰到胸口無菌區以下的衣服、赤手打開敷料包、以及手術台上的無菌巾被用來直接吸乾手術台上殘留水氣，各種便宜行事。還有手術帽不常洗這個壞習慣。看起來只是一場同事間小抱怨的資訊，因為完全真實，花王默默記下。所有真實都有助於了解這個世界，而且有時候能派得上用場。

金陵是醫學中心，婦產科主任也是常上電視受訪的名醫。一個小小刀助便宜行事，一旦出問題，公關室一定壓得下來。但是花王是那種，找到一個破口，就會往裡挖出整塊爛瘡的人。金陵婦產科，還有其他毛病。這位婦產科主任是名醫，也是院內著名的刀王，開刀的台數往往居院內之冠，還擅長用最新儀器達文西機械手臂來做手術。傳統手術自費五萬元的項目，達文西可以收到二十五萬。說起來是一位非常會為醫院賺錢，營業額很高的頭牌。但他不是沒有醫療糾紛，只是公關室壓下來兩件大的。

花王從兩件醫療糾紛裡，發現破口背後的膿瘡。首先是同一個病人的兩邊就診紀錄顯示，西京醫院建議採取傳統手術，且同一時間，西京醫院相同病況的病患，術後恢復良好，金陵名醫的病患卻腹腔嚴重沾粘，導致第二次開刀。第二案是婦科癌症二期病患，術後癌症復發，卻是在不相鄰的外陰部。一般病患很難明白這背後的隱患，但花王從刀王從醫學院起的競爭對手對他的抱怨中，發現一個比三號刀房刀助更重要的破口：刀王為了扛業績，除了偏執使用昂貴的高科技新儀器，還常常為了趕刀，加速開刀流程，導致操作上出現小失誤。聽說刀王有醫學院的升等壓力，想要累積論文發表，才會以破開刀時間紀錄為傲，想穩坐東亞達文西第一快手的地位。有各方壓力匯聚的位置，最容易出錯。最明顯的是：他會為了增加自己專長的新儀器開刀案量，建議不適合使用達文西機械手臂的病患，採用又新又貴、聽起來又高級又厲害的手術方式。Bingo！

這些真實資訊，中間一旦有交互作用，效果就加成。花王想到怎麼串連這些情報了。賭注C38之所以一直沒有被認領，是因為目標位高權重、有頭有臉，一旦死於非命，啟動調查，甚至上新聞，都難免提升風險。Suite T的任務就是惹麻煩，看你有能耐惹上多大的麻煩，還能全身而退。花王決定把事情搞大，炫技，挑個等級C的大麻煩。

賭注C38是個女人，而且是求診過子宮肌瘤的女人。一旦求診過，調出她病例就不是難事。顧問看完C38的電腦斷層影像，露出意味深長的表情：「看起來不是很結實的組織。」這時候花王還完全不知道這項資訊有多關鍵。

這個月，C38去金陵婦產科求診，想處理自己的子宮肌瘤。

在此前，花王針對C38的產業平台帳號投放廣告，播出名醫的訪談影片，以及名醫上電視說明子宮肌瘤的衛教資訊，還有名醫投資、親自代言的保健品牌月見草油廣告。引導C38

自己選擇成為名醫的病患，名醫排她下週動手術。花王馬上開始做手術準備，比名醫本人還認真幾十倍。

C38是工作狂，可以想見她會規畫在併購Cyberwerk公司正式生效之前，提前動手術。那麼時間就不可能晚於九月。而她最有機會休假的時間是八月中從中歐回到東亞之後，因為全球最重要的分公司這時候她都巡迴過一輪。她適合排手術的日期不超過三天。

名醫一定會接這個病患，因為名醫的名氣能透過成功治療名人而提升。院方也期待能接待這種大人物，因為VIP病房很賺，醫院又能上新聞。可以預測的是，如果名醫收了這位病患，會傾向採取自己熟悉的工具和術式，以便求得最大的成功。所以時間上一定會盡力配合病患。

在資深住院醫師有限，而且刀房助理人力也吃緊的院區，受歡迎的可靠刀助一、二、七、八、十一，其中三位已經排刀，分別在神經外科和胸腔外科，都是時間長的科別，沒機會借用。八號助理是單親媽媽，當天下午，她會被學校叫去，無法上刀，花王已經安排她兒子跟人打架。至於二號，他當天騎機車上班，會在巷口撞上行人，造成輕傷，必須在警察局待到做完筆錄才能離開，排好的刀勢必得臨時找人代班。二號跟三號是同期，交情不差，是彼此的預設職務代理人。

三號刀助一定會成為二號的代班人，因為名醫刀王一定會選擇達文西機械手臂來開創口最小的高科技刀。而三號是當天剩下唯一有多次達文西手術經驗的刀房助理。而刀王前一天晚上會開一台緊急剖腹產的刀，而且得要待命觀察產婦生命跡象。因為這位住VIP病房的市議員媳婦，體內會多出一點不致命的毛地黃素，讓她的宮縮追不上自然產的速度，但是羊水先流乾。雖然這位產婦非常無辜，但花王已經請顧問精準計算劑量，讓她仍能母子均安，只是肚子多挨一刀。挨這一刀的時間，幾乎可以保證讓刀王在為C38開刀的時刻睡眠不足。

雪上加霜的是之前一整週，名醫都會需要為醫院評鑑準備資料，格外疲勞。前一天還有電視台錄影。在攝影棚補眠很難。累積一整週，到開刀前兩天再額外加重疲勞，大約夠了。再安排他食物中毒的話，可能會當天臨時決定改刀，划不來。最後，只要讓這場名人名醫的先進科技手術上新聞就好了，以防名醫決定改刀。這也防止C38改刀，因為她克服疾病的需求比誰都強烈，她手上主導過最大的一樁併購案箭在弦上，她得親自出席。

這都只是術前準備工作而已。C38在此前不會受到一點擦傷，真正致命的是在這台救命手術上。子宮肌瘤沒什麼大不了，很多女人都有。但顧問發現她的電腦斷層影像，不只是組織異常增厚，組織還看起來「不是很結實」。而且C38不想切除子宮，希望部分切除患部即可。這表示手術前同意書的意向是保留子宮，這是計畫關鍵。

一切都是最好的安排。

C38進刀房的時候，在外頭為她祈禱的，除了家人、企業員工跟股東以外就是花王。只不過花王的禱告流於細節，希望每一個她精心安排的差錯都能盡量發揮潛能。這次她沒辦法自己直刀砍削，得要靠她精心安排的整組團隊才能完成任務。

預計手術時間已經超時，C38還在裡頭。這對花王來說是一個絕佳的徵兆，表示有預期之外的狀況需要處理。超過手術預計時間一個半小時後，病患才推進恢復室。這幾乎可以篤定，顧問猜測得沒錯，病患不是一般的子宮纖維肌瘤，而是「不是很結實」的其他組織。如果顧問對電腦斷層的判讀無誤，那是子宮平滑肌惡性肉瘤，從顯影上不容易確診，往往被視為一般的纖維肌瘤。名醫的個性在這裡幫了花王一個很重要的忙：他只做了腹腔鏡，沒有重新做一次電腦斷層掃描。電腦斷層花時間，而且需要其他科室配合，他本來就經常便宜行事，花王查得很清楚。本來這種有助於提升名望的名人案件，他會認真以對，照個電腦斷層是慣例。但花王親手幫他把行程塞滿，又用層出不窮的意外讓他累到剛好能進刀房的程度，照自己糟糕但舒適的慣性去做事，在壓力山大時，難免疏於準備。

只要刀切下去前，沒有人發現是惡性腫瘤，刀開下去，就來不及。因為名醫選擇的術式是從陰道進入子宮頸，無創手術，這也正是如同C38這種高生活水準的女性偏好的術式。優點當然是無創口，但缺點也是無創口。這是第一步。

此前名醫有病患使用同一個術式，最後跟患部不相連的外陰部長出惡性腫瘤。陰道是天然孔道，空間有限。當然可以用鴨嘴器撐開，但還是有限。那麼大一塊腫瘤，沒辦法從陰道全身而退，得在子宮內裁切。裁切過的病理組織，只能從子宮頸、陰道、外陰一路取出。想像一下，一顆爛熟的芒果，螺旋狀切成細條，一路從一條吸管裡取出，怎麼樣才能做到不滴果汁在吸管裡？三個月後，復發的機率，只有患者的體質能救得了自己。但她都長出這塊原位癌了，體質也幫不了她。

名醫現在騎虎難下，不可能中止手術。但是切下去的手感真的不太正常，跟一般子宮肌瘤比起來，像是生肉跟解凍肉的區別：後者的組織不太均勻、縫隙也大。名醫有兩個選擇：當作良性的肌瘤，手術照原定計畫做。或者現在就中止手術，把組織送去做冷凍切片。病理科半個小時之內會給一個快速判定，看是不是良性。雖然沒有完整切片染色後的判斷來得精準，但至少可以把判斷責任推給病理科。

為了營造出這份兩難，花王還安排權威醫學期刊在上個月訪談名醫的微創手術訣竅，名醫自信滿臉地表示：科技能讓手術從創口到恢復時間都微縮，至少以他的技術可以。名醫理論上應該要無條件選擇術中冷凍切片病理判斷，因為良性和惡性的刀，開法完全不一樣。惡性的刀，根本不能用現在這個達文西機械手臂的術式來開。也就是說，名醫需要打翻通盤計畫，把無創改成開肚皮，而且花更多時間來割這塊瘤。

如果名醫沒有同時用上道德、耐性，以及自我否定，就很難打翻術前規畫。以此刻名醫的疲勞累積，和聲譽風險，很難做出艱困的決定。輕鬆的決定是：照計畫走。如果顧問沒看走眼，那塊「不太結實」的組織真的是子宮平滑肌惡性肉瘤，計畫就會讓這塊惡性瘤一路沾染，從子宮內壁到子宮頸、從陰道到外陰，整條天然孔道都有機會被噴濺到癌細胞。

接著，名醫也不能任意切除「可能」沾染的子宮。如果現在向手術室外等候的家屬建議切除子宮，不是得承認術前樂觀判斷有誤，就是要承認術中發生失誤造成情況轉劣。更糟糕的是，需要切除子宮，不是因為整個子宮已經成為患部，而是因為自己術前查驗不足，手起刀落才發現不對，但是碎屑已經沾染就是沾染，幾乎不可能清乾淨。這是第二步。

如果花王的其他安排都沒有發生，C38不久後可能重新發病。Suite T給每個賭局的最長時間是三個月，她在賭。這一刻正是花王所規畫的一天、三天、三個月，最後一個可能死亡的時刻。

延後一個小時半完成手術，而不是更久，幾乎是任務成功保證。因為名醫是位一拿刀就開始計時的外科醫生，他職業生涯的每一場主刀手術都有計時。就算花王不給他時間壓力，他也會給自己時間壓力。如果醫生非常謹慎、願意犧牲自己的時間精力來為病患完全清除每一絲疑慮，那麼子宮平滑肌惡性瘤這個意外，和解決這個意外滲出的所有繁複手續，一定會花超過一個半小時的時間。最仔細的醫生，可能會地毯式檢查子宮內部有無其他可能病灶。但這是傳統術式開腹腔鏡才方便做的事，名醫不是做傳統術式。而且手術過程中沒有出來問家屬是否同意子宮切除，病人的同意書也不含子宮切除。所以手術延後那一個半小時，一定不是在做切除術，而是以原定術式亡羊補牢，可能是在清潔善後，或者想盡辦法在裁切和取出病理組織的過程裡不要再沾染。這是第三步。

名醫不是以耐性和細心著稱的刀手，他開刀迅捷果斷，效率很高。後遺症通常都包括在術前通知和手術同意書裡，而且常常能帶來第二次手術。醫院因此有更多營業收入，而且名醫的判斷多半也還算合理診斷，所以少有人深究。但是有些後遺症，不像術後癌細胞沾染引誘復發來得那麼慢。名醫今天已經很累，能依慣例處理的手續，很可能都以慣例處理。縫合是一種慣例中的慣例，常常交給助手，而刀助不負責下判斷，住院醫師在名醫面前也不會拆他的台。可以想見，好不容易清理完畢，就是盡快縫合，降低手術計時。

三號刀助絕對不以細心著稱。名醫的學生不少，當天的確可能有其他住院醫師協助縫合。不過，同一時段，另一位名氣不如名醫，但是產科的隱藏刀王，正在開另一台刀：多胞胎剖腹產。整個醫院能夠跟患者說恭喜的一科，只有婦產科裡的產科。如果婦女疾病的刀王是名醫，產科刀王，或說是產科之王，就是這位多胞胎的接生者。由於產婦有妊娠高血壓，自然產多胞胎的風險太高，醫病一致決定排程剖腹。多胞胎太難得了，整個婦產科的住院醫生為了累積經驗，都湧進七號刀房。三號刀助之所以達文西經驗多，也是因為快手快腳，比較常被名醫排進刀房幫忙。這次的創口縫合也是快手快腳。這是第四步。

第四步是所有安排裡，唯一完全不靠術前準備的階段。女人的子宮非常奇妙，很多時候，你都處理完了，縫合、收邊，創口乾淨工整，可以關上肚皮。在這床刀的案例裡，連肚皮都不用關，器械退出體外即可，用不了十分鐘。這十分鐘後，看似乖靜的子宮內膜，才會把它剛剛被一切觸摸、切割、縫合、電燒的刺激嚇退的紅潮慢慢放出來。這就是內出血。這種情形下，它不會噴發，也不會大量湧出，只在女人的骨盆腔裡，默默地內出血。健康的體腔裡是無菌的，所以腹膜炎才會那麼致命。如果賭注C38的子宮決定要延遲性出血，唯一能救她的，就是手術完成後，最後的肚皮縫合，或器械取出前，耐心等待或觀察十分鐘以上。先縫合、清潔其他部位，或做什麼都好，就是等滿十分鐘，好好觀察是否又滲血。但三號刀助跟名醫都不是這麼有耐心的人。如果她骨盆腔有這種內出血，直到被推進術後恢復室，也不會有人發現。而且她還因為手術無外在創口，隔天就安排公開露面，處理併購事宜，一刻都不想推延，好像今天只是來割個雙眼皮一樣，盡全力決定輕鬆以對。如果C38的確有內出血，而且術後沒有足夠的時間留院觀察，三天後，這個毛病就可能因為子宮本身豐厚的血液供應系統而造成腹腔感染。三天結案需要運氣，需要C38本人的體質和性格搭配得宜。

至於一天，就只能仰賴一個不怎麼常見的失誤，例如無菌習慣很差的三號刀助導致C38術後感染和敗血症，或者有不慎留在她體內的銳物。但對重要人物的手術，這個機會小得多。這是對Suite T提過的一天時間，但花王沒有太多期待。一天後，C38出現在併購會議上，還化了全妝，出現在和併購對象Cyberwerk的微笑握手照片也出現在新聞稿裡，

NYSE:ZTD這支股票當日漲停。

三個月、三天、一天，究竟哪一個能成真？愈早的時間愈沒把握，花王時間有限。她已經想過，一週內沒有任何併發症，就乾脆動手。天知道為了規避被踢出Suite T的風險，她花了多少力氣？術前準備真不是人幹的。

三天後，C38掛了。她所主導的併購，因為股價崩跌而延遲。花王在手術前就已經做空C38的公司股票NYSE:ZTD，連同Cyberwerk一起。買空NYSE:ZTD這支股票賺了一點，挺好的，未來無論如何都用得到錢。希望朴英有聽自己的話，記得操作這一波，這就算她的打賞。

花王對此一點把握都沒有。如果不是靠名醫對面子如此珍視，無論如何不願意改刀，以免失去名人病患。又自己恃名而驕，不習慣扎扎實實做完所有術前準備，才有機會讓花王幫他做術前檢查，把所有風險藏到刀落之後，這一把不能成。但只有名醫一個人恐怕也不夠，除了C38本身的體質要能配合這套規畫，最重要的是她也是個疾厲性子。如果她不崇尚名醫的名氣和副院長職銜，選擇其他醫師，這一切都無法安排妥當。另一個關鍵則是她急於求成，不只併購不願意等，連術後恢復都不願意等，以免拖延重大工作進度，麻醉一退就堅持要出院去露臉和握手，自己脫離能夠被仔細監控各項生理機制的高級病房。沒有這兩位的一連串選擇，花王的計畫再精美都不會實現。

把親自執行的過程交給被害人本身，以及她自己選擇的醫生，花王心裡比捏碎B12氣管軟骨時舒緩許多。

Suite T，There shall be blood.

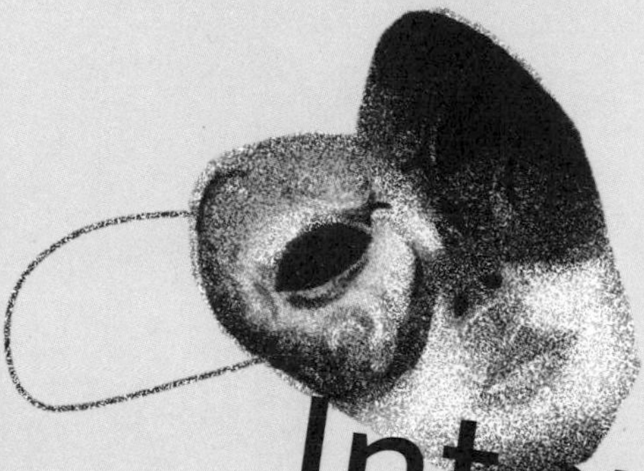

Intermezzo

中場

「您的賭局C38已完成，您可以即刻前往Suite T成立一個新賭局。」Suite T管家在房間電話裡留下語音訊息。

可以隨口咒罵「該死！」的人很多，但真正值這種待遇的人，少得出奇。雖然沒有明文規範，但是沒送出一單賭注，立在Suite T裡供人殺害，基本上就沒完成Suite T的所有條件。換句話說，要從Suite T繼續下探，至少得殺兩個人。她都已經殺兩個了，還得多讓人去殺一個。她這輩子第一次希望自己多認識幾個真該去死的傢伙。

就算有過經驗，殺人還是非常辛苦。要讓自己舒坦些，得找出那人的該死之處：C38主導的計畫如果順利，依照她的原則，下一波就是裁員，以及逼迫併購來的公司放寬環保標準。而B12不只猥褻幼女，還在球團經營上貪瀆。雖然都罪不致死，只是沒有他們的社會可能會稍微好一點點，足以讓花王心裡稍微好過一點點。但B12的弟弟是她犯的錯誤，不可逆的錯誤。任何這種不可逆的錯誤都不能再發生，她卻現在就得送一個人去死，至少是列入待宰名單。

花王沒有任何真心想殺的人，除了已知的刑案罪犯。但如果Suite T只要她開出這種符合良知，甚至符合社會期待，單純不合法的賭注，幹嘛不直接發Suite U邀請卡？雖然Suite T裡的確有黃道十二宮連環殺人魔、幼女連環性侵殘虐犯趙斗淳，這類私刑正義名單，但想也知道，對賭場、深層會員都毫無意義，也毫無利益。未偵破刑案，光是找出該殺誰就已經成本太高，根本沒有人會完成。選這些賭注的人，不是為了道德卸責，就是不想進一步透露自己。十、深層會員「得」受邀進入貴賓室。十誡第十條，不保證深層會員就能下探。你有能耐殺個什麼人還不被究責，的確能說明很多事；但你願意讓什麼人被殺，難免揭露出更多關於你的真相。她需要個值得一殺的名單。

從祕密墓園到白色聖堂，她上次打了場架，才取得Suite T邀請卡，這次得幹點什麼破格的事？這應該又取決於Suite U在幹嘛。多虧朴英，她進Suite S當天就套出了Suite T的存在。他也坦承自己能排班到Suite U，所以Suite U的確存在，而且他進去過。

＊＊

這個角落既無長椅也無遮棚，從賭場前門到停車場不會路過、從賭場後門到垃圾場跟卸貨區也不會中途經過，是個死角。這裡又面西，在整片長年的西風帶上，是個風口，人沒有什麼停留的理由。這正是她當初選這裡通話的原因。戴上鉑金色耳鉤、點亮打火機，沙漠夜裡光害少、雲更少，星星亮得像要衝到眼前。她對星星說：

「富貴，USync的創辦人的背景幫我盡量查清楚。」

「對，不是公司持有人，是創辦人。如果有跟稀土和礦業相關的資訊，給我最最瑣碎的也沒關係。」

「梨津里的進一步觀察和拍攝呢？那裡一定有什麼東西他們才會真的做一根賭注來，海面下能拍到嗎？」

交代給富貴的事一下就講完了，她還待著，沙漠冬夜冷得很。這角落因為是風口，誰都不來，她卻裹著大衣在等人。純碰運氣，她想等的人今天在不在賭場也不知道。就算在賭場，會不會來這個角落也不知道。畢竟這角落就她所知，目前只有他們兩個會來。上次他不知道等了多久，等她到日出。這次換她。星空還是很亮。

一個小時前，花王從地面層開始地毯式搜尋到祕密墓園，終於在Suite R找到正在值班的朴英。但是賭客和荷官是絕對需要避嫌的關係，荷官一旦有偏袒賭客的嫌疑，還不被炒魷魚？她只走過去裝作是看客，瞧瞧那場不鹹不淡的二十一點，同時讓朴英看得見她眼睛，眼神一逕往賭場外那個他們碰過兩次面的角落定位，希望他能懂她意思。但她連朴英什麼時候交班都不知道，其實也不知道他和她碰面的意願，就當做有吧。

最後一片辣椒黑巧克力吃完，花王還杵在那個適合避人獨處的西向風口。寶藍色大衣被風吹開襟口，內裡不是深藍色蕾絲內衣褲，只是她日常的米色針織衫和深藍色哈倫褲。再往內裡，不得而知。

晨曦剛把天色映成粉橘時，他來了。第一件事是從懷裡掏出一個紙袋，紙袋不舊，但邊角給壓鈍了，有點皺，顯然揣了好一陣子。裡頭是整座賭城各大賭場、各大商圈販售的各大品牌、各種口味的薄片黑巧克力。這非得要搜羅一陣才能湊齊，紙袋才會有好幾處明顯壓痕。這段時間裡，他一直把她巧克力吃完這件事情放心上。她一陣感動，望進他眼睛，清澈得要死。

進她房間，兩個人衣衫完整，只在門口規規矩矩掛了外套。

「我在等 Suite T 的深層會員資格。」

「恭喜妳喔。」

「我不知道要怎麼拿到。」

「我也沒去過。」但明明深層會員的命不能做賭注這件事情是他在 Suite S 暗示的。

「你可以，告訴我 Suite U 在賭什麼嗎？」她打蛇隨棍上。

「跟 Suite R 一樣：百家樂、二十一點、梭哈、牌九，還有德州撲克。妳需要練習嗎？」他講這句話，眼神上移，平視她的眼睛。眼神跟條柯基犬一樣，很讓人受不了。

「我是說，賭注。」

「噢，這還真的是什麼都有。Suite U跟Suite R很像，但是又完全不是同一種。」

她一霎不霎，拿出黃金獵犬的專注眼神回敬。她準備好要聽了，故事再長她都洗耳恭聽。他卻一陣害羞，別過眼。不知道是因為她直勾勾盯著他，還是自己會錯意，把賭具當成答案拋出來，殊不知對方要問的是賭注。畢竟這些賭具在哪間賭場都差不多，Suites的神祕之處就在賭注和賭客身上。對自己的衝動或淺薄，一時之間羞怯到尷尬。

「嗯，我也只排過兩次班，看沒多久。不過Suite R跟Suite U比起來，比較像影子，真傢伙都在Suite U裡面。」

「真傢伙？」她的眼神還是黃金獵犬，追索他所透露的最重要訊息。

「哇，好難形容。」他停了一下，在想，她不催他。

「Suite R牌匾上面都有寫價碼，Suite U沒有，是什麼就是什麼，客人自己決定要不要玩。」他停了特別久，想得很用力，才吐出：「Suite Q用籌碼，是代幣；Suite R的牌匾也算一種代幣；但是Suite U沒有代幣，都是真的。」

（Suite U和Suite R的進行方式類似）她得出這個結論：「除了賭注不一樣，還有哪裡不一樣？」

「呃，賭局沒有這麼熱絡，開局常常要用排班的，跟Suite S有一點像。不過也有常駐荷官，因為客人也會一時興起賭一把。我這個月排到一次牌九賭局，半個小時之內完成，賭完客人也沒有生氣。我上個月排過一次常駐，在那裡六個小時。常駐荷官什麼都要會，發牌、牌九、骰盅，有時候客人還會突發奇想要射飛鏢，我們都要知道標準程序。」

「你會疊骰嗎？」她突然問。

他點點頭。「上班不能用，但是有練過。」

她不知道朴英為何要對她如此坦率。

「六小時排班裡，你看到什麼跟Suite R不一樣的？」她忍著不先問有哪些賭注。畢竟他不像她，一進任何一間賭場都先巡過一輪賭注，還寫筆記。

「我們在Suite U完全是透明人。客人對我們就像對賭場裡的設施一樣，要用的時候打開，不用的時候關起來。沒有賭局的時候我都覺得自己是一盞立燈。」他說這話的時候，完全不以為忤，只是平鋪直敘。

她本來無意打斷他提供資訊的過程，但是還問了：「傑西，在Suite U薪水有比較高嗎？還是打賞特別多？」她也不知道自己為什麼要插話。

「時薪一百，開局一千。不過，最重要的是，能去Suite U的荷官，不會隨便被開除。我們知道的太多了。」

「我們很希望客人多賭一點。有一次很好笑，兩個客人在吵說誰的孫女比較可愛，結果他們要開一局梭哈，賭誰的孫女去當一個名人的花童。」他在涉及客人隱私的時候，保留了職業道德。她希望他對他不要有職業道德，一點都不要有。

「妳可以叫我朴英。」這是他第二次告訴她自己的名字，又是水汪汪的柯基眼神。

「好，朴英。」只要能建立私誼，讓他吐露Suite U的蛛絲馬跡，要她喊他Daddy都行。박영這個韓語單詞對她來說並不難講。

朴英沒有馬上接話，只是瞅著她，等她說話。她急死了，因為他什麼表情也沒有，身體也很放鬆，還不講話。她根本無法判斷他的意圖，但又催不得。吃太快怕砸破碗。

「我要叫妳什麼？」他終於自己說出來了。

「我嗎？」她本來想讓他叫自己花王，但這樣太沒有誠意了。

「高桂月。你可以只叫我桂月。Q·u·e·i，桂這個字不好發音吧？」

「桂葉？」

「桂、月。」她以為自己名字難發的是第一個字，不料第二個字他才發錯。這麼基本的中文發音教學過後，兩個人的對話瞬間柔軟起來。本來賭場無論于他或于她，都是工作話題。但看著對方的嘴唇說話，這件事隨著他圓嘟嘟的嘴唇發出她的名字，可愛了起來。

「桂月。」他讀著名字，笑逐顏開。更令人受不了的是他往地上一坐，屁股落地的過程中眼睛沒有從她臉上移開，直到抬頭看著她，屁股一路下墜、眼球一路上飄。如果她沒有表情閱讀障礙，她就知道這是小男孩拿到新玩具的那股子興奮。但她現在覺得他是一隻坐下的柯基，如果有尾巴已經在搖了，等著獎賞。「妳想要我講Suite U什麼？」她的名字像通關密語一樣，把他的話匣子打開，把他的職業道德也鬆綁。

「賭注呢？跟Suite R差很多嗎？」她才是想要得到獎賞的那隻黃金獵犬。

「賭注啊，Suite R的都很大，佣金百分之一就很多了。Suite U的不見得是更大，有更大的，也有很小的，但是都是Suite R沒辦法賭的。」

「例如？」她蹲了下來，與他同高。

「例如Suite R有人拿官位什麼的出來賭，那個已經是極限了。Suite U會直接拿一個派系的信任圈出來當賭注，這真的沒辦法估價。」

「所以你才說Suite R是只是影子，Suite U才是真傢伙？」

他點點頭。要命，他點頭的同時，目不斜視，只看著同一個焦點，就是她的眼。

「那什麼東西是Suite R有的，但是Suite U沒有？」她終於問出比賭注更關鍵的問題。

「妳啊。」他兩手一捧，把蹲著的她放到地上。過程中眼睛都沒離開過她。（要命。）

「還有呢？」她扶著他手，貼著他掌心。

「Suite U的客人不太看別人賭。他們不像來賭場，像來交誼廳。」他的手掌既軟又暖，而且沒有沁汗。她湊近近看他，額角也沒有汗，體溫如常。

「而且Suite U就沒有人穿睡衣了，客人都會認真穿衣服。我不知道為什麼。」她一聽就耳朵尖，這是非常好的線索，幾乎比賭注還要好。Suite R裡衣冠楚楚的人都有所求，穿睡衣的才是舒舒服服出來玩的。Suite U的深層會員們居然需要妝點自己，給誰看？

朴英的體溫一時間沒有增加，高桂月的體溫卻升高了。「我穿這樣去Suite U會很突兀嗎？」她問他。在Suite R裡頭被人當魚的記憶猶新。他嚥了一口口水，她能嗅出他呼吸加速，但不是撒謊反應，因為這次停滯已經過了正常的時間差。

她能嗅出他的呼吸速度和溫度，他就能，她到他和他到她之間，距離等長。朴英現在整個鼻腔裡都是高桂月，他的呼吸進氣更深，想多留住一點她的氣息。「桂月、桂月、桂月」他還不知道自己有什麼話可以講，只先喊這名字、這新得到的玩具，讓他好開心。她握著他的手跟他講話，讓他更開心。

小鹿亂撞。倒不是高桂月胸腔裡小鹿亂撞，是她骨盆腔裡。是他把她從地上撿起來，還是她把他從地上抱起來呢？她不懂韓國人為什麼老愛坐地上，但總之他們現在在床上了，只剩衣服在地上。他在她體內，小鹿亂撞。她記得上次是她非常盡心盡力跟他玩了一晚，什麼招式都拿出來讓他享用，因為當天她自己也興致高昂。上回她像按摩一樣，把他擰了個透。這回他不知道是報恩還是報仇來了。從鼻尖相觸的瞬間開始，他用他身體的每一個部位摸透她身體的每一個部位：指腹癢搔搔地滑過、乳尖輕溜溜刷過、用指掌抓過、頰側的鬍渣摩擦過、舌尖舔舐過、門牙輕咬過、嘴唇含過、口腔吮過。他把她的皮膚表面當成探索樂園，什麼都試一試。只要她喊得酥聲，就再來一次。皮膚表面探索過一輪，他正在往內探。看樣子也要從每一個角度、每一個深度都試過，看她反應再加深，才搞得她膣內小鹿亂撞。

小鹿從她身後往前挺的時候，她從自己的額前看見，本來耳垂上的一對水滴形蛋白石耳環，已經被他放到床邊桌上。她連他什麼時候為她卸下，都沒印象，真是可怕。他含著她的耳垂，緩緩舐動的同時，耳環已經取下了。什麼時候拿掉的呢？這對釦式耳環，一對耳針用耳後的釦蓋固定，把釦蓋往後一掀，就能從前頭把耳針從耳洞裡退出。「啊！」此刻小鹿正從她身子退出，她忍不住喊出聲來。

他應該不是用手拆下耳環，否則她一定會警覺。何況從頭開始，他兩隻手都在她身體上游移。精確說來，他從一開始就是手口並用，三管齊下，非常忙碌。回憶一下時間點，他舌尖鑽進自己耳道，一股濕潤的抽真空，讓自己第一次放聲大喊的時候，至少有一只手指同時在她膣內，另一手還得環著她的腰，後來舌尖就降到耳垂外緣了。那時候耳垂已經空無一物，顯然他不是用手卸下耳環，是嘴。既要朝後勾開耳釦，又要往前退出耳洞，還得接住耳環，無縫接軌地在取悅她的同時，好端端銜著耳環放到床邊桌。這口技實在不遜於無知無覺間就用嘴幫客人戴上保險套的妓女啊！看來在Suite Q疊籌碼那份細心手藝，不只是訓練，也是天分。

**

朴英今天獲得了高桂月的名字，喜孜孜。他從上個月就想得到她的名字，比Suite U下次的值班還想要。她是他在整座賭城裡，唯一不給打賞也想見到的客人。每天下班他都會繞過停車場，先往整座建築物外圍西側的中心點，那個把偶爾放鬆的大麻氣味吹散的風口、那個他回過神來已經在吮她手指的祕密基地。今天終於把巧克力給她了。她還握了他的手，很久。

更棒的是，今天自己不是昏著頭一路被帶上高潮，終於能好好讓她享受一次。好想了解她。用盡了所有他知道的方法，這也摸摸、那也試試，怎麼做她的反應好，就繼續。略粗糙的掌緣在她乳房外側摩蹭，她輕輕噫噫作響的時候，他知道自己成功了。放大膽子，一邊接吻輕吮，一邊在她身上繼續找讓她也開心的做法。她好香，連特別鹹的地方都是鹹香，不是搽了香水那種苦味。她跟他一樣，是敏感的人。好吧，有些情況他還滿不敏感的，有些情況她也是，或者她在裝傻。但是用舌尖輕輕塞住她耳道再把唾液薄膜舔開，啵一聲的內耳壓力改變，讓她忍不住喊出聲來，應該不是裝的。沒有女人在男人還沒進去之前就開始裝的，她是真的喜歡這個。她喜歡，他就再來一發。耳環挺擋路的，銜在嘴裡，用下排門牙摳開耳釦，再用上排門牙拉出耳洞，整顆含在嘴裡。唇齒舌尖離開她敏感耳朵的空檔，本來在她腿心捂暖的手，從濕潤程度來觀察她舒不舒服，為了讓她的舒服不要產生空隙，手指滑進內裡，用指腹輕輕撫按滑不溜丟的內壁，熱得不可思議，還好昨天剪過指甲。

伸手指取悅她體腔深處的空檔，嘴更不得閒，有兩枚耳環要摘，還得好好放到床外，小心不要壓壞。他很敏感，稍微覺得有哪裡不太正常：耳環設計通常是對稱，所以兩只會一模一樣。這副優雅漂亮的晶白寶石梨型耳環，也是琢磨成相同大小的兩顆主石，上頭一白一藍兩顆橄欖形碎鑽，像兩片梨葉鑲在上頭，擋住鉑金耳針的位置，很美觀。她常常穿藍色跟白色，看來是很喜歡這兩個顏色吧。不過這兩只耳環的重量為什麼不太一樣呢？厚度也有一點點差別。明明上頭鑲的碎鑽也沒落石。手部的肌肉比舌頭強多了，如果他用手摘耳環，沒有機會發現這麼輕小的物件有一點點重量和厚度差別，但他是含著，用舌頭吐出到床邊桌上，上下門牙卸下耳環的位置又相同，兩次摘取和吐出的口感的確有差。

高桂月在他身前看見自己的耳環已經好端端放在床邊桌上時，朴英在她臀後持續小鹿亂撞，眼睛卻也落在床邊桌上的耳環。耳針的長度一般是固定的，但是左耳那只耳環的座子明顯厚一點，兩顆晶白梨型寶石斜躺在桌上的角度不一樣。他的敏感不是白來的，剛剛的感覺沒有錯。但這不重要，重要的是桂月，她好像特別喜歡這個體位，內裡束他束得很緊，他幾乎要挺不過去。為了撐久一點，他得想些跟身體一點關係都沒有的事，讓自己分心，以免給她緊縮縮的腔管沖昏，太早棄守。和桂月做愛的時光寶貴，他打算盡量延長一些。於是他盯著那對梨型耳環，找找它們還有哪裡不太相同，讓腦子忙一點。蛋白石是一種半透明寶石，裡頭結晶不均勻，才有虹色璀璨的效果，很漂亮。不過如果看到左邊寶石的鑲嵌邊緣，會發現跟耳環的鉑金座子之間，透的光比右邊寶石邊緣還多。鉑金當然完全不透光，但是空氣會。左邊寶石的邊緣和座子之間，有一點點厚度差，中間不知道夾了什麼。都已經分心想這麼無關緊要的事了，但是持續出入她又熱又滑的身體，實在沒辦法再撐下去，只好趁自己膨脹的最後關頭，盡力挪騰，帶給她最大的快感再結束。太美了。

即使在她背後結束，朴英還是把桂月轉回自己面前，看著她的臉。她表情無比放鬆，跟其他任何時刻都不同，他似乎很成功。雖說跟她做愛非常爽快，他的滿足多半卻來自她的滿足。能讓她失守喊出聲、讓她忍不住挺腰相迎、忍不住從內顫抖到外，他沒做過這麼令人滿足的事，算是服務到家的極致。

「為什麼要跟我講我是魚？」冷不防，她拋出這個考古題。

「我那時候有點嗨……」他回答的時候，手撫在她臉上，沒再出多餘的汗。

（他當時身上的確有大麻的氣味。）她回憶起第一次在牆外遇見。他們之間不只是完事後抱著睡覺的關係，他對她很坦誠。她終於滿足地睡著。

＊＊

朴英在她醒來之前就走了，還幫她把地上的衣服疊好放床邊桌上，在耳環旁邊。她覺得這種行為有點可愛，但昨天的衣服她沒要繼續穿，隨手抓一套橄欖綠家居服，下樓去Suite R吃早餐。

佩鐸笑嘻嘻迎面而來：「今天的貨也到了，花王小姐妳點一下。」講得像街邊兜售快克的小毒販一樣，其實只不過是插入光纖的晶片持續待在那裡側錄，刮取資料的另一個日子而已。

不料真的有驚喜。佩鐸這傢伙往第一期施工賭城大街鋪超高速光纖的同時，城市東北角，也就是Suite Q這個在人煙和沙漠邊緣的角落，第三期也開工了，第一條主光纖正式開始取代舊有管線，而且這條光纖有一個小小的、不在施工圖上的分支，接到這間賭場。也就是說，有一條百分之百只有Suite Q使用者的乾淨資訊來源，不必再從整座賭城的資料裡篩出通過賭場的資料，能釋出很大的運算力。釋出的運算力可以從偷偷摸摸分析資訊傳輸時間、位址、總量以外，終於正式進軍內容解碼。乾淨資料真是資訊科學界最大的珍寶！

這場交易，佩鐸毫無損失。他手上有埋光纜的合約，整座賭城他想挖哪就挖哪，只不過是開給她個方便，在新埋的光纜上，放一個小小的側錄晶片。晶聯的商用技術，表面上是把非智慧型的電器裝置納入智慧物聯系統，從電源線控制基本開關，以硬體突破軟體限制。但放在賭城光纜上，就像是高速公路旁的行車記錄器，可以根據設定條件拍下車牌，但沒辦法仔細看見車款跟駕駛，因為車實在太多了。花王目前的資料，只夠把與Suite Q這座賭場相關的資訊交換側錄下來，看看哪些資訊有特徵，再進一步篩選。像是光頭住的9478就是通訊對象獨特才被挑出來。

現在有一條純粹通往賭場的專屬高速公路，有限的算力就不用耗在篩選資訊的來源或收訊位址，因為高速公路上所有的車都是開進賭場，可以每一輛車都拍照，甚至進一步找出車輛特徵與駕駛身分。花王決定無論如何要維持這筆交易。

**

樓下傳來一道訊息：「您在Suite S的賭注『晶聯專利技術』贏家要求兌現。」她往Suite S處理，願賭服輸。

這局最簡單的做法，就是交出晶聯的技術，在祕密墓園裡的表現對她已無關緊要。但她不知道在Suite U等著的是什麼，但只有錢一定不夠。肉包跟富貴就算沒有給出預算上限，但Suite U若有需要用錢解決的事，憑專案預算大概擺不平。還不知道有什麼能擺得平，但她沒剩下什麼了。

把專利技術交出去，讓USync的持有者享有軟硬兩邊的專利，說不定能搞出什麼花樣來，這對她而言一點好處都沒有。本來，賭輸就不會有好處，純是壞處。但一路賭下來，能控制的行為後果愈大，整體而言在這幾層的賭場都是更有機會下探的條件不是嗎？那麼交出區區一個自有專利技術有什麼好處呢？一樣是輸，還是輸得對受邀下樓有幫助比較好吧？得再把事情搞大，這可能是這座賭場的祕密。

從朴英給出的資訊看來，Suite U又回到賭博、不是任務，所以有值得大賭特賭的資本或手牌就很要緊。給出晶聯技術，只會讓自己手上缺一張可用的牌，除了願賭服輸做個乖乖牌，沒辦法幫到自己一分一毫。Suite U的賭客會想要什麼呢？兩個客人賭贏的，可愛孫女去當一個名人的花童。這場賭局很明確牽涉的是名人佳話，也許還有親情，但後者太平凡了。名人婚禮上一個必定有鏡頭的角色？展示人脈用的名人婚禮入場券？或者握有特定資源的名人，花童位置是一種實力展示？總之，會求在名人重要場合占一個位置的人，本身不夠有名，而且想要沾光。

只有這樣才能解釋Suite U裡為什麼沒有人穿睡衣。能舒服穿睡衣進場的條件是不在意別人看他，不在意那裡的人，就像她今天睡衣一拉就去Suite R一樣。Suite U顯然不是這整座賭場的盡頭，因為Suite U裡的人要在意的事情至少有一部分在Suite U裡，另一部分在Suite U外。Suite U裡的人難道跟Suite R裡衣冠楚楚，來找機會攀附的人一樣，意不在賭？意不在賭的話，賭注就不是關鍵，而是誰在那裡，都是些能殺人不留痕跡的人。（媽的，我殺人也沒留痕跡啊！）她這樣想，但心裡清楚，她憑的是實力，人家憑的是財力和權力。她這種精密的專業，只有大人物自己被當目標的時候才有威脅性，其他時候，殺手也跟模特兒的美貌和導演的才華一樣，搖著尾巴等人付錢。

已經殺得起人，但還明顯有所求的賭客，例如：一個派系的信任圈。官位在Suite R就可以交易，但錢買不到的東西，例如圈內人士背書、名人曝光，在Suite U是價值合理的賭注。她能握有什麼錢買不到的東西？

Suite S還是那個蔥蔥鬱鬱的墓園樣，一座座墓碑挺在那裡，等人來拚輸贏。第一次來的時候，最熱門、她自己都想要的賭注是：你的一切數位足跡。這也是個用錢買不到的東西。她還是有機會，因為錢買得到的東西還真不是她的強項，但有些錢買不到的東西，她有機會取得。但這需要Lollapalooza的技術，而且最好不要被任何外人知道這項技術怎麼用。

「我可以提另一個賭局嗎？問Usync和晶聯的賭注願不願意一次用兩個祕密賭一個：日本政府的低污染稀土製程。」她這樣對穿針織衫的管家說，沒有當場交出晶聯的技術檔案。

＊＊

骰盅開：一顆骰面兩點、一顆骰面六點、一顆疊骰不算點數。八點小，莊家勝。一向押大的花王，這次沒有押大。上次吃了自己慣性的悶虧，這次總不能犯一模一樣的錯，而且這一局的荷官是朴英。一報還一報，對家也無法申訴。

「朴英，疊骰很難嗎？」她事先問過。

「一整盅要立骰滿簡單的，要控制到剛好兩個疊骰就很難。怎樣？」

她不懂這其中的難度係數精確來說怎麼計算，只是又問：「朴英，你Suite S排班在我的賭局行嗎？」他其實不行，但跟同事換了班，拿Suite U的好時段換的，一局酬勞一千。只要桂月喚他做朴英，他好像做什麼行。

「桂月，我幫妳。」在Suite S的斗篷面具室，結案後，她自然要去還斗篷跟白面具。無論是基於朴英與桂月的關係，還是基於荷官和賭客的關係，他幫她卸下斗篷、捲好回收，都算服務到家。太到家了。為她解開斗篷繫帶的時候，他的臉頰輕輕觸碰她的，在她耳邊說：「恭喜啊——」一份賭注都沒有交出去，還贏回別人的家底，成功的一局。「想要什麼打賞？」她這說辭，無論是基於賭客和荷官的關係還是高桂月跟朴英，都能成立。他環抱她的腰，往自己身上一攬。她似乎收服了朴英，但也許是被朴英收服了，應該要理性一點維持距離。「呵——」她笑著扭出他的懷抱。避嫌對荷官與賭客非常重要，花王甚至會在朴英值班的時段，去其他荷官的賭桌玩幾盤，並大方打賞。「我撤桌，妳先搭電梯。」他在她耳邊說完，就把客人用過的斗篷面具捲成一綑，連賭注方尖碑一起塞進小推車，推出甬道。

**

Suite R是人最多的地方，誰在那裡都不奇怪。她學會不注意那些汲汲營營的人、那些沒有餘裕的人，簡言之就是不優雅的人，同時在Suite R也是穿著最體面衣服，想盡辦法跟別人攀談的人。她不至於穿睡衣出場，但也沒有要為下樓吃飯換裝的意思。穿的是豬皮內裡的麂皮便鞋，橡膠底，不是麂皮底，身上也沒有罩睡袍，穿奶白色立領針織衫和藏青色嫘縈便褲下來，還是跟這裡兩大類的著裝絲毫不搭，她不介意。這不介意的態度本身就百搭。

途經二十一點賭檯區，左側從後向前掠過一個小到只有她剛好聽見的聲音：「德比不該死。」她猛一看，是顆光頭，那顆背後比正面還眼熟的光頭。畢竟她可是在他背後盯著他講話講了十幾分鐘，獨處。德比是B12的弟弟，她失手錯殺那位、她無限懊悔那位，也是她下探貴賓室的污點。雖然她處理得還算乾淨，但是至少有五名街上鬧事的小混混有機會記得她。而且在B12家裡殺他弟弟，就足以給B12一個警戒的理由，不只會讓以後對他下手更難，還會暴露出有人對他懷有殺意的事實。對Suite T的完成度而言，絕對是重大瑕疵。這事卻被光頭知道了，被很可能是她受邀進入Suite T關鍵的光頭知道了。她硬著頭皮，跟上往前走的光頭。

光頭一路走進賭場深處，按了電梯。「幾樓？」她在背後冷聲問。光頭連頭都沒回：「我們第一次見面的地方。」不知道的人聽了恐怕以為他是她的姘頭。

進電梯，光頭按九樓。她心念一轉，掏出R字名片在感應面板前一刷。Suite S的邀請卡在電梯裡有優先排序，電梯向下。光頭瞬間慌了：「欸！那裡我不能去！」

這回輪到高桂月一怔：Suite T是比Suite S更祕密的祕密，光頭能知道Suite T的事，卻不能去Suite S。她想都想不到自己還能對光頭享有賭場內的訊息優勢。

「Suite T可以嗎？」

「不要！」光頭說不要，不是不行。

「在Suite T等你喲——」她相信光頭一定有從Suite S內室電梯以外的下樓管道。

電梯門開，一片白，光頭還先到。Suite T是個完美的地點，一個樓層一次只能進一位賭客，而且沒有工作人員。更重要的是，光頭抓到她小辮子，形勢比她強，她得挫挫他，否則怎麼談？

「一個女人隨便進一個男人房間太危險了。」出自兩次自己進入光頭房間的高桂月口中。

「我也不方便邀你回房，我們就公眾場合聊聊？」她說得完全不像是大衣底下只穿蕾絲內衣去找人幹架的那種女人，簡直是知書達禮的淑女。

「Suite T算什麼鬼公眾場合？」

「你怎麼知道德比？」

「怕妳屁股沒擦乾淨，檢查一下。」

她很清楚B12還在白色聖殿裡供著，昨天才巡過一輪。一定不是因為B12被結案才受調查，真的是她獨自領過B12又默默還回去的紀錄造成的。「又不用你收屍，管這麼寬？」她透露出自己所知，光頭的工作項目之一，想對光頭造成壓力，讓他搞不清楚自己知道多少事。

「一天、三天，還是三個月？」光頭手插口袋。

「C38不都結案了？」

「三天，但是C38沒有外傷也沒有中毒。我們怎麼知道是妳幹的？」兩次，光頭毫無鋪陳地把話題轉折向C38兩次。他真心關注的才不是枉死的德比，他想從她那裡挖一點C38的資訊。

「殺人能出錯的環節太多了。完全犯罪就是要清楚知道所有環節，然後一一避開，才叫專業啊——」她避開所有實際線索。

「救人跟殺人一樣難，也需要掌握所有環節，一項不漏，才能把人救回來。我只是保證所有可能出錯的環節都出錯而已。三天，就是錯誤量累積成致死量的時間。」她望他眨眼。

「死因是腹膜炎。怎麼搞出來的？」光頭才沒有耐心跟她玩說話的藝術，他不擅長。

「以為是殺手，原來是仵作。」她這句話沒有主詞，但光頭心下分明，是嘲弄他不是狠角色，只是別人幹完正事去收屍和驗屍的後勤。對一個臥床床尾就是一整間練武場的賭場武力而言，的確不是光彩的職務內容。

「我勒著你脖子壓你進水裡，你終究要窒息而死。兇器是水還是領帶，很重要嗎？」她盯著他的領帶說話，維持一個強勢的態度，在這裡至關重要。

如果只是一般人得到這個答案，一定覺得這傢伙不老實，光在文字上打哈哈。光頭卻不這麼想。他不是弱雞，前一份工作是傭兵團團長，怎麼說也被評價為有勇有謀的人物，她曾經卻一秒制伏他。就算出奇制勝，那也是在勇和謀之間找到出路。有效的打法就是好的打法，何況她壓制他的手法和執行都非常精準，他不能及。逮到德比這條小辮子，讓她順服地跟上，以為抓住這傢伙了，不料連電梯都不聽話。

一路，從主場優勢、主導氣氛，到雙方都透露出對方不知道自己知道的資訊，還有轉移話題、定位情勢，甚至他開門見山逼問，還是被她滑開詳答，用他無法不理解的簡答說服完畢。這傢伙不是只有技術的打手，至少有腦，顯然還有經驗。

「你不是來確認結案的吧？」

「妳要開新賭局嗎？賭注準備好沒？」

高桂月搖頭。

光頭從口袋裡掏一張紙給她：「Nuzart Pida —前法國傭兵團長—獨立後的東土耳其斯坦首都—東土耳其斯坦獨立紀念日」

「這努札特．皮達是誰？他該死嗎？」

光頭右手拇指指向自己鼻子。高桂月第一次正面仔細端詳光頭的臉。

「維吾爾人？」

努札特點頭：「這樣就沒人可以把我放進Suite T了。」

「居然不順便跟我勒索革命經費。」

「妳要給我錢開葬儀社嗎？」

「穩賺的生意，我要插股。」

「股東收屍免費，還附棺木。」

「棺木蓋國旗要加錢嗎？」

「只限天使輪投資人免費升級。」

「那天使輪投資人還要看客戶名單，不然怎麼督導商業模式？」

努札特點點頭，笑了。

「我進去了。」高桂月拿出純黑名片，表示要進白色聖堂。

努札特掉頭就走。

高桂月把純黑名片插進純白大理石的中控台，幾乎像玷污。點選設立新賭局，輸入賭局細節設定，卻不是努札特：「Pedro Madhi Emerald—圭亞那商人—象牙海岸的聖佩鐸港—在公開活動時當場完成，並獲主流英語媒體報導。」

雖然對佩鐸有點抱歉，但她已經盡力讓這個賭注看起來非常不值得認領，因為麻煩透頂。但是不得不說，佩鐸是一個絕佳的標的。一來他是個有頭有臉的人物；二來他在Suite R把她的賭注贏走，值得報仇；三來他消失了，就不會有人把她的晶片撬出來了；四來立這個賭注可以掩飾他和她在Suite R這麼頻繁的互動。但最最重要的一個理由，是因為Suite T本身的規範和隱匿性，不會邀請已經在獵殺名單上的會員進入Suite T。這是維持她跟他之間有絕對資訊落差的一份保險。

努札特給了她一份絕佳的指引，讓她善用白色聖堂的機制。她決定再次插卡領取該死的B12，完成入股努札特葬儀社的手續。

＊＊

把努札特的名字和任務細節輸入中控台後，白色聖堂背光的巨大T字，發出綠光。電子紙螢幕這時從白底轉成黑底，只浮出四個粗體白字：「下方捧取」。中控台吐出純黑名片，閘口也閃著綠光，吐出一張純白卡片。

上頭鏤著T的名片才觸手，高桂月就驚訝到幾乎滑掉。幸好中控台吐卡片的速度非常緩滿，而且卡槽不是水平伸出，而是向上翹起，否則這張名片若是掉到地上，她怕自己撿不起來。她本來用兩隻手指，想從中控台帥氣地夾走這張名片，卻一滑，落了個空。她現在明白為什麼要人從下方捧取了。

她反覆猜測過，Suite T給的邀請函如果又是張名片，會不會是極白的物質？剛好跟Suite S

的洞黑相反，是反光到看不出表面材質的程度？T的名片能看見表面材質，卡緣的圓弧都能從反光見出，而且也沒有白到炫目，不算超級白。但是好滑。一般光滑表面用手摩擦，容易嘎嘎作響，因為手汗、因為指紋，還因為手指是柔軟可變形的物體。但這張名片沒有，什麼摩擦力都沒有，比船過水無痕還容易溜走。

掌心捧著這張溜手的純白名片，她走向把純白聖堂照成綠色的T字光壁，綠色雷射掃過極致光滑的名片，T字底部打開，有座電梯。

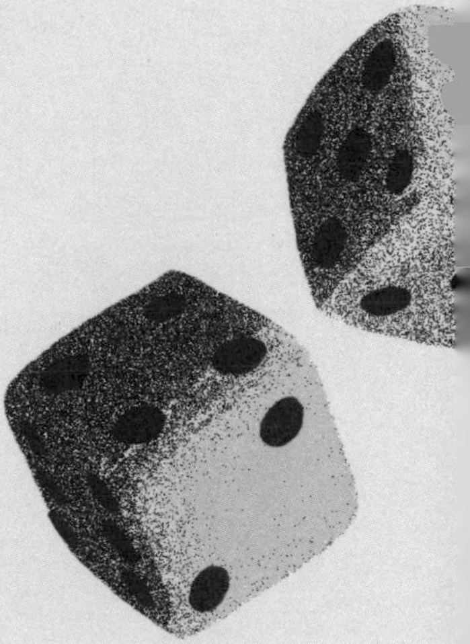

- SUITE U -

前往Suite U之前，富貴回覆了朝鮮的新進度：

「東經42.081007773529436，北緯130.16849544460928為圓心，半徑一公里內。地名：梨津里。離中國滿州邊界五十八公里；離俄國海岸邊界五十公里。」

「人口和基礎建設呢？」

「兩公里外有幹道公路，四公里外有火車站。半徑一公里內無已知民居建物，但是海岸線不定時有漁民出海。」富貴果然是收集資料的能手，隨時追問隨時有答案。

「先從薩德基地為起點計算所有美軍可用反制型飛彈的彈道給我。確定半徑一公里？」

「目前沒有進一步資料證明岩質小半島以外的地帶有新的運輸痕跡。」

這份資料一旦更新完備，她手上的朝核全圖，就還是終極賭注，有機會在Suite U或更深層的賭局裡遇到對賭標的。殺完人，離真正有分量的賭注，還剩幾步？

一想到Suite U和Suite R挺像，就不能毫無武裝地踏入，至少不能一看就是條魚。床上攤著幾套選擇：奶油色厚緞斜裁收腰傘擺洋裝、深灰細白格羊絨獵裝、碧綠配鮮黃巴西色尼龍運動套裝，每一套都是不同的角色設定。腰線端麗典正的洋裝是大家閨秀款，難抵中年發福但還未過頭的上流女性形象。女性窄肩修身剪裁的獵裝，能演出不甘居於柔婉形象的生理女性，而且品味上等，不容小覷。鮮麗運動服則是暴發戶設定，同時故示輕鬆，不像多數精心裝扮的眾人一樣，急於在他人的評價裡過活。她得定下自己的進場人設。

顧了外頭，更要全心準備裡頭，高桂月在心裡把自己一路以來犯過的錯檢視一次：在Suite Q把這裡成自己的主場，想用理性計算來炫示能力，不料賭場當然只喜歡輸錢的客人。在Suite R把錢看成主戰場，忽視賭注與賭客之間的關聯，還被人當條魚來宰。在Suite S被人摸透自己的慣性，還忽略機率在理論與實務上的差異，不過取消莊家賭局的作法應該算是展示實力的一環，只不料打架更直接展示實力。在Suite T殺錯人是個極大的污點，但完成賭局彌補至少證明自己是能糾正錯誤的執行者，或至少能無痕殺人兩次的狠角色。

但在這幾局裡，賭贏從不重要，無法把她往深處帶。重要的是能完全掌握玩得起這些局的能力和資源，還展現出玩得起下一局的本事。每次把光頭壓著打都有好結果，畢竟連個賭場保全或收屍仵作都應付不了，哪有機會幹大事？強勢和看似本錢粗厚，甚至有點出格的行為，每次都讓她得到最多好處。

她想好了：今天不賭、只看。看的時候，除了要看Suite U有什麼，更要看Suite U沒有什麼。無論是從賭注和賭客身上，都要想辦法釐清在這一層的關鍵實力是哪樁，這對往深處去通常很有幫助。無論看到什麼誘人有趣的好東西，在搞清楚這一層賭場的玩法之前，都不准出手。

指甲掐進掌心，進場，祝自己在Suite U好運。電梯向下。

Suite U的確是賭場的樣貌。不是Suite Q的框金紅絨、不是Suite R的深藍法蘭絨鑲銀，也沒有斗大的Suite U字樣來歡迎光臨，這裡的顏色基調偏綠，深淺各異、濃淡有致，器具家具也沒有閃亮的金屬框架，而是紋理流動的熱帶硬木和淺色暖調的楓木。豪奢感收納在設計和陳列之間，沒有樓上的張揚炫富。

「修憲幹嘛？他當總統權力就在總統身上、他當總理權力就在總理身上啊！憲法是死的，政治是活的嘛！」坐在墨綠皮革新古典主義扶手椅上的地中海型禿男子，講到興奮處，音量提高，讓人不聽見都不行。

高桂月暗記，回去要富貴查的第一筆資料：同時有總統和總理兩項職務的國家列表。雖然還不知道賭客是什麼人、賭注長什麼樣，但從這段國家層級的對話看來，足以讓台灣成為正常國家的關鍵賭注，可能也在這裡。Suite U還有很多人在聊天，富貴今天勢必忙壞。

「對，聖莫里茨的冰河是真的很棒，寬度和坡度都沒話說，滑起來很爽。可我還是買在玫瑰莊園，人少。索契也是辦過冬季奧運的好嗎？基礎設施打下去之前價格還漂亮，我出手早。這個月雪鬆、不濕，可以來玩。我們自己有一條雪道。」這一區的對話發生在搭配草綠羊毛氈椅墊的楓木太師椅上。

「我第一個孫子是在聖十字聖殿受洗的，第二個孫女在聖母大殿受洗，現在第三個要來了，我們會讓他能在聖保羅大殿受洗。」這個對話區特別窄，只容得下兩個對話的拄杖老人，坐在各自蔥綠緹花古典單人座沙發。

「金夏沙那位我們都找出來結案了，其他除了首相、總統、國王很難結案之外，Suite T現在有的我們都可以。定價也公道。推薦我們不會讓你丟面子。」吧檯區意外提起上一層被解決的金夏沙尋人暗殺，顯然是專業組織正推銷他們的收費服務。

有人的地方就有閒話。這些閒話提供大量素材，收攏起來，能描繪出Suite U的樣貌。富貴最好能在一天之內找出整個索契鎮玫瑰莊園區，所有屬於私人的滑雪道背後真正的持有人名單，還有有一孫子一孫女的虔誠天主教徒，說不定和羅馬有地緣關係。光是能知道在Suite U走動的是哪些賭客，都應該很有幫助。目前只能確知大家都跟她一樣，殺過人。

Suite Q是再普通不過的賭場，貴氣逼人到近乎俗麗。Suite R沉穩許多，兌幣房外的賭場像一汪海，到處有礁石般的賭檯，供人隨時上桌。Suite U卻只有四張賭檯，而且沒有人在賭，賭桌上也不像Suite S堆滿賭注。這裡最多的是包廂，半開放的小包廂。從入口的墨綠色新古典主義包廂，到新世界風格的太師椅圓形包廂，還有色彩濃郁的經典緹花小包廂，她定睛一看，椅面上的碧色緹花不是重複圖形，而是貼合椅身的鬱金香花苞狀設計的藤蔓圖樣。

這大大小小，目測有八間包廂，每一個空間都有獨立的設計風格。六張楓木太師椅的椅墊和底下地面，都是如茵綠草，牆面也是淨亮的日光色半透玻璃，有室外感。看似是lounge設定的Suite U，所有的包廂開口，都正對中央那區區四張賭檯。與其說是小團體聚會的

lounge，看起來更像運動酒吧。只是全場共同觀賞的競技不是足球也不是棒球，而是賭博。

沿吧檯轉進角落的中東風情包廂，她被人一拽！跌坐進包廂客人大腿上的時候，她連人家的臉都沒看見，就先觸到大腿前側的股直肌很粗厚，上頭的脂肪層甚薄，屬於一個有鍛鍊過的男性。她顯出一個女性突然被拽到男人身上的驚慌，自然無比。她的驚慌倒不是裝的，甚至坐定後的冷靜也真實無比，只是不見得如同觀眾的想像。她之所以驚慌，不是受驚於突發狀況，而是得集中精力壓抑自己當下的本能反應，以免那隻皮粗肉厚的手從她腰際拉扯的時候，她蹲立踩低，先向後方體溫來源的中央位置施以肘擊。

她今天用棕灰色把眉棱畫圓，上眼線也用無光澤的深棕色，把眼睛畫得更圓、更無辜、更友善，也更不令人注目。還在象牙白色直身細摺襯衫外罩一件黑色針織開襟衫，一頭黑長直髮在後腦勺的正中央挽成一個髮髻，拿黑色細鐵夾簪好，和Suite S的管家造型一模一樣。管家當然不會攻擊任何一位客人，只能選擇要跌落在客人的大腿上還是要用自己的大腿肌力撐著緩降。她的選擇是跌落，顯出驚慌柔弱。

Suite U裡頭除了賭客，沒有閒雜人等，平日只有一個值班荷官隨時待命，連侍者都不備。唯一例外是吧台餐檯後的廚務人員，但他們的行動範圍不超出吧台和餐區，甚至不搭客梯、只搭貨梯。這一層沒有管家這種工作人員，但是所有來到這裡的客人，都見過Suite S的管家，甚至聽管家解釋過Suite S的遊戲規則。所以管家出現在這一層，不會招致任何注意，又不像荷官一樣，只能跟盞立燈一樣，站在角落待命。她腳踩低跟黑皮鞋、身穿熨挺中線的黑色中腰直筒褲，輕輕鬆鬆走過Suite U的每一個角落，聽遍每一區對話，還不招致目光，靠的就是裝束。

可惜她的身材對中腰直筒褲來說還是太好了。即使已經把綿軟的乳房壓到扁平如脯，藏在白襯衫的細摺子後，還用寬鬆的針織衫罩著，但腰臀線是只要把襯衫塞進褲腰裡就藏不住的曲線。低腰褲太鬆垮沒精神，不可能是管家的裝束；高腰褲又太時尚，還更顯曲線。已經是中庸無比的中腰褲，直筒也洩露出最少個人特質，但褲腰還是得合腰身。她的身體精實無比，毫無腹前腰間的脂肪贅餘，臀大肌也厚實膨滿，臀腰比很大，中庸的褲型剪裁也藏不住。行進間，她腰臀的高度剛好落在沙發上客人的目光高度。在這個沒有侍應、沒有女傭、沒有陪酒小姐這種解語花的場合，連少數的女性客人都離妙齡已遠，完全不是纖腰圓臀的體形，高桂月的體態對這位慣常有女人相伴的客人，簡直荒漠甘泉。而她不過是個管家，摸一把也不會怎麼樣，厚掌就在她屁股正下方接著，當然不會老老實實。

一般女性在這個情境下會怎麼反應呢？最普通的大概首先是嚇僵，再來會有人反射性抵抗，也有人會馬上回頭看臉，想搞清楚現在是什麼情況。但一個Suite S的管家進了Suite U會怎麼反應？首先是對客人的最低干擾和最高支援，至少在Suite S得這樣做。她一屁股坐上別人的手掌，既不回頭、也不彈起，收起手臂不讓自己肘擊，連膝蓋都合併，正襟危坐，兩手也含著雙膝，好像她坐的是塊板凳一樣。挺直背脊，一點都不嬌柔可喜。

除了屁股肉被揉搓之外，討厭的是失去行動自由，她還在想應不應該起立，還沒決定。主要考量是引發最小的注意，最好連這位客人都不要出聲不要有反應。如果可以連她的臉都沒看見就好了，跟去殺人那天遇到那群小混混一樣，拜託不要記得她就好。她連聲音都不想發出來，能被記得的印象愈少愈好。理論上她可以大腿一發力，站起來頭也不回地走開，但是屁股肉下這雙手的主人，跟他旁邊的人對話實在太有趣了：

「『你的所有數位足跡』這張在S還沒兌現，我在這裡賭，你加不加？」

「你是想從我這裡挖什麼？你老婆的內褲嗎？」

「那個我有很多條。不然你把你丈母娘的內褲拿來我就賭。」

「我丈母娘內褲脫在維京群島，只有處女才挖得到。」

「妳是處女嗎？」那雙手突然探向高桂月腿間，達成舌尖和指尖雙重性騷擾。

她搖搖腦勺後的髮髻，把腿夾得更緊，讓他很難藉機探入腿間。

「安珀，妳要幫羅斯柴爾德小姐拿的東西我帶來了。」後方有人朝她這方向喊，她屁股下的大手在聽到羅斯柴爾德小姐的名號後一縮，這回怕是他嚇僵了。

她腦勺後傳來這個語聲，耳熟得很。這裡沒有任何一個叫安珀的女生，但這聲音的來源顯然是朴英。她向左一仰頭，臉孔避開屁股下那雙手的目光，白襯衫黑背心荷官胸前的名牌果然寫了Jessi。她應聲而起，走向朴英的方向。

朴英那裡一次站了三位穿制服的荷官，推進來一整車水晶高腳杯和酒。兩位推車進來的荷官和值班荷官一起，把高腳杯疊成兩座七層金字塔，一副開派對的氣勢。但荷官是荷官、侍應是侍應，雖然都穿白襯衫黑背心黑領結，但荷官的工作不包含斟酒侍酒。雖然管家的工作也不包含陪酒，她還是坐了大腿。荷官們的確沒有斟酒，只是老老實實，像疊籌碼一樣精準地搭好空酒杯金字塔，再把四桶酒分別放在兩座酒杯塔旁，就乖乖歸位，回去當三盞立燈。朴英暗暗一捏高桂月的手掌外側，把她輕輕往身邊拉，排成第四盞人形立燈。

斟酒的人是賭客。值班荷官負責計時：

「平板式兩分鐘。計時，開——始！」兩位賭客在荷官預先鋪好的兩張厚發泡瑜伽墊上，手肘撐地，所有的人就看著他們在三十秒後開始抖。原本以為女性賭客要撐不久，不料她只是因為胸大而看起來下垂的部位比較多，抖擺的幅度看起來更明顯。旁邊那位男性賭客卻是細腿胖肚子，一分鐘後幾乎要撐不住，艱難地翹了翹屁股，想分散一下核心肌群的施力。

「杜塞朵夫先生，幫您壓平。」朴英右手壓向胖男人的胖屁股，讓整體的姿勢還稱得上是平板式。「安珀，維利斯小姐那邊有勞妳了。」朴英轉頭對高桂月說。總之她此刻就是個叫做安珀的女管家，是為了壓女性客人的屁股才來到Suite U。

「時間——到！」值班荷官一喊，兩位賭客汗涔涔地落膝觸地。但也不趴地休息，馬上雙手撐起，站上金字塔前的椅凳，讓荷官扛酒桶遞上去給他們，開始倒酒！

咕嘟嘟、咕嘟嘟，兩邊淨是這樣的聲音。還有呼盧喝雉的叫聲，來自旁邊觀賭的看客。酒香四溢，濃甜醉人，但金字塔只滿了四層，第五層還在涓滴中。中途倒完了還得換酒。酒色金黃的一邊，維利斯小姐很顯然手臂已經在抖，荷官呈上第二桶酒的時候她幾乎要拿不穩，第一斟完全沒有倒在第一層的單只酒杯裡，都潑進第二層的酒杯裡。她趕緊重新打直酒桶，再舉一次。

另一邊杜賽朵夫先生紅澄澄的酒漿已經要填滿第五層了，才剛換桶。旁邊的看客分成兩邊喊：「Moscatel！Moscatel！Mo——scatel！」不知道的人還以為是啦啦隊在為隊名叫Moscatel的球隊助威。另一頭維利斯小姐一側的看客輸人不輸陣，也大喊：「Fi——no Fi——no Fino！Fino！Fino！」喊得像維利斯小姐是Fino隊明星球員一樣。

咚！杜賽朵夫先生放下手上酒桶，舉手慶祝。維利斯小姐的第七層還沒全滿，金黃酒水在第七層大約只達八分滿。她沒放棄，還在斟。

「中間這一杯，上緣還有一公分的空杯。」值班荷官仔細檢查澄紅色濃香的酒水分布，得出這個結論。

這時候維利斯小姐的白色桌布已經浸得濕透，正滴黃水。她放下空酒桶，舉起手，要值班荷官來判定。

「維利斯小姐七層金字塔先滿。下一季Suite U的雪莉酒由維利斯酒莊供應！」

馬上淹沒值班荷官語聲的是「Fi！No！Fi！No！Fino！Fino！Fino！」的歡呼聲。如果場景不在賭場裡，這完全是一場運動賽事的氛圍。

「下一季Suite R的雪莉酒由賀德林酒莊供應。」值班荷官補充賭局結果。

「大不了上樓喝Moscatel。」臉色不悅的看客說。顯然這不是維利斯小姐和杜賽朵夫先生之間的競爭，而是自己喜歡的雪利酒能不能在Suite U喝到的選手權判定。上樓，是個既麻煩又失身分的事。雖然杜賽朵夫先生能供貨給樓上的量一定更大，但是供貨給樓下，對品牌形象應該更好。

荷官收拾看客們喝剩的酒杯之前，高桂月先走，沒有加入從看客手上領回酒杯的服務，以免跟太多人正眼相對。她想了想這場賭局的進行方式和後果，最奇妙的是，賭輸的後果看起很不嚴重。朴英講過，拿名人婚禮花童為賭注的賭局，也是一點都不嚴重。相較於Suite R、Suite S，甚至Suite T，這幾局Suite U裡頭的賭局，都有點錦上添花的味道。她有點懵，一路愈來愈苛刻的賭場規則，到這裡突然出現一個很大的轉折。連賭客們的閒聊，也都跟賭注和賭局關係甚微，人人都只是在炫耀自己的財富實力和社會地位而已，像個貴得要命的社交場所。和她殷盼的重大賭注，距離再次拉開。

＊＊

飾演管家安珀，當作預覽，盡力聽遍看遍Suite U百態，以免又像條魚一樣被放到砧板上。第一次進Suite U似乎沒有犯下什麼大錯，但也沒有得出什麼有效結論。三個重要問題：Suite U有甚麼賭注？Suite U的遊戲規則是什麼？怎麼玩才能再往樓下去？都沒有什麼實質進展。高桂月得再去一次，以賭客的身分。

奶油色厚緞面洋裝剪裁合身，既顯高級，也顯腰身。高桂月在一張高桌邊，側耳聽隔壁桌的閒談，屁股來了一股異樣的感覺，也不是灼熱、也不是麻癢，只是敏感度突然提升，好像緞面裙底下的臀皮突然演化出感光能力一樣，能發現自己正被注視。有人說女人的曲線跟她的指紋一樣，足以辨識出她的身分。高桂月的曲線在扮管家那天就被覬覦，還任人搓揉了好幾分鐘，恐怕真的會被記得。她慢慢把撐在高桌上的手肘重量卸下，整個人重心後移、尾椎下收，想改變自己的站姿和身體曲線。漂亮的高跟鞋有點礙事，她只能略略屈膝來下墜自己的翹臀。

從立燈到花瓶，這是比管家裝束只多一點點存在感的人設，好讓其他人在她身旁暢所欲言。然後她回去再讓富貴找一堆資料，隔天她花一個晚上讀，就這麼微弱的進展。可她不是來臥底，她得下場玩，而且要想辦法玩得好。現在不要說成局，都進賭場三趟了，連賭注長什麼樣子都沒找出幾個。一個政治信任圈、一場名人婚禮花童名額和Suite U一季的酒水供應，是她僅有的資訊，前兩項還是事前跟朴英打聽來的。

照朴英的話說，Suite U和Suite R挺像的。Suite R的空間設計讓人非常容易流動、交錯，也非常容易圍觀和側聽；Suite U卻是有非常多的小包廂或空間畫分，無論是各種座椅安排，還是可以繞立的高桌，都讓人容易停留。（Suite U是為了小群體而設計的空間）她暫時得出這個結論。但她一個小群體都打不進去。

Suite T的腥風血雨她挺過來了、Suite S的機密竊取她也順利完成，Suite R的資本戰，靠肉包跟富貴的資助，也打完一場仗。說起來，她只是剛剛好遇上自己有辦法處理的條件而已。從一開始她就知道，自己跟身周賭客的差距，就是平民與大人物的落差。朴英提到Suite U的賭局，馬上想到賭具的類別跟Suite R一樣，那就是朴英與她的差距。她和這裡的人，差距可能更大。

今天，她選定羊毛獵裝，合身剪裁、淺灰細白格，內搭一件磚紅色絲衫，以深橘紅唇膏相襯。象牙白的平底休閒皮鞋，除了有必要的時候打架方便，加上一身紳裝，不以女性化的形象示人，以免屈居弱勢。她甚至準備好一套可以跟其他賭客一樣，足以用來不經意炫耀的個人背景：她新創的物聯生態科技公司。她準備像握有新科技的開發者一樣，一談技術面就能講掉一個白天，而且投資人必然不懂。技術狂人的形象最能掩匿拙劣的社交技巧，甚至有機會反向加分。

她身著獵裝，捧威士忌坐進的墨綠色新古典主義包廂裡，座上四個人的對話節奏是：

「我自己投了羅馬尼亞的製片公司才來跟你們講。我跟你講，要漲了！已經上路的寶萊塢你要投根本投不進去，剛上路的奈萊塢連投的標的都還沒有，只能買或做，都靠技術活，沒有技術插不進！羅馬尼亞！我跟你講，羅馬尼亞電影正站在把藝術商業化的浪尖上，投小賺大，比開發中國家什麼能源、礦產、糧食都保險！」眉毛雜亂的男人提高音量，顯得激動。

「糧食跟能源是剛性需求呵——羅馬尼亞這麼小的語種是要輸出什麼產品咧？世界上大部分人都不讀字幕的。結合糧食跟能源，做生質柴油，不要小看這個，想說餿水油有什麼了不起？化石能源有用完的一天，太陽光沒有嘛——生物能比什麼水電風電穩定太多了。內燃機整個世界的運輸都還在用，我看大家什麼時候才甘心換一批。不會換嘛——不可能嘛——太貴了——運輸就是要便宜——便宜——再便宜——」回話的女人全身粉紅，聲音卻沉穩無比，衣著比言談年輕十五歲。

「喔喔，運輸只靠燃料便宜的嗎？自動化的效率要不算在投資成本攤銷啊小姐？拚燃料成本這件事情你拚得過OPEC開一次會？當花大錢開發自動分貨的平台都凱子啊？妳看過不能取代的勞動模式沒有？運輸最前端和最後端的勞力成本占整趟運輸最高的成本，妳只想到替代能源？而且還是用同一台內燃機的替代能源！這種連轉型思維都沒有的模式哪裡值得放錢進去？」這個頭髮捲到跟貴賓狗一樣的人，似乎是這一群裡最年輕的一張臉。他的聲帶聽起來緊澀，是緊張的特徵。

「要是勞動模式都能被取代，搞政治不如去呷屎。政治除了人，什麼都不是、什麼都做不了，就連參議員都得做選民服務。遊說團體也別想用AI幫自己做什麼工作，都是看交情做決定的。信任感就是靠人際關係累積，什麼數據拿出來都沒用，事還是在人為。」這個穿全套三件式西裝的人，有這群人裡第二年輕的臉，卻有最老派的發言。他的肢體非常放鬆，雙膝打開、背脊斜倚，對自己的話有十足自信。

她能感到四個人都發言後，眼神很自然轉向她這新來的第五個。在隔壁桌偷聽和加入小包廂的參與程度當然不會一樣，她不能自甘於情報收集，得要讓其他賭客留下印象，提升成局機率。啜一口威士忌最多只能換來十秒的思考時間，她在這一口之間，腦子全速運轉，得想出得體應對。

（這些人辛辛苦苦輸了錢、掏了機密、殺了人，專程下這裡來閒聊嗎？）高桂月腦子快當機了。坐在同一區、看著同一批人、沿著同一個起點、談同一個形勢，就沒有半個人講的跟任何其他人相關，每個人都只接起前一個人話裡最沒用的枝節，來講自己想講的東西。

翠碧青綠的 Suite U 是叢林，一個個包廂是水窪，讓豺狼虎豹和牛羊馬都去飲水休憩。她是誤闖叢林的小白兔，光是被郊狼看一眼都覺得自己要命絕。她在人群周圍徘徊，想盡辦法聽取別人聊些什麼、想盡辦法觀察別人的肢體動作和面部肌肉變化，然後強記下來。但通常聽到一半就會有人側臉瞟她，顯得她要嘛加入要嘛滾蛋，不遠不近的距離，尷尬。她像個沒朋友的邊緣人，想過去湊熱鬧但找不到插入點，在社交邊際上徘徊。這裡充滿閒聊，她卻特別不會閒聊。

她的情報不來自套話，多是幕後的資料檢索與對照，無須露面，肉包應該不清楚這點。她還有個問題，連董娘都不知道，知道的話可能會害她丟工作。董娘與這趟任務毫無關聯，大幸。

她本人就是一台測謊機，能從對手的心跳、體溫、手汗就得知證言誠實與否。她還對說話者的聲調改變異常敏感，更熟悉各種人類下意識的肢體語言。但她絲毫不會看臉色。更精確說，她沒有臉部表情辨識能力。無論是粉紅熟女還是雜眉老伯，他們挑眉、翻眼、垂嘴角，她都看得見、讀不懂。她背過所有的常見人類表情臉譜，初版只有一百八十三種基礎表情。但人類表情精緻複雜，遠不是任何參考資料可以窮盡。這種小型面對面社交，正是她的最弱項。

即便表情以外的資訊她都有能力處理，漫無目的的閒聊還是很難。乾淨資料可遇不可求，但這些使用者產出的資料實在太雜亂。不管是把私人滑雪道拿出來獻寶的傢伙，還是炫耀自己的孫兒在天主教一級聖堂受洗的爺爺，或者專精於用AI開發自動化流程來反駁化工燃料的成本控管，還有倒香檳塔前平板式撐地消耗體力來浪費一切的狂歡式，都像在社群網站上貼炫耀文的具象化：我有你沒有的、我能浪擲你耗用不起的。跟美女發自拍討關愛基本上同一個層級，只是有錢有勢得多。媽的，好累。這些人的社交期待、社交目的、社交手段和她已知的世界落差太大。跟算牌、情蒐、搏擊、謀殺比起來，想盡辦法剖析這些人講話背後的情緒和意圖實在太難了，細微的表情變化她又抓不出來，不知道流失多少資訊、誤解多少發言？這是她第一次，在過量資料中發慌。威士忌已經含溫，不得不嚥下。與其也吹噓自己好棒棒，她打算從這些自我中心的傢伙身上下手。

「有參議員的未申報財產數據也沒用嗎？」她試著回應老派發言的年輕臉龐。單一對象、直接回應，因為一對一攻防她比較擅長。

「唔？」最後講話那個人真沒料到自己的話頭被人接住，他本來沒打算往這裡深入，只是隨口反唇相譏，順便表態自己對政治現實熟悉而已。「妳記者嗎？」

「只是個做數據的。」高桂月口吻謙遜，和整間的人都不同，反顯突兀。她雖然穿整套挺拔的獵裝，但是裡頭不是正式襯衫而是絲滑柔軟的女式上衣，鞋子也穿休閒款，等於是外頭給人看的殼包得挺有禮貌，碰到自己身體的部分卻顧上舒適自在。她坐姿也不拘謹，不是節制的併膝而坐，也不是顯露氣勢的交叉跨腿，她腳踝交扣、膝蓋微開，雙手輕合，垂在胯間。不是淑女的坐姿，也不霸氣，只是一個看起來自然舒服的姿勢。放下手上的方酒杯，她把沙發坐得很深，像跟這張沙發很熟。刷成紅棕色的眼窩，襯熟透的橘紅色嘴唇和絲光柔緻的上衣，雖不尖銳，但重點畫得明確，可以清楚看見瞳仁微微向上，斜瞟著一頭貴賓狗鬈髮的自動化平台愛好者。絕對不是什麼以下對上的姿態，不是慵懶，就是打量。

「只是個做數據的？講這麼客氣，妳數據庫很大？Google？Facebook？」剛才講自動化的人，雖然表情轉換不是很明顯，但眼皮的確撐得更開一點。更關鍵的是，他上身前傾，但不是以後腰為起點，是以肩頸為起點，把頭往前送的那種前傾法，標準被誘發興趣的姿態。

「更乾淨。」她不正面回答數據庫的大小問題，只拿自己的優勢出來誘人注意。

「喔喔？該不會是PornHub？」他把上半身正面轉向她，顯出真正的興趣來。

她只是把頭臉轉回自己正面，避開他眼神，低頭笑了一下，也不點頭承認是不是。

「使用者行為挺乾淨不是？」她用不主動炫耀的態度完成炫耀。欺敵。

首先，她在穿著打扮和肢體語言上，顯出比力捧自己的那群人更自在的氣度。再來，她採用真權貴避免招致麻煩的謙遜口吻，像超級富豪淡淡說聲：「不缺錢就是。」接著，她選擇能夠展露她專業的對話者，但又不直接回應，讓那人主動挖掘。還有話術，精美的話術：當對方基於好奇，把業界最具代表性的龍頭列出來，就繼續讓他以為她有資格並列。「更乾淨」這個說法，像是默認數據庫的規模，是對方提出的那種量級，但導向重質不重量的結論，給對方無限遐想空間。大數據，樣本涵蓋範圍夠完整的確是首要的壓倒性優勢，但更令人垂涎的優勢還是數據的可用程度。乾淨，是標準業內人士會用的詞，對方保證精準理解。最後，來一抹逃避的微笑，讓對方以為自己猜對，就會更深信不疑。願者上鉤。

打蛇隨棍上，雖然她還沒想出怎麼和這群低背沙發上的人閒聊。

「Suite S有一些滿不錯的數據。那些對政治沒用嗎？」她不延續貴賓狗的提問，轉頭接著問三件式西裝。此刻，她也不是真的在談政治，就是求個閒聊，求對話能接續下去，求自己能開始參與一張榆木茶几周邊的某個小群體。總得跨第一步，學著跟人講廢話。

「數據可以銷毀。」即使通過萬國語言翻譯耳機，三件式西裝仍然是中國口音。

「也對。」她停了一下，看著三件式西裝微笑。「中國國家開發銀行內帳，那麼好的標的也撤了。」3003房裡有一具左輪手槍噴頭的屍體隔天，用中國國家開發銀行內帳做莊家賭注的那一檯賭局，就在Suite S撤下了。這裡人人收到通知，不是什麼祕密。如果她能讀懂表情，現在應該發現三件式西裝臉色不對。

「那標的哪裡好？」三件式西裝的聲音稍微發尖，聲帶聽起來比剛剛緊張。

「就，資料乾淨。」她趕緊用眼角餘光瞟三件式西裝當下的表情，盡力記住細節。「資料只要乾淨，就是好。」恐怕這條對話線要斷了，她沙發都還沒坐熱呢。

「妳資料有多乾淨？」貴賓狗接話，他對資料科學興趣濃厚。

「使用者全都是付費會員，沒有機器人。」她這話不假，只是那是她自己的晶聯，不是人人夢想的PornHub，號稱最大的數據裡最乾淨的一批。

「賭嗎？」貴賓狗突然掏出邀約。（就這樣成局嗎？）高桂月嚇一大跳。

「講清楚一點。賭什麼？你的。」她維持雙手扣膝間的放鬆姿態，像在垂詢。

「PornHub有沒有打算拍自製內容？」投資了羅馬尼亞製片的雜亂眉毛突然插嘴。

她把上眼皮撐大，臉轉向雜亂眉毛大叔。「你要投資啊？」

「有收費的串流都是好串流！」他眉毛一頂，更顯雜亂。

場面有點難收拾，她跟PornHub半點關係也沒有。把臉轉向貴賓狗鬈髮：「你呢？」

貴賓狗搓了搓手。如果他手上有跟頭上一樣的棕色鬈毛，就會像隻大型貴賓犬坐下來討食。

「我有個大膽的想法：PornHub開發軟硬結合的服務，做體感內容怎麼樣？車廠都已經在做了。」貴賓狗搓手的時候抖動頭上的棕色鬈毛，看樣子很興奮。

「這我也可以投資啊！加賭！加賭！」雜眉大叔手都舉起來了。（原來可以一對多）

高桂月對雜眉一笑，展示對這份提案或提案人有點興趣，同時等貴賓狗。貴賓狗還沒有說出賭注內容，他還在搓手，他也還在想。畢竟有個大膽的想法到賀成交還有一段很長的路，他邊搓手邊走。（賭注也不見得要現成的）

「你有什麼？」在知道貴賓狗對另一方的賭注期待後，刺探對價也很重要。這裡的賭注型態太不一樣了，難怪沒有兌幣房。

「紅果果的發貨平台是我們架的，中國第二大電商。」看來這是貴賓狗最主要的成就和資產，但他沒有品牌，所以要用其他知名品牌來自我說明。

「欸欸！羅馬尼亞得金棕櫚的片商我買到了。」雜眉大叔馬上提供一個更亮的金字招牌來說明自己能提供的賭注。

「有中國國家開發銀行內帳的話，你要不要加賭？」她突然轉頭向三件式西裝，試圖逐個引發賭客跟她對賭的興趣。

三件式西裝全身上下只動了個眼球，但單邊嘴角上抽了一下。那是她能清楚辨識的表情之一：輕蔑。他透露出鮮明的資訊：他清楚知道沒有人能拿到那筆內帳。很有可能是因為3003那位已經被爆頭，而且數據已經被銷毀。

粉紅裙裝倒是回了：「妳這樣要開兩局——」粉紅裙裝這句話透露出兩項資訊：首先是兩個不同的賭注需要分開賭，再來是一個競賭標的可以接受多個賭注競標。（很好，現在三個人都對我講的話感興趣）高桂月同時開始考慮：如何說明自己其實跟PornHub沒關係？

「不做軟硬整合的體感影片的話，你AI除了自動化還能做到什麼？」高桂月把話頭抛回一開始就有興趣的貴賓犬，試圖維繫自己在對話中心的地位。

「唔……」貴賓犬目光游移，完全失去剛才熱切的專注。「能自主開發新流程。」這種心不在焉是很大的警訊，但是高桂月完全不懂中間出了什麼問題。貴賓犬的表情變化不明顯，很難用肌肉改變幅度來計算情緒類型。她一定是忽略了什麼訊息。本來熱切的貴賓犬對PornHub突然失去興趣，臉轉離她的方向，不是放空就是在逃避視線交會。不是她出了問題就是他出了問題，無從判斷，她一慌。

「那邊要開局。」粉紅裙裝回頭向賭檯區一瞥。

高桂月如獲大赦，起身說：「看別人玩玩。」在頸後的汗液發涼之前，快逃。這局閒聊，比同時算兩副牌還累。

荷官只放下撲克牌，顯然不是複雜的賭法。四位賭客分坐方檯的四角，各擁賭注，是木牌刻字，符合Suite U的裝潢風格。這一局是跟Suite R挺像，但多方對賭的做法就比較接近Suite S。荷官請四位賭客下基本賭注，湊近點可以看見刻字：特別三〇一爭端排解……這是莊家的賭注。閑家的有點遠，還遮遮掩掩，有點瞟不清楚，看起來有：諾貝爾和平獎提名、……第五航權、索馬利蘭……，又是一整組彼此之間相關性只有賭客心裡清楚的賭注。經過前幾層賭場的洗禮，至少能明白，對這些賭客而言，有取得對方賭注的誘因。

的確如朴英所說，賭注範圍更大。跟Suite R一比，的確不需要兌幣房，因為這些賭注不是資產，還真的是錢買不到的東西。錢買得到的東西，在這裡大概不需要拿出來賭吧？除了自己這種自行解決Suite S跟Suite T賭局的勞工，有錢有勢的大人物應該都是花錢消災。這裡的賭注卻真的錢買不到。

荷官牌出，賭二十一點。四位賭客牌面上看不出明顯輸贏。

閑家叫牌了，是那個拿某處的第五航權出來賭的人，穿了彩色格紋的香奈兒外套，品味不優雅得驚人。她牌面已經是一張Q，底牌不知道是什麼，除非是A，否則添牌總是有風險。叮！一張三落下。她手壓著牌，沒爆。

莊家卻動了。在「特別三〇一爭端排解」木牌後，有另一張子項目木牌：指定產業排除。莊家一打出這張，索馬利蘭賭客馬上補牌。叮！一張8，索馬利蘭揭開底牌，共二十四點，爆點數。索馬利蘭一捶賭檯！臉上表情痛苦萬分，絕對不是賭檯的硬度造成。他起身離席，連賭局都不看完。

諾貝爾和平獎在觀望。他有兩張牌在手上，明面是8，而莊家開出來的是一張5。「評審提名」是他的子項目。他跟是不跟？諾貝爾和平獎用深深的抬頭紋向荷官示意，荷官代為勾選。緊接著馬上為莊家補牌。吋！一張7，莊家沒爆，牌面上已經是十二點，比諾貝爾高，但還比第五航權低。第五航權絲紋不動，非常認真考慮要不要跟進。她點了頭，但高桂月完全沒辦法從她的彩色格紋大胸脯後瞥見那個追加的子項目賭注。

諾貝爾和平獎底牌開出一張K，共十八點，勝出全場。彩色格紋香奈兒只輕輕嘆了一口氣，抽回自己的第五航權賭注，旁觀接下來的一切：特別三〇一的底牌是5，共十七點，只差一點就能用莊家優勢贏牌。他每一個五官都上下拉長，應該是很驚愕，也許不可置信。彩色格紋甚至還輕輕拍了拍特別三〇一，顯然是有交情。但他凝住了，好像生命凍結在此時此刻，還沒把那張簽過自己名字的賭注過繼給諾貝爾和平獎。

高桂月分析：原來閑家就算贏，也只能拿到莊家的賭注。莊家贏的話是不是能勝者全拿呢？如果是這樣，做莊家的優勢非常明顯：冒一次風險可能贏得多筆資源。如果想玩得風生水起，勢必要想辦法做莊。但做莊就是要讓別人要你的賭注才行。像特別三〇一條款這種適用範圍很廣的賭注，才有機會吸引到這麼多樣的閑家來聚賭。

相較之下，兩座香檳塔的運動會根本是友誼賽。贏家輸家都有獎，只是贏家的獎比較高級而已。但是特別三〇一法案這位莊家，無論是什麼身分，都算是輸到脫褲。貿易制裁的手段一般在國際談判裡被稱為籌碼，從武器禁運到調高關稅，都是談判工具。但正是這些東西，才離籌碼最最遠。Suite Q真正用的是籌碼，Suite R的牌匾終究有個數目，能用貨幣定價。但特別三〇一法案才不是籌碼，它是武器。Suite U沒有什麼籌碼或代幣這種東西，都是真傢伙，連貨幣這種流通性極高的資源，跟這些武器比起來，都像是代幣。朴英的敘述雖然模糊，但是觀察居然十分正確。

武器？三〇一聽起來像武器，但是第五航權、諾貝爾和平獎倒不像，她需要釐清一下自己的觀察：某某派系的信任圈、名人婚禮的花童職缺、Suite U的酒品供應權、特別301法案、諾貝爾和平獎提名、某某地域的第五航權……如果把這些五花八門的賭注都翻出來看，簡直比跳蚤市場還缺乏統整性。唯一能確定的是，從Suite S到Suite T，賭局已經默默翻越貨幣經濟能計算的領域。

Suite U的賭注除了錢買不到之外，都是一些需要特定賭客才能執行的項目，不是什麼可以轉移的資產或負債。例如酒水供應權，是酒莊老闆直接負責完成賭約；例如諾貝爾獎的提名權，本就在非常少數的委員手中；又例如特別三〇一法案，是不超過三十個政治人物可能影響實施內容的高度特權。信任圈、名人婚禮，也都是輸贏定案之後還需要賭客本人售後服務的項目，不是拱手讓出就算。這樣說起來，每個賭注都包含了後續執行。每個賭注都無可避免，包含一點賭客本人。

得跟Suite R比一比，看看這裡「沒有」什麼。Suite R沒有這裡的所有人，很多穿睡衣去Suite R吃飯聊天跟打探消息的賭客，其中有進入Suite S的，應該也有進Suite T的，態度都非常放鬆。但就連她自己，自從進了Suite U，就沒去Suite R晃蕩了，不需要。

再熟悉不過的Suite R自助餐吧，品質和變化性上都算相當不錯，只有非常膩的時刻會和跟朴英遠遁去賭城另一個角落吃飯，不愧是賭場貴賓室。Suite U卻在另一個層級，不是自助餐，當日新鮮食材空運現點現做，深層會員享用的特級貴賓室，鮮度更高。

她平時沒機會吃得像在Suite U那麼好，一切都新鮮難得。Suite R的檸檬角滴生蠔就已經是很滿足的享受，Suite R的海鮮拉麵也比外頭賣的好吃。這些品項Suite U反倒沒有。Suite U有什麼呢？就她去兩次所瞥見，除了非當季但鮮嫩如時蔬的酥炸櫛瓜花，還有白蘭地漬檸檬皮炙大西洋鱈，一款紅絲綠藻沙拉也非常別緻，其他地方吃不到。她特地回Suite R吃飯觀察，拿了半盤熊本生蠔，正待把檸檬角擠了滴汁進鮮甜濃脆的蠔殼裡，發現檸檬角只有一整顆紡錘狀果實的尖端保留了鮮黃色的果皮蠟質。剩下的檸檬黃皮去了哪裡？

牛肉湯總需要牛肉來熬，同一塊原料產生了主要產品，副產品不拿來用實在可惜。豆粕、酒糟、小麥胚芽都是這類。檸檬的料理主要使用部位，是酸香的汁囊還是鮮黃沁人的油胞？酒漬黃檸檬香皮為鮮嫩的太平洋鱈魚焰燒添香後，整顆綿白檸檬中，果皮裡的果汁用來給生蠔提鮮，豈不剛好？

Suite U的紅絲綠藻沙拉也很奇妙，本來以為珍貴的紅絲是番紅花蕊，不料紅絲細脆焦香，居然和底下滑口的綠藻一樣，是鮮香的海味。一問才知，濕嫩軟滑的綠藻上的艷橘紅絲，是口感炸在脆到硬之間，鮮鹹的蝦鬚。蝦鬚這種東西，怎麼看都是副產品，但居然濃脆爽口成這樣。Suite R除了有鮮蝦雞尾酒，蝦味鮮濃的海鮮拉麵湯頭也很受歡迎，而且除了海鮮，不提供其他更常見的湯頭。海鮮湯頭當然是蝦頭熬的。蝦身、蝦頭、蝦鬚，怎麼看主要部位都是蝦肉，吧？如果只是為了取蝦鬚，簡直一將功成萬骨枯。

也許Suite U和Suite R不是像，而是跟朴英說的一樣，一個是真傢伙，另一個是真傢伙的影子。豔陽下濃蔭的影子。Suite U看似閒散的對話和賭局，和Suite R的關鍵差距是什麼？

**

離第一次進Suite U一個半月，她挑了朴英值班的時段進場。今天一點曲線都不暴露在外，全都藏在寬鬆舒適、黃綠相間的巴西國旗色運動服裡。雖然不至於戴粗金條項鍊，但也把飾品搭成舒服自在但不怕人看的強烈款式，白色球鞋大步邁進，用全身喊出：老娘今天來開局的。

走過太師椅包廂，遇到買下羅馬尼亞製片公司的雜眉大叔，高桂月禮貌地雙手遞上一張卡片，正面朝上，向著大叔的那面寫著：「威尼斯影展開、閉幕片單」反面寫著：「中國年度外語電影播放額度」。雜眉大叔馬上抬頭看她，她指指荷官，表示送件請由此去，順便看看朴英的表情。朴英下半臉放鬆，上半臉往上收緊，是「期待」的表情。由於高桂月對面部表情的閱讀力實在太弱，她需要一個翻譯。朴英是能正確解讀這種資訊的人，也演練過要把臉部肌肉放到那些位置，她讀起來能懂。最棒的是，這裡沒有一個賭客會去看人形立燈臉上的表情變化。

包廂還有其他人。依然穿著低於自己年齡粉紅裙裝的熟女，也接獲雙手奉上的卡片。裙裝和唇膏都用桃色的熟女一翻卡片背面：「歐盟棕櫚油原料生質柴油限制時程」。粉桃色大姐的上下眼皮都各撐大了一點。高桂月側眼看朴英，他把整張臉拉長，眉心微蹙，表示「驚訝」。

高桂月手上其實沒有足以更動「歐盟棕櫚油原料生質柴油限制時程」的權限，但她很可能贏得這項賭注。在她發出的一百三十七份 Suite U 賭局邀約裡，有兩個人能影響這個時程，贏了一個就能接著跟粉紅熟女賭。她在造浪，把充滿權貴的 Suite U 翻攪一遍，看心目中的終極賭注會不會被撈底而出。

墨綠馬皮沙發區，曾經拿「某某派系信任圈」出來賭的大佬，收到的卡片背面是：「美國個人退休帳戶基金投資標的」。這是極大的一筆現金，免費，完全慷他人之慨。任何金融業的從業人員如果能拿到一筆這樣的投資，想再創造一次東南亞金融風暴這麼精彩的股市、匯市交互攻擊都不是難事。因為這筆錢簡直大到沛然莫之能禦，想攻擊誰就攻擊誰、想割誰韭菜就割誰韭菜，幾乎沒有哪個指數或哪種貨幣的價格擋得住這麼大量的波動。感謝自由市場。

雖然「美國個人退休帳戶基金投資標的」可以有估價額，但使用方式卻不是一筆資產，規格差距明擺著。Suite R裡充斥著股票證券債券、法幣，以代幣的形式在市場能快速流動，很受歡迎。但Suite U裡沒有任何代幣，只有真傢伙能拿得出手。

算起來，Suite R和Suite U最鮮明的賭注對比，是「某某官位」和「某某派系的信任圈」。官位仍是錢能買到的工具，得到官位的人可以拿這工具幹很多事。進入信任圈，當然也是手段，但它更是個重要的目標和成就，通常得透過很多手段才能達到。更關鍵的是，信任圈是一整群有力人士的合作基礎，資源整合的效力一旦系統化，資源集中就更穩固。即便在Suite S的坎城影展評審名單，也還也還算是有利於達成下一階段目表的工具。中國電影播放額度卻是一份實質利益，捏在官員手上的特權，向誰開放誰就能憑本事進去賺錢。

這裡的賭注，都是需要人為操作才能完成的實質利益，絕大多數都靠特權。Suite T的殺人任務本身沒有意義，唯求篩出特權，足以違法犯紀，卻又全身而退的特權。因此供酒商的競爭有意義，Suite U的人都不會再去Suite R方便美味的自助餐區，他們不屑。為了區隔比自己低階的人群，人類能拚盡一切。

檸檬香皮是整顆檸檬風味的精華所在，蝦鬚是整條蝦口感與鮮味的集合高點。至於檸檬汁和蝦肉、蝦頭，當然很不錯，都是好吃的東西，可以繼續拿去用。Suite U只取最最精華處，剩下來的無論是糟粕還是肉，都讓Suite R撿去用就行。決定食材規格的，是Suite U；而Suite R只處理規格內的可用資源。對很多已經在Suite U的深層會員而言，Suite R的供餐就像在今日馬桶裡見到的昨日晚餐，都是殘羹剩饌，就像一般消費者市場能買到的衍生性金融商品一樣。真正足以在市場規則裡，勝過大盤平均獲利率的投資標的，都不會流出，只在真正的金融巨鱷嘴裡咬住。流出的只是巨鱷齒縫間的肉渣，重組包裝後光鮮上市。

Suite R在玩高價資產，但Suite U玩的是市場規則本身。Suite R的紫衫大姐氣勢強勁，而且有計畫地搜羅交通要道上的轉運機制，服裝品味也遠勝Suite U的彩色格紋香奈兒大姐。但彩色格紋大姐拿出手的賭注是一個國家的轉運航權，不是完成轉運所需的一個基礎建設小項目，規模決定兩者不可能同上一檯賭桌。

「美國個人退休帳戶基金投資標的」的賭注卡片，背面寫的是：阿伽曼農。除了這位執掌官員之外，全世界只有不超過七個人知道這是什麼。阿伽曼農是一家巴拿馬的空殼公司，這位官員任內收取的禮金禮品，都屬於這間公司所有。換言之，是他在中美洲開立的避稅工具，同時也切割個人的收賄行為。至於高桂月有把握贏得這份賭注的理由，是因為她手上還有其他的希臘悲劇：普羅米修斯、伊底帕斯、美荻亞，分別持有這位官員的個人財產、不記名證券，以及曾經立法修改個人退休帳戶基金使用範圍的參議員。高桂月不懂，這些大佬取名字為什麼可以這麼沒有創意，連避稅用的空殼公司都用同一個邏輯來命名，簡直找到一個就能牽一起串。在四場賭局的過程裡，照每場輸贏各半的機率來算，她幾乎可以確定自己只有十六分之一的機率贏不到這位官員所提供的特權服務。以賭博而言，十六分之十五的機率還不下手實在說不過去。

這裡所有的賭客，都在把自己一部分的身家拿出來賭。Suite R還能賭點身外之物，Suite U裡真正要抓的不是賭注，是賭客。這是她從Suite T學的道理：Suite T是一個毫無獲利可言的樓層，只有純純的犧牲。賭場能得到什麼呢？賭客本人，賭客本人的投名狀。Suite U這麼身分連帶、名譽攸關、人脈耗損的賭本，如果沒有通過Suite T的考驗，向賭場提供足以證明自己成功殺人的證據，賭注執行就會很困難，因為沒有兌幣房，賭場不會先收到賭注的價值，得事後從賭客身上榨出來。這正是這座賭場受歡迎的原因：保證贏家兌現賭約。

所以Suite U的場地動線設計和Suite R有關鍵差距：Suite R容易流動、容易讓每個人經過每個人身邊；Suite U讓人容易分群、容易面對面聊天。Suite R裡流淌的不只是人，還有資訊、還有金錢，所以賭局又多又快，倏倏倏——而Suite U設計成一個個包廂，自然面對面，會發生許多的社交。把自己的一部分拿出去賭之前，需要對對方有信任感，這也要花時間。所以整個Suite U才會那麼多閒聊、那麼多自吹自擂、那麼在意衣著精美，都在陌生開發。深層會員本人就是商品，商品需要包裝。

手持阿伽曼儂卡片的官員，表情是目前最有趣：他抖了一下，把眼鏡都給抖到鼻梁中間，嘴角還緊繃到下垂，把整張臉拉寬了。那是一張過分緊張以至於需要拉緊臉部肌肉來抒發這份壓力的臉孔。接下來她發其他幾張空殼公司卡片的時候，還有機會見到這種臉。設立空殼公司的人太多了，簡直是她這種情報王者的韭菜園。晶聯開發出的硬體很容易附著，開發出的軟體也很能有效截取所需資訊。這都拜賭客多住在賭場樓上所賜，他們的通訊內容很容易暴露自己的需求，甚至自己的祕密。同時感謝佩鐸，幫她破關Suite R跟Suite T，可能還會助她完成Suite U賭局。

但在Suite U，她最最需要感謝的，是朴英。除了在她遞出一三七張挑戰邀請函的同時擔任表情翻譯官，在賭局上使用五官密碼才是更關鍵的協助。不知道是不是工作和人際關係相對單純，他全副的注意力和記憶力都還閒置待用，可以專注於人和環境的各種細節。如果一般人能辨識的顏面情緒資料庫有一千三百種細項分類，他的就接近無限，至少她在跟他一起看影片訓練表情辨識的時候，還沒有觸及極限。

「她現在就是又後悔又怕被發現，趕快裝作自己早就準備好了，才會去笑他。」朴英把畫面停格，指著女配角的表情說。而高桂月只有做筆記的份。這是人師跟沒天分學徒的差距。這段訓練也發生在賭場裡，Suite Q和Suite R都是練習的絕佳場域，滿滿的賭客、滿滿的人臉、滿滿的願賭服輸和滿滿的惱羞成怒。

他們發明一套顏面表情密碼，幾乎是一種全新的語言。這種語言參考了簡單的摩斯密碼，是簡單元素的排列組合可以完成的最充分表達。朴英的五官分別是不同的「母音」，而五官的走向成為不同的「子音」，五官有序移動，就能排列出整個「字彙」。此刻，朴英的眉心朝內微皺，嘴唇也內抿，在一般人看來是有點緊張、情勢不佳的表情。但身為發牌機，沒有任何賭客關心荷官的表情和近況，只是賭客看看荷官的臉也不奇怪罷了。唯一認真看荷官表情的賭客只有高桂月，她讀到的是：閑家現在應該不會跟。

朴英每天讀到的賭客表情和賭客決策過程，遠大於所有的賭客，他的資料庫連結了近萬場賭局的賭客情緒反應和賭局決策，觀相之準，有堅實的資料基礎。只不過在他之前，沒有任何荷官想過這類資訊能拿來系統化。此刻，他的眼珠正望向閑家，等待閑家決定要不要補牌。一般人看人臉色的方式是這樣：先看人看的東西，再看人的表情，然後連結起這兩件之間的關聯，判定別人對那件事物的感受。所以就算有人有閒去看朴英臉上不明究理的表情，也不會猜到那是打給莊家的信號，只覺得荷官是不是對折騰半天不決定的閑家有點不耐煩，想早點收工下班。

二十一點的賭檯上，莊家是高桂月，她明面上兩張牌，點數3、9，共十二點，加上底牌還沒爆。閑家是遞出曼谷上空第五航權的女士，昂貴的LV手拿包上有彩色印花，依舊不優雅得驚人。一樣是品牌特仕款彩色印花，選擇Paul Smith就能有好結果，這位女士一直沒有學會。總之，彩色印花女士的底牌不明，但明面上的兩張牌5、8加起來是十三點，大過莊家，理論上贏面大點，把航權的子項目追加進賭局是有利選擇。但朴英的判讀：女士在縮，應該不會加注。如果朴英的判讀正確，彩色印花女士的底牌應該挺小，很可能在3以內。更重要的是，如果莊家加碼，把閑家嚇退的機會就大了，畢竟跟了子項目，只會輸掉更多。這是一個拚賭勇氣的時刻，兩軍相接勇者勝。接下朴英的判讀，高桂月翻開手上追加賭注：「您與法政大學事件的關聯」非常明顯，是一個祕密類型的賭注，流通性通常不高。但是與自身相關的祕密，人一般都會買單。這是她在Suite S學到的。「你的一切數位足跡」這個賭注做莊的賭檯，人氣最高的時刻，閑家的賭碑都滿到往桌邊地上放了。就是這麼熱門、就是這麼紅。

彩色印花女士本人所持有的追加賭注卻真的價值連城：非商用機。第五航權是國際間的空中延運權，允許國籍航班在別國落地後卸運、重載後飛往第三國，貨運、客運都在範圍之內。而曼谷，是整個東南亞的空運中間點，東南亞則是全世界人口最密集的地區。在這裡有延運權，代表的是亞太地區超長途運輸的航線，以及巨大的運輸量。而非商用機就會包含軍機，足以改變地緣政治。她卻為了自己與泰國當代史當中，法政大學事件之間一個隱密的關聯而猶豫不決。（她底牌可能真的滿小的）高桂月暗忖。

這檯沒有其他的閑家，彩色印花女士的底牌如果在2以下，幾乎註定要失去曼谷的第五航權。朴英盯著彩色印花女士，輕、緩而規律地眨了三下眼：有・可・能。這個表述方式不會跟自然眨眼混淆，因為睜開得夠慢；但也不會令人感到奇怪，因為三下雖然嫌多，但還在乾眼或疲勞的正常範圍內。在「有可能」這個表示語態轉換的訊息之後，朴英展開嘴角的微笑，不是往上，只有往外，眼睛眼完全沒有笑意，對一般人而言，荷官就是在職業性微笑，但沒有很甘願。根據嘴角展開的幅度，和微笑露出的牙齒顆數，高桂月讀到的訊息是：崩潰。

彩色印花女士沒有跟進這一注：非商業航班。說沒有跟進實在很客氣，彩色印花女士把手上的牌一甩，彩色印花的LV手拿包被她手肘撥落地面，還很狼狽地自己彎腰撿。畢竟現場工作人員只有荷官一人，但荷官的視線無論如何都不能離開賭檯。她撿起包，再不回台看賭檯一眼，走人。不跟這一注就是放棄了，願賭服輸。高桂月選二十一點的用意就是這個：她的賭注類型多半都是別人的機密，但輸了對她自己沒有損傷。可以往下加押賭注，給對家帶來的壓力之大，提升棄權機率，足以大幅提升勝率。荷官基於職責，必須為閑家公開底牌：一張2，共十五點。荷官請莊家自行開牌，高桂月一掀底牌：一張3，共十五點。有莊家優勢，還是贏。彩色印花女士其實可以一拚，不願意罷了。畢竟以她的手腕，連商用飛機以外的機種也開放，可能擰不過來。

主動出擊、選擇二十一點的莊家優勢、從祕密開始賭起，以及朴英，是高桂月的進場策略。Suite U從來沒有這麼頻密開局過，朴英今天光是經手的牌局，幾乎跟在熱鬧滾滾的Suite R一樣多。而他在這裡可是開一局淨賺一千美金，今天已經七千入帳。高桂月甚至很上道，厚賞荷官：「唉喲你牌發得很好啊！」她掏了枚金幣扔給荷官：「下次再來發。」她正眼都不瞧一下朴英。

朴英賺進七千美元的時間裡，高桂月贏了五局。只靠莊家優勢，贏得嫌多，加上賭膽，就還算合理。不能贏再多，否則對朴英和對她都不好。何況重點從來不是贏，是玩得好。這是高桂月一路下來唯一找出的公式：在這層賭場裡透出明顯的優勢，如果這份優勢正是下一層需要的，就會「受邀去貴賓室」。娘的，每一層的管家還真的都對她講了大實話。

接下來一整週，Suite U被高桂月搞得一個時段都配了兩位排班荷官，否則忙不過來。朴英的同事都非常喜歡她，搶著排班。高桂月也無論輸贏、大方打賞，直接給匿名性比刷卡更好的金幣。在Suite U排班荷官之間，她的代號是超級瑪利。

賭得風生水起、順風順水是什麼感覺？高桂月賭完回房間，除了繼續讀富貴她們團隊根據晶聯刮來的賭場通訊資料去翻出的Suite U賭客身家調查之外，還得花時間為贏來的賭注建檔，再讀一讀賭注的身家調查和背後的法規、合約，以及利益牽扯。加班加到隔天都快沒精神專心打牌的程度。有幾天和朴英一起，討論表情密碼更新和檢討賭客反應後，他們就做愛。激烈的身體活動是讓大腦放鬆的絕佳調節。

風風火火賭到第七天，同時還要計算，不要讓朴英發牌的賭局顯得比其他荷官發牌的賭局贏得多太多，都要花腦力。回到房間通常是累到需要放空個半小時。但今天一回房間她就幾乎崩潰：蛋白石耳環不見了！

她這幾天因為穿運動服，搭配優雅的梨形寶石耳環實在很不符合人設，才在進入賭場後第一次讓耳環離開自己的視線範圍。剛才順手一翻化妝台角落自己慣於放耳環的面紙盒後位置，空的。再累一點，她就要被嚇瘋。那是她恃以進賭場的勇氣，勇氣沒了。

她甚至無法告訴任何人。除了她，不應該有任何人知道這只耳環的祕密。Suite S有人知道她很可能真的擁有朝鮮核武全圖，但不會知道那份全圖就藏在左耳耳環座和耳環主石之間。所有人都可能知道她有那對耳環，因為她每天戴。她的服裝幾乎全是黑白和藍色、米色，就是為了配那對耳環。直到這幾天，為了擺顯，把優雅秀氣的珠寶換成粗線條的耳釦。（只有Suite U的人會知道）她迅速小結。但整個Suite U一半的人現在跟她有仇，畢竟她從旅館網路裡撈出的資訊，幾乎都轉成用來贏走他們身家的賭注。（但是要怎麼知道東西在耳環裡？）這才是她完全無法推理的環節。這一定不是普通竊盜，沒有其他東西丟失，甚至沒有被翻過的痕跡，目標精準無比。而且說穿了，蛋白石是一種不怎麼值錢的半寶石，在這整座賭場旅館裡，大概是最不值得竊取的一件珠寶。

她得算一下可能的失竊時間，好縮小搜尋範圍。她本來以為起始時間應該是今天她出房門的時刻，到她回房間。一想，今天第一局開得早，自己沒睡飽就拖著身子起床，出門前沒有看耳環一眼；甚至昨晚回房間一直到讀完所有新賭注資料，也累到似乎沒有注意耳環是不是還在。這樣一來，失蹤時間甚至超過一天！她是真的太累了，連自己什麼時候弄丟耳環都沒有警覺，如果她多檢查幾次，還能縮小一點搜查範圍。順風順水，一定有鬼。

她的生活本來就充滿不可告人之處，但她甚至無法跟任何人說明這段推理過程，尤其是富貴跟肉包。肉包一旦知道她沒有終極賭注，大概會立刻截斷對她的一切支援。這趟任務花的時間跟金錢已經遠多於預計，任何時候被止損都不奇怪。最近格外親密的朴英也不行，身為唯一一個有能力貼身取走她耳環的人，他嫌疑格外重大。即使他剛剛還暗助她贏得「信用評等維持去年水平」的賭注，還花了一整個月跟她一起創出一整套人臉表情密碼，甚至是她迄今有過的最佳床伴，但他哪會知道機密跟耳環有關？知道機密的人不知道耳環，知道耳環的人不知道機密。如果有任何人兩件都知道，那就是高桂月本人。

崩潰之餘，高桂月拿出一份花王產品特賣型錄，用紅筆圈出特賣結束日期，從她的賭場房間地址，寄到董娘的郵政信箱。她須得當面告訴董娘這件事，並請求支援。

Suite U，U stands for utility.

Cavatina

懺情小曲

朴英在沙漠賭城的青春，有一半耗在賭場的工作裡，另一半多在與Suite Q分據城市兩角的一間小屋子裡。西南角便宜。工作收入不錯，最近尤其好，只是光看他房子還真看不出來。屋子不是真的很小，還挑高呢，搭配清漆外露的管線和長窗，以及清寡的室內傢俱，幾乎是流行的loft風格。只不過家具倒完全不是工業風或現代感的設計，挺低矮隨便。傢俱就是一張床、一張沙發、一個立櫃、一掛衣架，活得簡單無比。整間屋子最貴的是地板，底下裝了地暖系統的木地板。沙漠的冬天和夜裡很冷，他喜歡暖炕，地板才是最大的一件傢俱。坐在地板的高度上，還有一張可摺疊的小桌，合板木桌邊的磨損清晰可見，用了挺久。

他伸手往立櫃下格掏水煙筒，卻停在一半，終於沒拿出來。他兩個月沒碰大麻了，以前一兩週會呼個一兩次，不知道算放鬆還算刺激，總之是他一成不變生活裡，唯一的休閒娛樂。他賺的錢都存著，等到存夠一個數目，能以投資移民取得身分，把家人接過來，就要決定房子要買在哪了。在賭城八年的時間像一條直線，只往這麼個目標奔去。首爾很好，但是離朝鮮太近了，得離開韓國，他本來一直這樣想。直到朝鮮核武全圖出現。

沒有朝鮮威脅的韓國，很值得住，比這裡更值得，妹妹跟奶奶也過得比較習慣。他來這裡這麼久了，始終不習慣蔬菜吃那麼少的生活。但荷官工作一旦上手，既輕鬆、收入也不錯，尤其深層會員的打賞，通常都很大方。直到桂月在Suite U開賭這段期間，除了賭局上要久站執行工作，還要高度專注觀察並轉譯賭客情緒反應，同時還不能被任何人察覺。這已經是同時執行雙份工作的強度，其中兩天他還跟桂月回房間，加班補充情緒語彙編碼資料庫。他從來不知道人可以活得這麼腦力密集，累到幾乎要靈魂出竅。如果可以，他希望是在她體內射到靈魂出竅。

能讓她靈魂出竅，就能在趁她高潮，一邊舔舐耳朵，一邊用舌頭壓住耳環，再用下門牙把耳垂後的耳釦解開。嘴裡含著，一路帶出她房間，因為她馬上就累到睡著。他心知這是一個足以瞞過她警覺性的條件組合。第二週從Suite U賭完，去她房間補充一個重要的賭客情緒反應──不屑──的那晚，朴英就在她背上銜走耳環。這段時間，高桂月本就也累到靈魂出竅，警覺性降得很低，尤其是在自己房間裡、尤其是對朴英。從Suite U的班表看來，她還要連賭個五天，估計都不需要拿那這副耳環出來戴。

坦白說，他知道自己不是因為想留桂月的貼身物品在身邊，才扒走耳環。如果只是塞在自己口袋裡伴隨體溫，剛脫下來的原味內褲是更貼切的品項，還很好得手。自從發現耳環有夾心，他就忍不住把最大的祕密想像在夾心裡。因為他知道高桂月有多麼耳環不離身。他在她身後為她卸除耳環多次，她幾乎已經習慣，就像他脫她內褲一樣自然。朴英一時間無法抵抗朝核全圖的魅力，那是他整個人生最大問題的最佳解。已經銜在嘴裡的東西，吐出來好難。

一只梨形蛋白石左上鑲一顆橄欖形小藍鑽、右上鑲一顆橄欖形白鑽的精緻耳環，在他整片木地板上唯一的摺疊小桌上，印了金字塔和LUXOR的保溫瓶裡，是他被挖角去Suite Q前的員工水杯。他因為沒有任何可以妥善收藏小東西的位置，耳環就放在鋼瓶裡，防止自己不小心弄丟。

睡醒，看見瓶底那只耳環，朴英幾乎嚇尿。另一只呢？有夾心哪只呢？一只還在瓶裡，所以不是小心被他自己甩到屋裡任何一個角落。也不可能是老鼠或松鼠，保溫瓶蓋明明就是只有人類的手才能打開的設計，而且屋裡沒有任何其他東西被翻倒過的痕跡。歸納出這是場精緻的跟蹤入室竊盜，發生在自己熟悉的放鬆場所，他顫抖到背都僵掉。

從桂月的方尖碑賭注裡看見光，到和桂月一起發明專屬兩人的密碼，贏到包山包海包便當的賭注，還沒等到桂月要的賭注到來，他忍不住想要擁有這份希望的衝動，把耳環帶回家。拿回家的當天就後悔了：原來寶藏的擁有者，發揮不了寶藏的功能，也是白搭。他真的想、打算隔天就還回去，把希望交回會用的人手上，因為自己不配。

他現在知道自己有多不配：他不配那份希望、他不配桂月的信任、他甚至不配自己這份工作。對於偷走耳環的自己無以自解、無以自處，桂月被自己害得失去機密，韓國被自己害得失去一個消滅威脅的機會。他不知道自己在這裡有個屁用，這是他人生中第一次有這些想法。

出生在江原道高城郡，面對朝鮮騷擾的威脅、韓國政府的忽略，讓他天然自處於受害者的位置，最積極努力的做法就是出逃。為了出逃，他苦練外語，甚至獨自研究投資移民的法案，也殷實懇切地在賭城工作了七年，除了存錢之外別無念想，還不夠努力嗎？

朝核全圖、超級瑪利、契合的性愛，都是桂月吸引他的原因，但感興趣的原因，不見得能成為關係延續的理由。桂月是他見過最聰明有趣的女人，也是他見過最聰明有趣的人。和她合作，不管在床上還是賭檯上，都是他人生的高峰體驗。更熱烈的是，桂月為了自己的目標和自己的國家，無論是努力還是犧牲，都遠勝過自己。說穿了，他努力的方向只有逃走而已。

自己堵住自己的退路，有沒有辦法自救？雖然眼下的問題是如何面對桂月，還有明天排班的賭局怎麼辦，但朴英此生第一次浮現自己應該去改變現實，而不是逃離現況的念頭。

**

高桂月當然得盡快找回耳環，但她無論如何也需要完成已經排下的一系列賭局。倒不是她多想要那些賭注，而是絕不能被發現她弄丟了這項祕密。平淡最能掩蔽慌張。她如常出席、如常穿了顏色鮮豔的運動服，顏色倒不見得都是巴西國旗的黃綠配色，還有阿根廷的藍白和英格蘭的白底紅十字和德國的黑金紅。看起來在世界杯足球賽上，她支持的國家隊會超過五隊。鮮豔的色彩純是策略：首先，強烈的配色和鮮明的旗幟刻板印象會令人分心；再來，衣服搶眼的時候，人就不會被記得那麼清楚。她今天穿藍黃配色的運動服，一時間也看不出來是瑞典還是烏克蘭的支持者，總之非常能干擾對家，足矣。很多策略不需要深度，只需要奏效。

今天這檯也是朴英發牌。朴英仍然在使用同一套表情密碼：挑左眉，右嘴角微微拉起。閑家如果看到，恐怕以為這位清秀的年輕荷官是在眼神詢問是否要叫牌；高桂月讀到的卻是：情緒・平穩。閑家明面上的點數有十五，她莊家牌面只有十二，閑家的確很有本錢情緒平穩。但是她能信任朴英嗎？

朴英自從她在Suite U開賭以來，始終跟今天一樣，精準平穩：每一張發出的牌都平貼檯布，數字和花色均勻外露，每張牌的角度和間隔相同，袖筒也始終維持九分長度，永遠露出手腕，雙方賭注當然穩穩地壓在他腰前，用兩條手臂維持無人能靠近的安全距離。他應該是整座賭場手藝最佳荷官之一，晉升來Suite U為特級貴賓服務完全合情合理。與此同時，朴英還要仔細觀察穿三件式西裝的閑家整個人的反應，快速判斷情境和情緒，轉譯成一套他新學的五官表情密碼。表情的輸出時間長度，還得掌握在她有時間充分判讀，卻不讓閑家查覺異樣的長度，通常在一秒半到三秒之間。視表情和情境的搭配程度，朴英有時候也會把表情做小一點，例如現在：他把上揚的右嘴角收起，應該要盡量張開下巴拉長嘴，以表示閑家的情緒改變幅度很大。但他只能盡量張嘴到露齒，再把嘴角內收，做出拉長的嘴型來表示。因為三件式西裝正在看他。

朴英一抿嘴，撐寬頸子，裝得像是在忍著不把呵欠打出來，同時輕輕甩了甩頭。這些表情和動作沒有一個是他和她約定過的暗語。賭場不比尋常，一點點異樣手勢和表情，都可以是串賭的訊號。他希望沒有人發現，但同時又需要桂月明白，那些沒有約定的表情，應該要能夠被搖搖頭給「否定」掉。雖然他們約定好的「否定」表情，本來應該是拉長嘴角、拱眼微笑，是一個工作人員隨時可能對貴賓露出的常見表情，只比正常稍稍熱情一絲絲。朴英差點就要急得斜過眼珠去瞟桂月有沒有讀懂他的轉譯，他忍著，把整個頸子連頭和眼珠一起轉向桂月。此時此刻，他看桂月完全合法，他也需要探尋莊家的意願。他向桂月微微一傾頭，貌似洽詢，卻浮起一個拉長嘴角的拱眼微笑。他輕輕闔眼了半秒，把之前所有傳遞過的資訊都清除歸零，重新開始一個轉譯內容：猶豫、非常猶豫。他終於得空把剛那個沒打完的呵欠打完。

高桂月讀到的也是猶豫，牌面上勝出她三點的三件式西裝，在加碼他的追加賭注時，停滯異常久。一直以來，朴英的判斷有八成五的預測率。三件式西裝的第二筆追加賭注是：北戴河會議議程排序。只不過是中共高層的夏日閉門會議、只不過是議程順序，看似是一個很微小的追加賭注，但正是這個小項目掀起三件式西裝的第一次猶豫。她第二張牌發下來的時刻，以她自己對三件式西裝的判讀，也是肢體語言放鬆。接著她追加第二筆賭注，逼閑家跟進北戴河會議，三件式西裝上的肩摺跟著他的斜方肌一起緊縮。這跟朴英修改資訊的時間和內容吻合，很可能朴英捎來的資訊既正確也真誠，和一直以來一樣，都在為她著想。

她還是在朴英表示閑家「情緒平穩」的時候加注了，雖然事後「猶豫、非常猶豫」的反應看來，她逼迫對家是有效決策，但她終究不是沿著朴英給出的線索下決定。在那一刻，她懷疑朴英。即使過往數據綜合判斷上，朴英有八成五的正確機率，可一旦不對她誠實，勝率就不是她能掌握。她鬆手，只用自己的底牌和對方底牌的機率來判斷。撲克牌不會不誠實，機率也不會。

三件式西裝的底牌是3，十八點的確不小，他有本錢放鬆。高桂月的底牌是6，十八點，靠莊家優勢，她再下一城。一切看起來都跟這一週以來每場有朴英襄助的賭局一樣，他認真工作、同時傳譯，她接收訊息，想辦法取勝。但這一局，荷官換成其他任何一位，高桂月都會做出一樣的決定。她不是非得要朴英。

這是今天的最後一場賭約，她忙到每日賭約要用行事曆來排的程度。畢竟為每一場賭約做準備的時間都不夠，每一份賭注、每一個子項目、每一個賭客，多龐大的資料量？富貴那邊的團隊不知道多少人，居然還勉強應付得來這些索求。北戴河會議算是其中相當不清楚的一項追加賭注，比其他政治類賭注都更少確定的資料，也花了她一個小時來理解這個項目對三件式西裝的重要性。在手牌點數的勝負機率和失去賭注的壓力之間，她需要決定壓迫和放棄的力道，每一局都要、每一筆追加賭注都要。沒有人知道她在連續運轉多麼高強度的勞動，除了朴英。

她以為可以結束了，幾乎所有能成局的Suite U賭客都被她遞件約賭，而且其中九成的人都出席了。她憑自己一個人就把Suite U賭得跟Suite R一樣熱絡的日子要到頭了。來了個管家，很有可能是貨真價實的管家，因為她的妝容和服飾，跟Suite S的管家如出一轍。最具有說服力的部分，是她記不太清這位管家的臉，又是一張，清淡的東亞女性面孔，年齡可能比她大，也可能比她小。表情也少，看不出皺紋，皮膚與容貌的記憶點一樣光滑無痕。管家遞了一張拍立得照片給她，是一只梨形蛋白石耳環，上頭有藍白兩色彩鑽鑲成的葉片。照片邊框寫著：明天早上八點，賭妳在這裡贏來的所有賭注。她不用找耳環了。

她第一個念頭真的就是：不用找耳環了。接下來的第二個念頭是：明天朴英沒有排班，沒有表情翻譯優勢了。她馬上自我否定還有表情這項優勢，不能排除朴英的嫌疑，自然不可能算這一局他能信。她馬上想起自己算牌的數學優勢，但她只練過二十一點的算牌，其他賭法練習甚少。她太常作莊了，莊家能決定賭法。她連明天怎麼賭都不知道，無從練習。對莊家的一切都完全陌生。如果能夠控制自己的情緒，她還是能睡一場好覺，以便早上起床去賭。高桂月正是不會焦慮的那種人，早早洗洗睡。

莊家到得比她還早，已經坐定喝茶。莊家戴了面具，威尼斯嘉年華式的白色高嶺土面具，上頭用白釉和金漆畫上睫毛和淚珠。莊家應該是一位女性，全身穿了華麗的文藝復興洋裝，好像去Suite S跟人賭祕密一樣，不對高桂月揭露身分。畢竟整層Suite U的賭客讓高桂月知道自己身分之後的下場並不舒適。莊家拿出來逼她賭的，也正是高桂月一路下來逼別人跟她對賭的東西：自己的祕密。果報不爽。

莊家戴蕾絲手套的左手中指輕輕把賭注往前推：一只梨形蛋白石，右上鑲一顆橄欖形小藍鑽、左上鑲一顆橄欖形白鑽的精緻耳環。耳環主石邊緣，仔細看可以發現一圈透光，不是直接鑲在座子上。

「我驗明正身一下。」高桂月伸手向莊家討耳環，幾乎想趁機摸走，如果她有右耳耳環可以調換的話，這一刻她就會易手。可惜沒有。這只耳環在蛋白石的鑲爪上，因為重新打開過，有一點拗折的痕跡，尤其是梨形頂部的一只嵌爪，是撬起寶石的支點，痕跡格外明顯。這是她的左耳耳環無誤，也沒有新鑲嵌的痕跡，可惜不能確定資料是否被動過。

威尼斯面具掏出張紙：猜我是誰。

緊接著掏出第二張紙：三個問題、三次機會。

第三次掏，就不是紙，而是兩只迷你嘉年華面具，一只是紅帽子的哭臉小丑、一只是金帽子的笑臉小丑。莊家手持迷你面具的側面握把，點點紙上的「問題」這個詞，表示用道具回應，顯然是是非題。高桂月慶幸自己昨晚沒有把時間花在學習怎麼算梭哈跟牌九的牌上頭，選擇睡覺。

「等一下，程序問題！」高桂月說。「不算在三個問題裡頭。」

威尼斯面具點點頭。

「我如果猜對，你不承認怎麼辦？賭局完全不公平。無論有沒有猜對，你最後都要揭露身分，才能確認賭局公平。」

威尼斯面具轉頭，向兩個輪值荷官中，頭頂比較稀疏的那個招招手。

「這位深層會員對 Suite U 揭露過身分，如果您猜中，賭場會確認賭注轉移。」荷官說完就留在桌邊。果然不只她在荷官當中有自己的偏好。

「地球有六十億人口，這個對賭機率也不公平。」

「Suite U的深層會員數量有限。」荷官回嘴。

威尼斯面具又對荷官招招手，荷官湊近面具，轉述：「妳也可以不要賭。」

高桂月不可以。且不論朝核全圖是她跟董娘十三年來拾掇串接的巨大成果，她手上Suite U這百來個賭注，都是她進入更高級賭局的階梯，她無論如何都想贏回自己的耳環。而且威尼斯面具的賭局幫她問出無論如何都需要搞清楚的問題：「誰拿走的？」當場猜到就能人贓俱獲，她幾乎沒有拒絕的理由。

除非現在放棄賭局，直接揭她面具。但如果真正的終極賭注不在Suite U，破壞賭場秩序的做法，應該會導致不再受邀。傷害其他賭客，不是在Suite T，就得在賭場外。要不是賭場電梯一次只能搭一個賭客，高桂月一定馬上揭開威尼斯面具。但她沒得選。

「我在Suite U見過你嗎？」這是她能得出，最大的一個篩選條件。

威尼斯面具舉起金色笑臉小丑。「答案是肯定。」荷官補充說明。

「異議！」高桂月發聲。「不管事實如何，我都無法檢證答案真假，這賭局不公平。」

威尼斯面具正待跟荷官交頭接耳，荷官倒先發話：「我在值班時段看過兩位見面，我可以作證。」荷官就是賭場代表，理論上保證公允。但就算不公允，也沒人能奈賭場何。

「路過不算見到面，你看見我們講話了嗎？不然怎麼知道我有見到他？」

荷官看威尼斯面具一眼，威尼斯面具點頭。荷官點頭後發言：「兩位有沒有講上話，恕我不敢偷聽。但是兩位面對面的互動我可以保證發生過。閑家與莊家見過面。」荷官這樣說，就是有。

「你跟我賭過嗎？」高桂月想從讀過的所有資料下手，看自己記得多少人名。

威尼斯面具舉起紅色哭臉小丑。荷官補充：「兩位沒有對賭過。」

紅色哭臉小丑像一根針，戳破高桂月希望的氣球，噗地飛遠了。她可能連對方的名字都沒打聽過。她在Suite U見到的人裡頭，九成都跟她賭過了。剩下的一成，是她找不出適合的勒索理由或機密，或者能承受這些資訊外流後果的傢伙。但對方也可能是超級資深的賭客，只是偶爾到此一遊，回味一下紅絲綠藻沙拉的口感而已。她總不能問人家說：「我打聽過你嗎？」

一時之間想不出最好的第三個問題是什麼，還有什麼條件能有效縮小這個人的身分範圍？她覺得自己快輸了。

「第三題我明天再問。」

威尼斯面具舉起紅色哭臉小丑。

「你一個半月內住過這間賭場的客房嗎？」高桂月打破三分鐘靜默。

威尼斯面具舉起金色笑臉小丑。提問環節結束。

高桂月這半個月側錄過的所有資訊裡，她只徹查了自己在Suite U裡頭見過的人物。其中沒跟她賭過的，不到三十七個人。她的勝率是三十七分之三，奇慘。

她站起身，走到賭檯對側，打量威尼斯面具。莊家全身蓋得嚴嚴實實，裙襬甚至蓋過鞋子，用坐姿隱藏身高。頭髮也顯然是假髮，沒有什麼露出。她只能從大腿骨的長度來猜測腿長，以估算身高。硬挺膨起的長袖當然也掩蓋了真實的肩寬，幾乎滴水不漏。

高桂月突地伸手一握莊家：「第二次見面嗎？幸會幸會！」莊家一震，顯然被這舉動嚇著。高桂月要的就是這個。威尼斯面具非常輕微地從喉間發出一點聲音，細尖可聞。加上估算的身高，與手套底下握起來的手感，排除莊家是男性故意女裝矇騙的機率後，她的勝率提升到九分之三，值得一賭。

本來試圖在近身過程裡看見髮根顏色，或者皮膚狀態，甚至身上氣味。可惜都掩蓋得不錯，沒有足供參考的資訊，要靠緣分，沒辦法靠回憶。她進場前，莊家在喝茶，任何多餘線索都可貴。

「可以分我一杯茶嗎？講這麼多話，口渴。」

髮量不多的荷官拿來一組茶杯，為高桂月斟上同一壺茶。高桂月不是什麼品茶人，她只能喝出是紅茶，但絕對不是手搖茶等級的茶味，也不是常見的大吉嶺紅茶。硬要說，就是完全不澀，但也不像是會加奶喝的茶味，滿幽香的。這就是她跟 Suite U 權貴之間的品味差距，此生大概無法跨越。

茶杯也是賭場提供，不透露任何個人資訊。高桂月捧盃繼續喝，拖點時間，持續觀察面前這個多層次蓬裙底下的女人。

「我如果猜對，你要怎麼承認？」

莊家手放到面具上，作勢要掀。她手肘抬得不低，而且撐開甚寬，雖不至粗魯，但也像個不習慣顧慮旁人的人上人。作勢要掀的手勢，莊家是從下巴連腕往上轉，既快又狠。她猜若不是性子很急，年紀應該不老，因為肌肉力量很反應都很充足。也許可以把勝率提升到八分之三。

她再沒招了，聲音只騙到一絲，動作算是騙出一個。茶涼。

從高桂月搜查過但沒對賭過的，非老年、中等身材女性Suite U會員裡，八取三。她認真思考：純粹製造業起家的越南企業家，不像會把場面搞成這樣的人。俄國巧克力商人，在東北亞的確可能有利益。她在腦內把八個選項一一批評過一輪，不輸選美的品頭論足，決定從排序裡的前三開始依序猜名字。

威尼斯舉了三次紅色哭臉小丑。沒了。

她一次輸掉兩、三個月的努力所得，包含幾百筆賭客研究、近千筆賭注分析，以及一套自己研發的人臉表情轉譯密碼，還有熬夜。連自己最重要的賭本都沒贏回來。娘的，真是十賭九輸。威尼斯嘉年華打開耳環的後釦，往自己右耳一戴，頭也不回地贏走高桂月沒兌現的一整摞賭注就走了。

一座電梯一次只能搭一個人的限制，讓高桂月失去跟蹤機會。威尼斯面具上電梯前，高桂月偷偷把紅茶盡量潑在華麗的蓬裙後面。Suite U電梯一回來，她急速進門、按樓層跟關門，往Suite T的發光T字前進。地板有濕痕，她衝進聖堂白牆外的電梯，直達Suite S的灰色管家諮詢室。地上還有一點點水跡。高桂月衝出黑漆漆的甬道，要趁水痕還在的黃金時間，上一層去追索。然而Suite R的地面是厚藍絨地毯。紅茶的品質很好，涼了還帶一點茶香。高桂月幾乎要趴在地毯上像條米格魯一樣嗅聞高級紅茶的氣味。

高桂月蹲在兌幣房旁邊嗅地毯，忍不住想：如果手上有榴槤就應該往她身上砸，三公里外都還追得到。不然就是出門要帶警犬，雖然帶狗去去賭博根本不正常，她決定去買傳說中的臭鼬香水，隨身攜帶，可能比胡椒噴霧還實用。

賭完之後就是這麼空虛，什麼都沒了。贏來的東西沒了、賭本沒了、能繼續研究的賭局沒了，受邀往下賭的邀請函也沒個著落。結束Suite U史上最大的一場豪賭，連續兩個月忙活到深更的人，現在連要留在賭場還是回旅館房間都決定不了，在哪都沒事可幹。沒有賭意，在這裡沒有立足之地。

高桂月旅館房間來了一通電話：「貴賓您好，Suite U邀請您將房間升等到高樓層的行政貴賓房，有獨立的會客室。請問您要自己移動還是我們讓管家幫您移動所有行李？」她千想萬想，沒有想過自己的房間會有人要換。

「不能不換嗎？」

「Suite V 只能從行政客房層搭電梯。」

「就派個管家來吧。現在。」

- SUITE V -

沒拿到U的名片，心裡有一點不踏實。從厚韌白紙上押印的Q、壓克力透明片上鏤空的R、黑洞裡透出光來的S、潔白滑手的T，到這個只有客服人員電話的Suite V，顯得空虛。她的賭本倒是實實在在地空虛，自Suite R幫人提過一整籃的現金後，升級體驗四大皆空。幾十筆賭注的研究資料還整理電腦裡，前幾天都在熬夜研究這些決定規格的各種制定條件，從航權協議到環境法規，還有信用評等跟開會議程，全都需要高度專注。此刻能關注的事物全被抽空了，只剩手邊自己一房間的個人衣物和不打算讓管家碰的用品。但左耳耳環弄丟之後，這些資料和用具也無足輕重。從特級貴賓室去頂級貴賓室的路上，她就這麼裸身淨戶地被管家一路領去，覺得自己大概是史上最貧困的高階貴賓。

管家帶她遷出Suite Q賭場大樓。淨身出戶的感覺更嚴重了，覺得自己是因為輸到沒東西能再輸了，被賭場趕出旅館。這一個半月，除了去外頭覓食，就只有去賭場西面風口通話、吃巧克力、等朴英的時候會離開這座賭場，其他事都在賭場裡解決。今天大白天的就出來呼吸到外面乾燥的新鮮空氣，如夢初醒。

繞過四分之一的賭場外牆，走進東北角的一個停車場入口，垂滿透明PVC條，怎麼看都像是冷凍貨櫃車出入口。Suite Q本來就在整座賭城的最東北角，再過去就是無居民、無水電的丘陵地，除了來這個停車場的人，誰都不會順路經過Suite Q的東北角。

一般的停車場規畫，最高設計原則都是提升裝載容量，所以在車格和車道之間留最有限的可轉身距離，壓得緊繃繃，車身稍大就會倍感困窘。一般在兩排滿滿的停車格之間，用來開車和調轉車身的車道，寬度都不會超過停車格。這裡卻純是用車道來夾停車格，一排停車格的兩面都是車道，而且停車格四十五度角的排列，讓駐車和出車都輕鬆無比，幾乎沒有技術問題。當然，停車格寬也是能舒舒服服用一台保時捷的休旅Cayenne兩側車門都打開的程度。這停車場的最高設計原則顯然是出入舒適便利，以及不吝空間。

高桂月沒有把她的車從Suite R電梯入口的停車場開過來，主要是因為她的車和這裡的等級差距太明顯了，先不要。進到停車場，連肩上披掛那件初登場穿的寶藍色大衣，都因為過分鮮艷的顏色和人造材質感到羞赧。不知道是因為停車格裡滿滿的豪車，還是因為沒有賭本傍身，底氣全無。電梯門開了，貨梯尺寸、客房內裝，腳下踩的地毯比第一次踏進Suite Q的還厚實，電梯裡的標準配備大面鏡牆，是不規則的長橢圓形，以古銀藤蔓為框，上頭還有如小花般點綴的柔光燈泡，把人照得特別精神。

電梯向上的幅度不低，看來貴的房間果然是高樓層。但電梯一停，卻開始橫移，像Suite Q去Suite R那種橫移，叮！電梯門打開，同時開了另一道右開門扇，正對面就是她的房號24。電梯是房號23，門片跟她的客房一模一樣，23號房竟是24號房的專屬電梯口。

行政套房這種房型她第一次住，這種房型最重要的設施顯然是隔間。在床和衛浴之外，一半以上的空間是客廳和書房，而且有門、有鎖。（私人的公共空間，這是要給誰用？）她不免這樣想，畢竟三個月以來，進過她房間的只有朴英。

「Suite V只要搭電梯就可以到。」管家臨走前向她鞠躬，說明基本使用方式。

「電梯卡呢？」

「後棟只刷臉。」她剛才進門就刷過臉，原來是這個用途。

房間不算特別，是不令人意外的旅館陳設，乾淨舒適，沒有任何擾人之處。每張家具都沒有銳角或直角，連長方形的邊桌，都是圓角設計。直覺上看來，是要防止撞擊的危險，很適合家裡有幼童的房客。但是她心裡馬上能連結的理由是：減少肢體衝突的傷害強度。畢竟徒手打架跟手上有尖銳硬物，傷害力差別很大，所以打法會完全不同。比較引人注目的是：床邊有台大型碎紙機，這真是很罕見的臥室配置。也許她想太多了，還是先去Suite V看看才知道接下來能怎麼辦。她猜自己離想要的賭注似乎拉進很大的一段距離。

電梯沒有按鍵，只要刷臉。如果不是只有起點跟終點，中間沒有停靠站的電梯，不可能使用這種模式。從她的行政套房到Suite V，中間沒有任何過道。電梯的速度和時長也表明，往下探得更深，Suite V的確比Suite U還深。但這些都只是錦上添花，最最令人興奮的是：Suite V和其他樓層的賭場，是完全分隔的空間，其他任何空間都無法通到Suite V去，只有行政客房層的房客能往這裡來。與此相比，Suite U的特權毫不特別。

在寬敞停車場搭電梯上樓，從對外窗的陽光、電梯的位置，以及房號，她開始慢慢理解為什麼自己感到賭注近了。必須從前門出、後門入的理由，應該是兩個空間不存在內部通道，連電梯鑿井都避開。從窗景和陽光看來，行政套房跟從前的客房剛好在整棟建築的後側跟前側，努札特高居九樓的房間也在前側，所以她才能從燈火觀察行動時間。但她從前客房走廊的對側整排雙號房間，從來沒有人進出過。她所刮取到的所有賭客房間資訊，也都是單號房。她的行政套房房號是24。從前的三樓房號是3147，都是四位數編碼，單號。要說高層的客房編號重新開始，也非常合理，但這裡的窗景和高度看來，沒有比努札特的9478高。九樓以下的每一個樓層她都逛過，以便刺探9478失利的時刻可以快速躲藏。

上樓電梯會橫移，送房客到自己房門口，這不只是貼心便利，需要整座賭場的藍圖就存在一個橫向電梯井。整棟Suite Q顯然分成前棟跟後棟，內部空間完全不互通。所有正常的客房都有對外窗景，但沒有任何中庭窗景，因為這棟建築物沒有中庭。所有內側客房都是假門，十五公分剛好夠敲門能傳出空房聲。中庭很可能充滿前往各個地下賭場的電梯井和機械。

如果不是因為整棟建物切割成前後棟，就很難解釋在賭場一樓，從賭場西面到賭場東面停車場，怎麼會有直線橫移的電梯井？在商業空間的精華樓面，有一條從中橫亙的通道阻隔動線，完全不合常理，除非那已經是建築物的底牆。大隱隱於市，在一個賭場的背後藏匿另一個賭場，這是比地下賭場還精密的隱身術。

電梯向下，她要從地下賭場進入後棟賭場了，也許真傢伙正等著她。

電梯開門。

這層不像Suite S或Suite T有道牆先擋住，比較像Suite R或Suite U，一開門就是正片。但這裡顯然不是賭場。如果說Suite S很像墓園，Suite V最像的大概是靈骨塔吧。一般靈骨塔就是一格一格的塔位，你阿嬤住我阿公隔壁、他阿姨住我大伯樓上這種社區氛圍。社區廣場配合不同社區的信仰，可能配有藥師琉璃如來、無量壽佛、聖母慟子像，或者綠底白字書法寫的古蘭經經文，滿足居民的心靈需求。子孫如果來探望，獻花獻果、帶菸帶酒，各種祭祀品擺在塔位前，也熱鬧。這裡也差不了多少，人人都有自己的一個櫃位，每個櫃位也收貢品。而且沒人。

整層Suite V非常寬敞，但不像靈骨塔有分房間，這裡只有結構性的梁柱，整體是一個非常大的開放空間，在一排排的靈骨塔中間有走道，供人瞻仰。跟墓園的差別是，Suite S陳列賭注，這裡只陳列會員。走近看，Suite V簡直是具體化的求職網站履歷後台。每座塔位都展示會員姓名、照片、履歷，以及媒合條件。在Suite U吧台區招攬殺人生意的傢伙，也有個塔位，照片精緻修圖且過曝，身分是專業殺手團，山中老人的團長，會員編號KUO0001，還有場內履歷：

Suite Q-兩百三十二萬

Suite R-外交車牌、芬蘭南部人造林

Suite S-足以瓦解Likka H.與雪豹自由軍之間互信的機密

Suite T-A*18、B*32、C*9、D*1

Suite U-全球歐盟成員國大使館庇護

Suite V-委內瑞拉總統保鑣演習顧問、猶太富商B. M.、狙擊槍優化設計

殺：1、不殺：3

塔位上把每個會員在前棟獲取的資源列出，相當於交易明細，讓每位會員的能耐都資訊透明，以便媒合工作。山中老人不愧是專業團體，在Suite T各種難度的任務都完成好幾筆。在Suite T完成賭注的分級條件，A算是容易殺害的對象。她自己的C級對象是難殺的等級，D通常都是懸案或名人等級，例如哥倫比亞毒梟就在這個層級裡。

她馬上害怕在這裡看到什麼教宗或達賴喇嘛之類的人物，就算有，她也希望他們在Suite T

領走的賭注是金夏沙那位可能病重或處境堪憐的賭客親友，這些宗教領袖在為他們安樂死之前，還能帶他們禱告，讓賭局成為比自然死亡更好的死亡方式。如果連他們都不帶人向青草更青處漫溯，世界太冷清。

她跟在Suite S逛墓園一樣，打算把這裡近四十面靈骨塔牆上，每一個塔位都仔仔細細讀過一輪，搜尋能動到台灣主權現況的人物。塔位名人之多，中國太子黨第一代就有兩位，全球第三大日用品集團最大股東也在，都是上得了富豪榜或影響力排行榜的人物。Suite V用刷臉進賭場後棟的停車場、旅宿、貴賓賭場，實在是非常合理。這些人本來就可以在社會上刷臉進場，要他們停在入口給人驗票恐怕會心氣不順。反之，成就不凡，但不刷臉度日的人，就不放真實頭像，例如第二面牆上的虛擬貨幣火星幣的創辦人，就以火星幣的圖騰做頭像。但履歷絲毫不爽，名人和小卒都被迫公開透明。

從Suite Q一路下探，最大的問題一直都在資訊難以取得，除了規則簡明的Suite T，但是進Suite T資格的資訊難度也是破表。直到晶聯開始有夠乾淨的數據可以分析之後，才在Suite U反過來利用資訊當賭注。雖然是大輸一場，但也取得刷臉進入賭場後棟的資格。本來以為大隱隱於賭場的Suite V要神祕到不知得剝幾層皮才玩得下去，不料每一個賭客的賭注史就這樣一點即開。

這裡的難關是什麼？

走到第四道櫃牆，開始有空的塔位了。她眼神一跟空櫃格接觸到，畫面就浮出：「登入此格？Yes／No」她也是會員，她也會有自己的一格，也跟買塔位一樣，她實在該看看風水再下手。前四道牆都滿了，第四道牆靠走道的位置也都有人占了，她現在位置是中央走道右手邊第四道牆的中間偏右，大部分塔位都住人了。這面牆上一路讀下來，比較少驚濤駭浪，幾乎沒有光看臉就知道全名和生平事蹟等級的名人。這豈不是很像商場貨架陳列？第一眼能看到的、最容易接觸的，就是最紅最賺錢的商品，次等的就往後往外排，如果空間有剩，才輪到待上架的新貨。不知道新貨如果很火紅，能不能拿到更好的櫃位？

最底端那道牆，意外熱門。從左右外側的最角落開始，幾乎滿格，只有靠中央走道的三、四櫃還空著。倒數第二道牆也是，角落滿格、走道兩側空間就剩得多。在第四道牆跟倒數第二道牆中間，有三面牆都是青黃不接的塔位，每一道牆都不少空格，一走過去就被一整排螢幕問是否入住。最容易遇上的，和最不容易遇上的塔位，都很搶手。但是最後兩道牆的人物組成跟前兩道牆的區別甚大。最後一道牆上，幾乎沒有人放出自己的真實頭像，logo、貓狗、虛擬人物、抽象物件倒是一整片。如果細讀這些拿自家寵物或金鋼狼當頭像的人物資歷，會發現這些人大約可以分成三大類：違法嚴重的、資源後台的實權，以及女性。這三種人之間什麼關聯？

這些人不想被看見。空間位置比所有資訊都更明確：他們在躲藏。真正需要隱身的人，連塔位都不會進駐，但這些人終究還是登入了。他們想玩這局，但又不願招搖過市。他們是暗網交易系統的創辦者、採礦權的獨占者，和基地在保守勢力底下的反動者。最後一類的人會員編號有好幾個是THR、DAM、CAI、MSQ、LED，所在城市分別是德黑蘭、大馬士革、開羅、明斯克、聖彼得堡，全都是體制壓力很大的地區。她手上有過朝鮮核武全圖，她知道基於道義，需要用生命保護資料來源，否則資料來源一定會失去生命。

綜觀全場，以中央走道開端為圓心，是一塊滿載的半圓；以中央走道盡頭為半徑終點，也有一輪密載的半圓弧。在這塊半圓和半圓弧之間，就是一块青黃不接，稀稀落落的半環，也是剩餘塔位的落點。高桂月不想躲，她一直想快快被看見、快快成局、快快開賭、快快去找到那個足以讓台灣獨立的賭注。但是整個半圓的最佳接觸面已經收滿，她只剩一些後排塔位能挑。她徑直走向最底那道牆，所有躲藏者的首選。稀稀落落的空塔位半圓環半徑，略略超過中央走道的長度，把駭客、毒梟、幕後金主跟同性戀藝術家擠到左右兩側。最後一道牆、最靠近中央走道、視線高度的塔位，還空著。她選了左側那個。因為多數國家是右側行車，人也容易靠右走。左側的走廊底塔位，視線上比較不容易被遮掩。

後排正中，她在塔位前掃了臉，選擇登入。

高桂月—TSA0098—晶聯科技創辦人

Suite Q-五百三十四萬
Suite R-印尼藝術家畫作、VWZ雲端運算服務最高管理員權限
Suite S-日本稀土冶煉技術、USync加密技術、物聯技術
Suite T-B*1、C*1
Suite U-

由於她在Suite U真的輸到精光，在Suite V也還沒開局，所以資料裡的賭注史顯得很短，也沒有太多贏來的賭注可以遮掩自己的身分和意圖，這份資料讓她看起來的確屬於最後一道牆。唯一的亮點大概在C*1這個結案等級，因為D等級是一些不太實際的賭注，例如未破案的連續殺人犯之類，結案非常困難。C已經是需要高度專業才能處理的賭注，不是一般花錢就能買的服務可以犯的案。

電梯門開，中央走道前端，直生生走來一個人，女人，豔色壓人的女人。她穿一件垂墜性很好的霞光色寬領上衣，底下的白長褲不貼身也不透明，只是垂墜性也很好，掩不住她的身材。她有非常結實的臀部，渾圓如桃，襯出腰線有多緊束。纖腰平腹上頭，即使垂墜性極佳的布料也透不出胸罩壓擠背肉的痕跡，膨起的乳房卻絲毫不輸圓臀的豐滿。

她是黎娜·安瓦麗，可能是地球現存最美的女人。她四十二歲，不是毫無細紋，但沒有

因此不美，甚至不能說風韻猶存。因為現在的她，比二十四歲的她，五官更協調、眼神更深邃，氣場也強大到，從背後走來，高桂月都不得不回頭行注目禮。黎娜的父親有波斯和韃靼血統，母親是巴西和希臘、瑞典混血，不排除有部分日本和安地斯山脈原住民基因。但無論她混到什麼，成果都顯然是所有的排列組合裡，最美的一種。她深褐色濃眉高高畫過眉骨，撐開整張臉的氣勢，顴骨到下顎之間，離春春飽滿的膨潤有距離，但遠不到瘦削的程度，只是平和地滑過頰面，顯出顴骨的寬度如額、下顎也堅定但不銳利。她的雙唇不厚但珠圓玉潤，飽滿到能把唇峰撐得跟唇珠一樣圓。鼻翼和眼同寬是最平衡的顏面比例，而她的鼻翼只比眼寬略略收窄一點點，年輕的時候顯得精巧，現在顯得懾人，美得懾人。然而最懾人處是眼睛。她的眼角鮮銳，本該看著凌厲，但現在年紀稍大，眼神收放自如，精緻美豔裡還透出自信。她內綠外棕的榛果色瞳仁沒有直視高桂月，只是輕輕掃過。她無須微笑，更用不著點頭，只要她看見你，你都覺得她已經打過一輪招呼。存在感強的人就是這麼氣焰凌人。黎娜・安瓦麗統治電影圈這二十四年來，只要有人翻拍特洛伊的海倫或者埃及豔后，觀眾都無法接受主演不是她。

黎娜走到她位在第四排右側居中的櫃位。「嘟！」臉部掃描成功的聲音，緊接著唰唰唰如刨冰削下雪花片的，是掉進信箱的要求函。高桂月記得黎娜的賭場履歷，在Suite S是個時尚秀導的醜聞、在Suite T只結了個A等級的案、Suite U的部分空白，但在Suite V，哇噢！從請求她飾演某齣戲裡的某個角色，到請求她不要接受某某國家觀光局的代言邀約，還有人請求她和自己碰面或者請求她使用某牌的吹風機並且出現在日常生活照片。根本經紀人信箱，哪像一個拚搏身家的非法賭場？尤其是黎娜的塔位公開項目，簡直就是收費表：「作品拍攝：3、私人邀約：2、出席活動：1。」

當然，這些事是黎娜會答應並完成的要求。一定很多收到也不予理會的要求，內容可能非常糟糕。高桂月可以想見自己完全不會遇到這種狀況，因為她連誰可能對自己提出要求都想不出來。

咻！咻！咻！咻！咻！咻！咻！咻！咻！咻！黎娜完成任務後，一鍵收費。銀、金、黑、白、銅，十顆彩球從頂上的真空管噴流往黎娜的塔位。她的塔位深度已經放不下彩球，積到上方的真空管，像奶茶吸管裡的珍珠，而且彩球各不同色，目視計算更方便。整間靈骨塔頂，是一片格柵網狀結構的真空管，每個接點似乎都有小型空氣噴射引擎，能自動噴射彩球到下一個節點。整個天花板就是銀行，儲戶的代幣在銀行帳戶中流轉，自成一套生態。出納原則看起來跟Suite T很像，一命換一命，人命等值，相當公平。Suite V卻有價差，但畢竟不是人命，依照任務價值收費也合理。換算一下，黎娜只要出席一場活動，就能要山中老人殺一個人，拍攝一部作品，就能要山中老人不殺一個人。對黎娜這種人，Suite V比Suite T划算太多。

Suite U是一場賭客現有資源的綜合實力評量，決定賭客能不能受邀進賭場後棟，Suite V就是賭客把自己未來使用資源的方式交出來銷售的地方。雖然Suite T也是完成任務就能換得提案資格，但是Suite V和Suite T明顯有非常關鍵的差距，是什麼？

黎娜一打開櫃門，要求信件滿到溢出，她早有準備。她進場手裡帶一只白綠棉繩編織的洗衣籃，呼啦啦一陣撥，把一張張信件、文件，還有不知道是什麼的粉紅色物件掃進籃子裡。這本是樓上住戶下樓來清信箱的日常，她綁頭髮的橘白色絲巾卻跟身上衣服搭得恰到好處，把生活感十足的洗衣籃壓制得毫無存在感，一派巨星風範。她的頭像上甚至沒打出全名，地球上誰不認識黎娜．安瓦麗？接受賭注要求的人，擁有選擇權。

Suite V看似靈骨塔，功能近乎媒合平台，但機制卻是純物理性的以物易物，採用蒸氣龐克機制。從二次大戰期間流行的真空管快遞，到金屬色的彩球代幣，以及明明可以用螢幕顯示、系統輸入的用戶需求信件，卻要用實體的信件來寄送。這就阻絕掉任何被駭入而更改系統的機會，而且資訊保證不外流，連黎娜．安瓦麗這種萬世巨星都需要本人親自下樓收件。

黎娜收完信就走人。來的時候棉繩洗衣籃晃噹噹，去的時候棉繩洗衣籃沉甸甸。高桂月卻完全想不出要怎麼在Suite V收到任何一封請求。請求不是資產或資源，不是拿現有的東西出來賭一把，銀貨兩訖；請求就是拿現在的你，去換一個未來的你能提出請求的配額。她發現行政套房，其實是個人碎紙機附臥室跟會客室。

在Suite T，拋出賭注的人會被選擇，但是選賭注的人也挺無奈。除非有真正想殺的人，又不趕時間，否則誰都沒好處，只是能得到深層會員資格，不會在那裡被狙擊。如果說Suite U比的是一個人綜合實力，Suite V拿出來比的，是賭客本人的市場需求度。至於賭場在此中的利益，除了掌握世界有力人士一舉一動，還有基本的服務費。行政套房一天的宿費要一千六百美金，不含稅。Suite Q可是絕對誠實納稅的機構，稅務麻煩絕對划不來。高桂月非常認真考慮要在賭城郊區租房子，都只從賭場後棟的停車場出入就得了。她還沒問停車格租金，可怕。

自從在Suite T開始殺人，她就只叫富貴搜集情報，停止向肉包討補助了。她和晶聯做的事離合法太遠，不是能夠銷帳的內容。只是誰都沒料到她一把輸光，連終極賭本都弄丟，就更加不敢跟肉包聯絡。

她抱著一絲希望，去前棟櫃檯想問後棟有沒有行政套房以外的房型，或者她房間不升級也行，大不了一天到晚繞道去東北角停車場進Suite V。這些都是示弱，住不起行政套房就是示弱，但她就弱。她弱到簡直想去一般賭場，用俄羅斯輪盤跟高度自律的數學模式來賺點現金花花。至少要能付房錢啊！但她還沒完全失去理智，知道這種賺錢法賺來的數量，跟她能夠加碼的額度直接相關，光是到百萬等級就已經無比吃力。這就賺得慢。最麻煩的是，這樣搞，在賺到一個月的房錢之前，應該已經被賭場保全轟出去了。而且一傳十十傳百，整個賭城都會把她列成黑名單。這不打緊，打緊的是她需要用這麼低時薪的方式打工賺錢來付宿費的糗樣，會讓她在Suite V很難跨出下一步。誰要跟連飯店房錢都付不出來的人玩啊？

「除了行政套房，還有總統套房。雙起居室，適合您嗎？」櫃檯親切有禮地提供了後棟房型資訊。一點屁用都沒有。

「算了。不必。」她也只能裝酷到這個境界。貧賤百事哀。

來了個人，鋁合金行李箱的滾輪聲咕咚一停，站在她右邊的櫃檯窗口。

「Check-out。」說話的人挺眼熟，是位大姐。

大姐一甩墨鏡，她才認出來。不知道是臉還是甩墨鏡那股俐落勁，讓她認出大姐在Suite R甩牌匾的樣子：是紫衫大姐，那個全心全意朝自己計畫前進的大姐。也可能是把她當魚的人。

「一帶一路收集完啦？」她轉頭輕聲對大姐說。

策略被揭露，大姐果然轉頭。一轉頭，迎上的不是高桂月的臉，而是她從口袋裡摸出的一整串。Q、R、S、T四張名片很神奇地在左上角可以排出一個共同的鏤空位置，能整整齊齊，用一個鑰匙圈串上。她扇型撚開這一摞名片，還得小心T那張又白又滑的要放最下面、自然垂墜，以免溜開。「妳收集幾張了？」她從來沒在Suite U見過這位大姐。

大姐伸出兩隻手指。她只進到Suite S而已，看來不是能夠殺人後逃脫法律制裁的類型。

「不往下玩嗎？」她從名片扇葉後探出頭。

「借我看看？」大姐顯然發現S字名片黑得毫不尋常，馬上相信是Suite S發出的名片。高桂月正有此意，因為T那張溜手名片就是要摸才會感到神奇。大姐的五官從臉部中間朝外舒展，額肌收縮，把眼皮自然地往上帶，睜大眼睛。大姐的瞳仁直勾勾地看著那串名片大小、質地各異的邀請卡，這表情高桂月在看見心儀玩具的孩子臉上也見過。（抓到了！）

「再往下就不用名片了。」她五指併攏在自己臉前，從下往上一揮，表示：刷臉。

資訊落差幾乎是這座賭場最大的優勢，和劣勢。她在這一瞬間，站到了自信無比的紫衫大姐對面，毫無怯色，而且還更高位階。在Suite R人為刀俎、她為魚肉的時候，哪裡想得到這個畫面？這一波驕傲，幾乎暫時抹滅了昨天在Suite U用自己的賭本被人贏光手邊賭注的痛苦。但是朝核全圖失落的痛，還是太重。

「拿這張花我最多時間。」她點點S的黑卡，那是往白色聖堂Suite T的邀請卡，也是離現金大姐最近的一道門檻。

「這裡賭什麼？」現金大姐忍不住問。

高桂月用眼睛斜瞟櫃檯人員，用孩子被別家大人問話，不知該如何是好的時候，望向自家父母那種表情。櫃檯人員表情看起來波動很小，肩膀也不緊張。不過這條資訊那麼貴，連佩鐸拿光纖使用權來換都換不到，她沒有道理要免費告訴現金大姐。

「賭贏了告訴妳。」她手指撚撚黑卡，表示有商有量。

「賭什麼？」紫衫大姐熱切無比，看來真的是想要下探卻苦無線索。也是，Suite T被藏得最隱密，誰都不提，不好提。

「搏落去」這組字面曖昧的莊家賭注在Suite S的絨碧色賭檯上，吸引了七十二座白石方尖碑想對賭。高桂月本來只是打算回前棟拚一拚產銷履歷，讓自己在Suite V顯得有看頭一點，順便刺探一下紫衫大姐野心勃勃的收藏庫。她領略：有人人想要的東西，要求就會像黎娜·安瓦麗的粉絲信一樣，自動湧入。

Suite V還教了她一件事：做過的事留下的紀錄，最實在，比努力的過程還實在得多。她想過要不要邀現金大姐去行政套房，算是證明交易對象的實力。但終究沒有找現金大姐私相授受，而是問明了想賭的祕密，設下賭局。雖然每下一層賭場都覺得前一層賭場顯得兒戲，此刻Suite S的好處就體現出來了：公開透明。說Suite S這種賭客掩藏身分、不可見人的祕密橫行的賭場公開透明很違反直覺，但賭注檢證、公開競標、保證履行這組條件實在是很公道。覺得這座賭場公道，她還是第一次。

總之，現金大姐的會員編號是DMK，曼谷廊曼國際機場。會員編號是認識一個賭客的最佳資訊之一，Suite V所有塔位都以這項為第一資訊的原理，她在實務裡弄懂。

現金大姐的手上賭注她刺探過，那些跟一帶一路相關、她親眼看到過的賭注，一項不漏，顯然又多了一點。但她只是不著邊際地問紫衫大姐：「妳喜歡秋石斛蘭？」畢竟一帶一路這個猜測她已經從在櫃台吸引紫衫大姐目光上獲得證實，就戳戳那個她完全無法理解、位於荷蘭的萊登大學秋石斛蘭育種技術。「是泰國人都喜歡啊。泰國皇家航空的商標就是朵秋石斛蘭。」紫衫大姐的自述和她的會員編號相符，她沒有在唬爛。

「妳有沒有認識一個喜歡穿彩色名牌的泰國官員？好像是管交通運輸的。」她追著紫衫大姐打聽另一位賭客資訊，不問白不問。

「彩色名牌？一看就知道是名牌的樣子？」

高桂月對紫衫大姐這麼直接迅速的反問非常滿意，這是誠實提取回憶的優質反應速度，撒謊需要更多時間。她馬上點頭。

「阿萍雅．立派？她本人通常塗桃紅色口紅，不太襯膚色。我會建議她搽橘紅色。」

紫衫大姐的陳述之精準，讓高桂月腦裡彈蹦出彩色格紋女士不優雅到驚人的形象。從第一次接觸到現在，紫衫大姐看起來都是相當坦誠的一個人，高桂月最容易交遊的類型。

「您怎麼稱呼？」她問紫衫大姐。

「安蓬。」聽起來是很典型的泰國名字。

最坦誠的還要算是安蓬的賭注：OREC定價機制。大家都知道OPEC是石油輸出國組織，他們掌握世界油價，也就掌握世界物價的運輸成本。OREC掌握的是稻米，全世界最多人賴以為生的作物。任何內部機密型的賭注都足以洩露賭客身分，畢竟Suite S就是一個設計來讓賭客對賭場洩露身分跟高價資訊的樓層。她也是往下探了才明白。

OREC、曼谷、安蓬，這三項確定的資訊完完全全足夠定位一個人。喔，還有，她跟阿萍雅・立派有點熟。阿萍雅・立派在Suite U就起過一次底了，這女人在泰國的法政大學事件裡，和現在的皇家警察總長結下血海深仇，但她需要警察權來拮抗軍政府，所以無論如何不能和警方失和。安蓬和阿萍雅之間的連結，只要是在外頭的現實世界，一定能梳理出來。（但是她們沒有熟到阿萍雅會透露賭場的祕密給安蓬。）

「搏落去」準備要收單開局的那天，第七十四座賭注加入她賭檯桌邊地上的石碑堆裡：駐圭亞那使館更名GEO0003。GEO0003是佩鐸的會員編號，圭亞那是他的母國，但駐外使館更名，是對高桂月非常有吸引力的賭注。她沒有明示過，但佩鐸已經知道有什麼賭注可以讓她不得不選。明明這局她是為安蓬而開，佩鐸像程咬金一樣殺出來，稍微攪亂了局面。她可以同時跟不只一個閒家對賭，也可以一次贏不只一個閒家。但她想輸，她想輸給安蓬，用一個無損己身的施惠，贏得安蓬的信任，結納一下。有了佩鐸，她只想贏。王八蛋。

她這輩子沒想輸過，第一次想輸，就不得不贏。她在賭法上猶豫了：骰盅仍然可用，如果朴英仍然值得信賴，就有機會影響機率。二十一點的莊家優勢大，爆點數的機率稍低。百家樂比較平均，但刻意要輸倒是很適合，冒進就可以。

只挑安蓬來對賭，她就會玩百家樂，給安蓬一個由Suite S保證有效的祕密內容，製造機會進一步打探安蓬的計畫藍圖。但是佩鐸的賭注她不能不取，所以二十一點。閒家爆點後，莊家就算二十二點還可以屹立不爆，「莊家屹立」的特殊規則，是非常明確的機率優勢，不用就太傻了。

佩鐸進Suite S的時候，穿了都鐸風格的盛裝，鼓袖窄腿，還有飾邊圓帽。他臉就算遮著，光憑他走路的樣子，高桂月也能馬上認出。安蓬更出人意表，她穿一件泰絲橘綢寬褲，上身一件船型領黃衫，外罩一件米白金繡領短外套，也沒有戴面具。她就打扮成安蓬本人來開賭，沒在管Suite S的習俗。高桂月看著安蓬，一笑，解下隔壁房間借來的歌劇魅影白面具，這裡誰不知道她是誰？遮個屁！

原本預計所有賭客都會戴面具，就沒有什麼表情可以閱讀，她的劣勢也不存在，連想都沒有過要選朴英排班的時段，只是盡早。沒有特殊需求的時候，荷官是誰都一樣，撲克牌不是骰子，機率非常均勻。然後連佩鐸都拿下面具了。高桂月心裡一嘆，自己怎麼就沒料到這個可能性？

她的底牌是3，明面一張8，無論如何都是個要牌的時機，尤其安蓬明面一張5、佩鐸明面一張10。佩鐸手一揮，擺明不加牌。他的底牌一定大於5，否則沒道理不試試。安蓬要的牌一開：7。安蓬手一擺，表明夠了。該是高桂月要牌的時機了，她沒得選，現在只有十一點。唷！牌下，10！莊家二十一點！她可以通吃了！心裡正暗爽準備掀牌收賭注的時候，佩鐸亮了底牌：A。他是Black Jack，天生贏家。莊家二十一點還輸掉，這個機率之低，她實在沒有算到，這是她今天第二個沒有算到的可能性。

佩鐸不是莊家，只能贏走莊家的賭注。安蓬自首至尾像來伴遊，揮揮衣袖，不帶走一片雲彩。「安蓬！」高桂月喊住她。「請我吃飯？」安蓬點了點頭，讓荷官收走她的賭注。

「我先請妳啊——」佩鐸笑得眼都瞇了。

「我們沒在Suite R以外的地方吃過飯，太沒情調了。」高桂月給他一個白眼。他贏了，他有資格馬上兌現賭注。

「我就給你問。知無不言、言無不盡。Black Jack！」高桂月伸筷子夾起剛送進包廂的竹筴魚壽司，至少她還能挑自己要被請吃什麼東西。

「先吃這個。」佩鐸用筷子夾住她的筷子，左手指向不帶銀皮的鰈魚。他筷子居然用得很好。高桂月放棄，她今天的選擇權只有挑餐廳跟不付飯錢。從清淡的白肉魚吃起，的確是江戶握壽司常規，佩鐸很懂啊。鰈魚很好，刀工乾淨，肉質鮮挺。

「T在賭什麼？」佩鐸倒是很直接，沒有什麼寒暄暖身，或者教她吃壽司就算是開場白。

她對他提過，看下一層怎麼玩就知道邀請函的標準大概是什麼。

「S進去都沒人只有賭注對不對？T更沒人，而且一次只能一個賭客進去，也沒有管家。」她嚼了兩下，好好吞嚥瑩白的鰈魚細肉。「裡頭只有賭注，但是你不用出賭注跟它對賭。每個賭注都是一個人，你只要……」她壓低聲說：「把賭注殺掉，就能變成深層會員。」雖然不擅長，她還是盡責地盯佩鐸的臉：他眼眶微微撐開，但是額前沒有收出抬頭紋。佩鐸可能不算非常驚訝。她平順無比地把Suite T十誡告訴他，還附帶解析。

「你見過殺人現場嗎？沒搞清楚的話，我沒辦法往下講，我也受十誡的限制。」她一臉平靜，波紋不起，看起來就像十誡之後又另一塊石板藏著更深處的祕密一樣，而佩鐸的答案會是打開這個深處約櫃的鑰匙。祕密是一種用途多端的資源，多數用法都在透露之前。為了隱藏自己把祕密當祕密使用的意圖，她表現得行雲流水，伸箸去夾一只和竹莢魚一樣，有閃亮銀皮的白肉魚壽司。佩鐸又來一筷，把她筷尖推向竹莢魚。說：「這鰤魚，油脂多，下個再吃。」明明是她挑的餐廳，主導她用餐節奏的卻是佩鐸。

主導對話節奏也是佩鐸，這畢竟是他贏來的賭注。「妳先給我看看Suite T的邀請函我再回答妳。」高桂月掏出整串鑰匙圈：Q、R、S、T，第二次拿出來炫耀。「後面還有，就不是名片了。」這份小小的資訊算是免費奉送，同時提醒兩人的身價落差。她含著下巴，只有雙眼上瞟，讓他知道自己在被看，但不是仰望。名片的質感足以說明一切，對安蓬適用的，對佩鐸也絲毫不爽。他看見T的名片，停了很久，是Q、R、S的時間總和。當然，T滑光白溜的表面非常耐人尋味，但他眼停手也停，顯然不是在指間把玩那層無附著力的光潔感。

「要殺人才能拿到這個？」

「還要叫別人去殺人才行。」

「是不是不能問妳殺了誰？」

「接下來吃這個嗎？」她箸指鰤魚握壽司，魚皮銀亮、刀紋纖銳。

佩鐸筷尖代替頭點了點，表示正確。高桂月毫不猶豫開吃，嚼的時候不用講話。

「哇——真的，油脂豐富又清爽，怎麼會這麼棒？」她說的百分百是真心話，只有態度是裝的，她平常才不會把這種感覺表現出來。

「下一個？」

佩鐸動動筷尖，指向黑鮪腹肉，肉紅油花白。

黑鮪魚腹肉又濃又鮮又潤口，她就嚼久一點。佩鐸的眼睛一刻都沒有離開過她的臉，不是在看鮪魚油花。「進 Suite T 最難，需要證明自己能逍遙法外。」

「如果沒有把握，應該就是你還卡在S的理由。」放屁，擋住他下樓的人明明是她。但她的確沒說謊，只是把敘事先後當成因果關係，塞進佩鐸心裡。

她停了一下，直視佩鐸的眼睛，表達真摯和關心。她好久沒有演這齣了，自從不跟佩鐸調情之後都沒用上。「你有沒有非往下賭不可的理由？」她問，表面上同理佩鐸對殺人的避忌。

「佩鐸，認真講，告訴我你在找什麼？沒有在找什麼的人，才不會花力氣賭Suite T的祕密。Suite T什麼都沒有，只要你成為共犯，才有機會去樓下Suite U。你當我這幾個月光纖數據白刮的嗎？當然不是！我花了兩個月摸透Suite U，跟裡頭八成的人賭了快一百局。你要的東西在不在那裡，我一聽就知道了。」佩鐸一直以來都仰賴高桂月取得深層賭場資訊，而且她給的資訊一向有效，信任基礎不壞。

「有什麼巴拿馬的東西嗎？運河？」

原來這個圭亞那人心心念念的是巴拿馬運河。旁人不容易理解，但她研究過佩鐸賭注收藏，明白在海運上，沒了巴拿馬運河，圭亞那就是個跨洲航運的終點；有了巴拿馬運河，圭亞那就是整個西歐、地中海，和北薩哈拉，順著加納利涼流和北赤道暖流，進入加勒比海前，沿岸的第一個補給站，因為委內瑞拉經濟已經崩潰，而且圭亞那還說英語。在這個地位上，圭亞那真正的競爭對手是加勒比海東緣一整串島國，從波多黎各道千里達，都比它更順路。但它們腹地都很小，而且圭亞那有石油。所有補給品裡面，最最重要的就是油，價格也很重要。以佩鐸手上的賭注組合，畫出這條策略路徑，昭然若揭。

「我回 Suite U 幫你仔細挖挖。你要什麼？股份？控制權？租約？」

「三個月！」佩鐸馬上以晶聯晶片的寄生延長來交換。「委內瑞拉的也一起。」

「好！」高桂月一筷子夾住醬色濃亮的穴子魚壽司。牡丹蝦和赤貝還躺在笹葉上，去夾刷醬汁的握壽司顯然是不良順序。但佩鐸沒有伸筷子，他鬆開這餐飯步調的主導權，畢竟提問的主導權也被撬鬆。穴子魚壽司一半進了她嘴裡。

她放下筷子，用雙手夾出個佩鐸三明治，輸誠：「你手上的東西裡，有沒有可能讓你死掉的？有一個 Suite S 會員在 3003 號房被殺，是因為他手上有的東西，讓深層會員很不安。在 Suite S，如果會員死了，賭局就會撤銷。有深層會員用 Suite T 來撤銷 Suite S 的賭局。」她講這話之前把另一半穴子魚壽司先嚼好嚥下，口齒清晰。

「如果有委內瑞拉人或中國人，我就要擔心。」佩鐸說。「但是世界到處都是中國人。」

他手汗沒有增加。高桂月放開他的手，重拾木筷。

「有一個避免你因為 Suite T 被殺掉的做法。」她順手把赤貝壽司抄進嘴裡。「就是我直接把殺你的任務條件設計成聖誕夜要在凱旋門下殺掉你，而且你媽還必須抱著你的屍體成為慟子聖母。」赤貝脆、甜、鮮，沁出滿嘴的海味卻不見腥，意外可口的一貫。「只要你媽聖誕夜不去巴黎，你就不會被殺。」

「多少？」佩鐸馬上發現這不在他贏來的賭注裡。

「三個月。」她嚼完赤貝壽司，都吞下去，才接著說：「接另一條獨立的光纖到旅館後棟。」筷子已經伸向牡丹蝦。牡丹蝦非常甜，剝下蝦頭一擠，蝦漿流淌瑩白蝦身上，濃郁澄黃。

「後棟有什麼？」

「有不能說的祕密啊——」她拈起河童卷，脆嫩黃瓜浸過淡紫蘇醋，非常清爽宜人的收尾。

壽司是不錯，不抵飽。鰈魚、竹筴魚、鰤魚、黑鮪腹肉、穴子魚、赤貝、牡丹蝦、河童卷，八貫都好吃，但作為晚餐，分量嫌小。

「晚餐吃過了嗎？」走出包廂，她撥出另一支電話。

＊＊

安蓬坐在桌邊，生鍋半邊湯水已經滾出泡來。高桂月沒有選擇坐在安蓬正對面，而是左邊。正對面會有很多眼神跟表情交換，她想要避免。

「餓了嗎？」安蓬問。

「墊了肚子。」

「桌上有沒有什麼不吃？」安蓬眼神掃過一整桌食材，看著高桂月。

「都吃。」

「那好。好孩子。」安蓬語畢馬上動手，左手長鋏、右手網勺，把猴頭菇和柳松茸壓到清湯底，兩株娃娃菜也充分浸入。在湯底滿是香料和油膜的鴛鴦鍋另一側，她從滾泡黃湯裡快手涮了一片羊肩、一片牛腩，夾進高桂月盤上。

她只猶豫了一秒，決定不要客氣等安蓬先吃，一筷子把羊肩塞進嘴裡。真香啊，裡頭很多沒嚐過的香料。牛腩還在嘴裡呢，豬培根又進盤子裡了，這回還帶一塊油魚。

「緩一緩，妳也吃。」高桂月說這句話之前，腦中盤旋過好幾種可能的語氣：「妳也吃啊——」是友善但家常的場景。「不用麻煩了，我自己來。」會有推開人的感覺。「妳怎麼自己不吃？」會有被錯誤詮釋的風險。「妳多吃一點。」稍微會有嫌安蓬涮肉手藝不夠好的可能性。雖然安蓬涮得很嫩，挺專業的，但人類對別的人情緒詮釋太難捉摸了，保不定。高桂月也想過要直接動手也為她服務，但她弄得恐怕沒有安蓬上手。她終究選擇了一個，絕不下於人，但也不居人上的口吻，說自己要緩一換，請對方也開動。和安蓬要建立怎麼個關係，她還沒抓好。

「喲？妳是真的不太餓還是不喜歡？才要開始咧。」安蓬臉上沒有任何不悅的肌肉移動，沒有單邊嘴角、單邊臉頰上吊的表情，眼輪匝肌也收縮了。她心情不錯。不知道是不是期待可以談到Suite T祕密？

「兩個人吃的是飯；一個人吃的是飼料。我們吃飯吧。」

「哦哦，這個不錯。好！」安蓬往清湯裡下一蓬春菊，就從黃湯裡再涮兩鋏牛五花出來，妳一鋏、我一鋏。

靜了十六分鐘，聲音只有唏哩呼嚕、噗嚕噗嚕，和不鏽鋼鋏敲到銅鍋鍋耳的一聲鐺！安蓬把扇貝大的文蛤撈進高桂月碗裡。「不要等，趁嫩吃！」安蓬說。那文蛤真是水嫩，被煮得剛鼓起嫩白膜泡，汁水還沒泡湯，一舀殼裡還滋味鮮鹹。安蓬自然無比地掌握飲食節奏，她順當當地把每一種食材的下鍋時間和火侯都抓得精準，食材無不在蘸飽湯底滋味之後、流失自身水分油花之前，被打撈進碗碟裡。高桂月幾乎要有一點點崇拜這套手段。

「吃飽了？」把一片從荳蔻、茴香籽、甘草、肉桂、沙茶香氣黃湯裡的嫩雞肝撈出來，安蓬盯著高桂月的盤子問。

「飽到天靈蓋。」她求饒。但安蓬還是把鍋底沉的最後一塊凍豆腐撈進高桂月碗裡，荳蔻、茴香籽、甘草、肉桂、沙茶的香氣從凍豆腐孔洞汩汩流出。

「妳找我談什麼？」安蓬單刀直入。飲食節奏之外，她也捏著對話的節奏。

高桂月放下筷子，牽起安蓬的左手，親親熱熱地回：「妳想談什麼我就跟妳談什麼。」她當然不只是為了裝熟。雖然火鍋吃下去，體溫和血糖都在升高，但安蓬的手比臉是更佳情緒資訊來源。

安蓬就讓她握著手，問：「再賭嗎？還是妳要賣？」誰都知道她說的是賭下去的祕密。

「一個賣、一個換。」

「哪個賣、哪個換？」

「進Suite T是個特別高的門檻。我幫妳拿到邀請函，妳就……」她收聲漸細，右手無名指按在安蓬的左手腕橈動脈上，默默監聽她的心跳。她有多需要這份賭注，就會有多迫切；她有多迫切，就能賣出多好的價錢。

「就怎麼？」安蓬接話的速度稍稍急過她平素一貫的從容，脈搏也快了一點，但她指尖沒有爆汗。她的確迫切，但壓力沒有增加。也許她志在必得，就像Suite R裡每一場也許能贏也許不能贏的賭局，她總是目標明確，一定跟自己一樣，在找一個更深的標的。

「妳告訴我妳在賭場裡找什麼，我就告訴妳Suite T怎麼賭。」惠而不費，這幾乎是必成的交易。

「我在找瀾滄江水壩。妳怎麼幫我拿邀請函？」安蓬反問，她一瞬間都沒猶豫，就說出自己的目標。拿佩鐸磨蹭個半天才換到的祕密比，安蓬這關的摩擦力是零。她連Suite T怎麼賭都不急著問，直達真正想要的祕密上。直接，也迫切。

「妳也知道，Suite S看的不是在Suite R賭了多少，是看槓桿比例。我接下來在Suite Q一整棟賭場裡要花的錢，妳幫我出吧。我會省著點用的。」

「賭桌上的錢？」

「不是每一層都有賭桌啊，T就沒有。準備賭注也需要錢吶——Suite S的祕密也有成本的。」

「S的名片和T的名片，妳都要幫我拿到手。我也要知道底下在賭什麼。」

「哇——不錯嘛——T名片這麼貴都被妳猜到。不然樓上旅館的房錢妳一併幫我付好了，反正都在同一棟。」前棟和後棟的確是同一棟，她沒有扯謊。

「可以。」

「謝謝乾媽。」然後她就把告訴佩鐸的事一五一十掏出來給乾媽了。

其實高桂月本來只想簡單賣她個Suite T祕密，讓她幫自己付貴得要命的行政套房住宿費，不料安蓬是一個格局開闊的人。她資本雄厚，決策又乾脆，手腕也好。她心裡隱隱覺得，安蓬是個真正能在Suite U賭的人，和她這個冒牌貨不一樣。

把飽到天靈蓋的壽司和火鍋散步到消化掉的那段路，高桂月想了很多。她雖然沒有什麼損失，只是去跟人講講Suite T的故事，而且賺到一個金主，但其實她一點進度也沒有。回到前棟是為了持續累積資歷，讓自己的塔位履歷好看點。她的履歷過了今天也絲紋不動，一點吸引力也沒有。

找到付房錢的金主，她終於要把車停進東北角的豪華停車場。她的車是一台二手寶藍色野馬，從壽司到生鍋的兩餐之間，已經在沙漠室外變灰藍色。附沙的灰藍色野馬，副駕駛座的窗邊膠條，有被動過的痕跡。說穿了，這台二手車不怎麼樣。窗戶修過，手藝比車況還不怎麼樣。現在這車窗的膠條不只上頭沾附的沙少，顯得黑亮，而且鑲邊還非常整齊，像原廠新車一樣，這手藝也太好了！好到露了餡。

如果油箱被投進什麼奇怪的東西，或者不該接的線被接到不該接的炸彈上，她開車就會爆炸。此刻不宜發動引擎，她一警覺就馬上打開車門滾出車外。

慢了一步。

在離車只有一公尺的距離外，肉身承受油箱爆炸的衝擊跟高溫，足以讓她不需要再付行政套房的房錢。還有意識的最後一秒，想的是：在Suite U揭了那麼多人的祕辛，到今天才有報應，活下來的每一天都是賺到。

＊＊

恢復意識時，她在醫院病床上，旁邊是她老闆董娘。她看見董娘才想起：那本用紅筆圈起特賣會日期的花王型錄，日期是吃壽司跟生鍋的隔天。董娘果然看懂了，知道要來賭城找她。

她跟董娘沒有講好用什麼方式傳訊，但他們有多年工作默契。花王型錄這麼簡單的資訊，就是表示來自她本人。在日本郵局的時候，郵戳上有日期、地址她也寫了寄送郵局的地址，而且她一進門就拎了一大瓶家庭號的花王一匙靈，那是花王產品中體積最大的。她購買郵票的時候，選擇了監控鏡頭正對的櫃檯，還把一整瓶洗衣精放在櫃台上正對鏡頭。如果董娘想要確定她的死活，調監視器也能最快找出影像片段。使用確定資訊來拚湊出傳訊意圖，是他們的工作慣例。

「不急著講話。」董娘說。

即便如此，高桂月還是全程在董娘耳邊，簡報出朝核全圖的遺失過程。一說完就累到重新昏睡。就算要死，她也先交代完再死。她終究沒死，只是肺被折斷的肋骨穿破，幸好只是人生中第三次斷肋骨。

待她第二次睜眼，看到的就是柯律。柯律幫忙寄過花王型錄給董娘，地址跟寄件人就是高桂月要給出的資訊。

「靠北啊！不是叫妳要預立醫囑？」柯律講話還是很輕鬆，口氣重不下去。

「的確，就是應該要多交代事情給你，不然哪天我沒了就沒了。」

自從弄丟耳環，高桂月就在躲著肉包。只跟富貴報告必要進度，威尼斯面具賭局卻沒提。受傷這種戰損，是任務暫停或中止的一個機會，讓他們知道現在無法有進度，因為所有賭局都需要賭客親自出面。但她沒有放棄，只是需要找回耳環，跟威尼斯面具。

「把我的病床號遞給Suite Q的9478房房客吧。我下次一定預立醫囑。」

「那妳遺囑有要改嗎？」

「沒有欸，輸光了。」

她十幾年沒有收受過這種溫暖，舊雨新知輪流探訪，連佩鐸跟安蓬都來了。兩週臥床，一般人大概耐不住性子，但她斷過幾次肋骨跟臏骨，深知醫生叫要她躺她就躺、要她吃她就吃，才恢復得最快。連努札特這光頭也來了。

「業務跟客戶名單不給股東看嗎？股東現在鬧到已經數完手毛有幾根了。」

「那我有幾根頭髮？」

「這還需要數？」

遇到威尼斯面具前，她沒有想認真研究過Suite T名單。Suite T發過邀請函的人，就是Suite U的所有深層會員。威尼斯面具很有可能不在她調查過的八人短名單之內，因為只要沒有在客房內對外通訊，她就沒有調查。既然有時間，她想要地毯式搜索一遍Suite U。

兩週臥床真的很長，足以讓她想很多事，例如找尋威尼斯面具的身分，以及搞清楚賭場的運作方式。

她也許是古往今來，第一個住後棟行政套房卻付不太出房錢的窘蛋。居然需要為了付房租去陪人吃晚飯，真是相當庶民的經濟活動。整個Suite V找不出這樣的人：用時間換金錢的勞動階級。她不配進Suite V，那裡淨是用整個系統代理生財的傢伙。雖然黎娜．安瓦麗仍然需要親身出席來完成工作，但她領的可不是時薪，是票房分潤跟公關費用。高桂月完全沒有值得一提的持續穩定被動收入系統。上一次利用系統來進帳，是把C38結案前買空那家公司股份的價差獲利，也只是一次性操作，離一整個持續自主循環的收入系統還遠。

她心知自己在此的分量，只像Suite R那條兜售十七萬美金畫作的丁香魚，之所以能在Suite V有個塔位，不是因為跟這些塔位居民有能平起平坐的賭本。她單純是一直在作弊，或者說，一直在賭場邀請制度之外抄捷徑。

從一進Suite Q，她就不照正常人的賭法，用數學模型來刻意引發注意；進了Suite R，她也不好好賭，一心用現金換賭注，以便借閱賭注資料庫；在Suite S更是操弄賭局，偷走別人的賭注，好為自己換取做莊機會；只有Suite T算正常玩，但是她受邀進場的方式大概也沒有賭客會做；在Suite U更是純純地抄捷徑，做無本之賭。問題似乎就在無本之賭。

Suite U是一個展現自身價值的場域，現在從Suite V回頭看，能有多少人想跟她在Suite U對賭應該是晉級關鍵。畢竟Suite V是一個純拚人氣的地方，你身上得有別人想要的東西，別人才會拜託你，你也才有機會完成一局，而且最好是好局。沒算到履歷的重要，回首來時路，她捷徑抄太多了。還有犯傻，被人當現金籃，用來收集場內賭注。反正她一定會努力賭，最後收割她就好了。如果沒有失去耳環，Suite U的履歷可以很漂亮，可嘆。但失去耳環沒有如果，能在她贏到盆滿缽滿的最終時刻，盜走指紋門鎖內的貼身首飾，絕對是精密執行的成果。

Suite V看起來沒有任何捷徑可以抄。這裡的賭本是賭客自己，連賭注都不太關鍵。黎娜．安瓦麗的履歷沒什麼重點，但她是黎娜．安瓦麗，請她幫忙需要看什麼賭注履歷？她本人就是最有價值的東西。就連最後一排最角落裡躲著、自稱功夫浣熊的暗網最佳交易機制創建者，信箱都是半滿。高桂月跟靈骨塔裡的另一半人一樣，不太令人感興趣。即使這裡的人都已經通過財富測試、情報測試、違法測試、綜合實力測試，但還是有很多讓人也不知道要請他們幫什麼忙的人。當然可以和賭客串通，幫彼此一個像撿起地上的鉛筆這麼無聊的小忙，但是履歷上就會有這個偷雞的紀錄，保證蝕把米。誰會答應一個只有能力幫人這麼小忙的傢伙一個請求？除非妳是黎娜．安瓦麗，而且允許對方在妳穿深V領上衣彎腰撿鉛筆的同時，與妳的乳溝合照。慎選幫助對象和幫助內容，對履歷太重要了。

Suite U還允許用交換資源來擴充實力，Suite V就需要個人品牌。暗網交易機制創建人是很強的品牌形象、中共太子黨也是。既有影響力，別人也很清楚能請你幫什麼忙。影響力還真不是一蹴可及的東西，名利只是起跑線，實力似乎也只是基本盤，而她需要玩得出色。

她把Suite S的情報法則在Suite U玩到極致，逃避技術升級，用超額的單一技能持續打怪。但是Suite V沒有祕密，資訊都攤明在塔位的上。一揭露泰國皇家警長總長在十幾年前政治動亂裡的姦殺擄掠，就失去祕密的隱匿本質。連誰提出什麼要求都在系統裡存著，所以想提出奇怪要求的人，可能需要考慮私下進行。私下進行的東西就不會列入賭局，缺乏Suite V的履約保證，風險太高。說起來，玩法更接近Suite T，賭場在這一局沒有得到任何分潤，只有執行支出，所以這一層一定是為了下一層的會員資格把關。講白話，就是更大的目標還沒到，同志仍需努力。在賭場浸泡了幾個月，她終於學會躁進無用，認清自己當下處在整個系統的什麼位置，比較不容易被狠宰。她用盡全力，也僅能做到比較不容易。

誰能想到，她居然被逼著在賭場裡尋找自我？倒不是什麼自我成長課程或是心理諮商之類的浪漫旅程，只是自己作為一項商品，要怎麼從這片紅海裡找出自己的賣點。「我是誰？」這個問題，也可以完全從外在，不從內在來定義。

復健的那個月，她都拿來做Suite V所有人物的功課，比Suite U簡單的部分是資訊公開，比Suite U困難的部分也是資訊公開。佩鐸說後棟沒有任何光纖，連撥接線也只有一條，市內電話用。後棟房客的平日網路連線，靠一顆私人衛星。這座旅館的後棟居然天殺的有自己的一顆獨立通訊衛星！她刮不到任何資訊，只能從賭客的身分和手上賭注去找。但私人通訊裡能透露出來的祕事，當然都沒法輕易找到。

Suite V不需要更多厲害的駭客了，最後一面靈骨塔牆上，有三分之一的人能提供這項技術服務。Suite V很可能也不需要任何製片，畢竟好萊塢、寶萊塢、忠武路的代表都在這裡了。什麼是Suite V沒有，一旦有了，能像她在Suite S賣Suite T一樣搶手的東西？得是Suite V這幫傢伙憑自己碰觸不到的稀缺好物。

炫技，在這座賭場是硬道理，輸贏不計。一開始進貴賓室要輸得夠多、再來要能把槓桿談得夠大、接著要能憑一個祕密拿到另一個自己本來拿不到的祕密，證明人脈和手段有拓展性，才能去交換殺人、成為共犯。若只殺到A等級的輕鬆賭注，下了Suite U這種實力綜合競技場，會發現自己能擔的風險實在不足觀。在Suite U成為熱門對家，才能憑自身魅力進入後棟、真正的貴賓賭場。才有機會像高桂月一樣，卡在一個自己配不上的地方。她覺得自己現在就像終於升到自己做不來的職務，成為一個上不去、下不來，也絲毫不適任的中高階主管。唯一出路就是學會適任，再超乎適任，以便進晉升。

她確信，一定還有更高級的賭場，而且裡頭一定有足以讓賭場鉅額獲利或從中取得極大好處的賭局。因為靈骨塔裡有些要求，幾乎連祕密交易都稱不上。「收下王家的西湖別墅一棟。」這根本是場外就談好的交易，拿來這裡求個紀錄。「為弗萊堡的新能源政策背書」這也真的只是一個要求，經過查證，中間沒有任何見不得人的勾當。當然也有索取網路攻擊服務或者合作攻擊股、匯市的提案，但整片公開明面的要求裡，Suite V意外清純。清純倒不是簡單，幾乎每一項要求都很難，或者是非這個人不可。能收到五花八門的要求，表示這個人可能完成的要求也更多更大。高桂月決定第一步要能夠取得最多最大的要求。可能要花一百小步才能達成第一步，一般人一輩子努力可能只走十小步，她沒得選。就像她第二天在Suite R，光是上繳給賭場的佣金就是一般人幾年的收入那種感覺。這裡什麼賭局的規模都得把人生成就放得超級大才能進場，她得出賭場，在場外取得人生成就。

Suite V，VIP only.

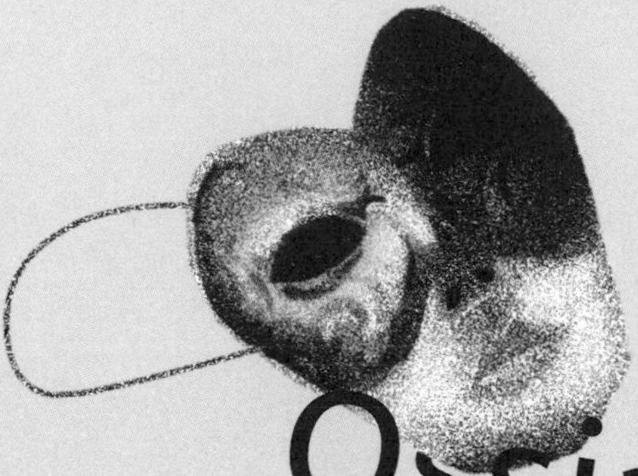

Ossia

別調

直到高桂月出院，朴英都沒有來探訪。肉包沒有來是正常，富貴收到的訊息是任務暫時中止，但仍然接受高桂月拋出，Suite V的所有紀錄，與Suite T的所有提案與結案名單調查，只是效率低落許多。大概肉包也發現，這項任務所耗費的資源跟承擔的風險，都已經遠超預期，而且陷入瓶頸，情報支援火力全開撐不久矣。

朴英沒有來探訪，高桂月只能想出三個可能性：一是朴英就是偷走耳環的人，畏罪；二是朴英根本不知道這裡；三是朴英死了。如果朴英在Suite S和Suite U幫助她賭贏的事被發現，他大概是死了。如果是這樣，她很抱歉，她一定會照顧他在韓國江原道的奶奶跟妹妹。但如果是第一種，他就可以去死了。

高桂月久違地拿出Q、R、S、T一摞名片，刷卡進了前棟電梯。好久沒有刷卡了，能刷臉的時候，誰想刷卡？所以前棟無論哪一層，她都沒看過後棟的客人，因為沒必要。有私人海灘的貴客，沒道理去海水浴場人擠人。

第二天，她就在Suite R的百家樂賭檯找到值班的朴英。第三種可能性排除，他們的表情密碼作弊法還沒被抓到。她經過朴英，看了看牌局，等到朴英看見她眼睛，她眼神往左上一瞟，往那個慣常見面角落一瞥，就轉去看牌九桌的賭局。

雖然她沒有什麼表情判讀力，朴英也久經訓練，能在任何工作時刻擺出任何表情，但那一瞬間他的額肌收縮，把上半張臉向上拉長，典型的訝色。第二種可能性。

她已經不需要像以前那樣在室外苦等到不知何時朴英下班，Suite R第三班在六點換班，少有例外。六點七分，朴英沿著外牆、繞過垃圾場，走向賭場西面的牆坳。高桂月盡她所能觀察朴英的步態和表情。朴英步子跨得很大，重心放得很高，怎麼看都是急於前來的肢體表現。表情的話，相當穩定，從垃圾場到牆坳的八十公尺間，沒有什麼波動。如果桂月懂得看表情，應該要發現朴英瞳孔放大、眼輪匝肌膨起，還抿著唇，在在都是高興。

朴英一靠近就打開大衣，把她用雙襟裹進懷裡，擁抱搓揉，這是非常親暱想念的動作。「餓嗎？帶妳去吃飯？」她的確餓。賭城西南有一家道地的炒碼麵，他們吃過幾次，離朴英家近。

朴英家一貫簡潔，還是什麼傢俱都沒有。他從立櫃底下拽出一個布坐墊，墊她屁股下，他自己還是坐地上。「等我一下。」朴英往流理台去，拿了印有金字塔跟LUXOR字樣的保溫瓶，打開，往手上倒。

「對不起，這個是右邊。」

「左邊在哪？」高桂月一握朴英右手。

「我還不知道。」他沒有沁手汗。

「Suite U的荷官知道左邊是什麼？」

「他們不知道。我猜，」朴英停頓了一下，才開始手濕。

「是不是在Suite S的那個？」

高桂月差點忘記自己在Suite S一時魯莽，把朝核全圖的存在透露給賭場過。她不知道朴英知道她有這項賭注，她不知道朴英在Suite S就知道了。但此前在Suite R告訴她被人當魚，還有此後在Suite S令她自在到毫無警戒的相處，都只對她有利。

「Suite S的管家跟荷官有多少人？」

「我把妳賭注藏起來了。」

朴英又轉身，往他床底下撈出一個白石方尖碑：朝核全圖——TSA0098。高桂月難以想像一個人家裡可以藏東西的地方，居然少到連猜都不用猜的程度。

「幹得好！什麼時候藏的？」她提高語調，表示鼓勵。

「帶進Suite S建檔的時候，沒有其他荷官看到。」對這項機密，這是最正確的做法。

「你怎麼拿到我耳環的？」她話鋒一轉，朴英手汗沁出。

「對不起。」

可能性一和可能性二並列存在，高桂月沒有想過。畢竟盜走耳環的傷害和惡意之大，跟不知道她遭受報復這種無辜到底的處境，很難等量齊觀。

「她是誰？戴威尼斯嘉年華面具的女人。」她說出性別，表示自己不是毫無線索。

「值班荷官不肯說，我還在想辦法。」

「會員編號呢？」

「賭注都還沒有兌現，我查不到。」

「你能查到什麼？」

「會員報賭注跟領賭注的時候我們都知道。」

「給我，全部給我。從R到U。」

明明是非常非常過分的要求，但朴英連脈搏都沒有加速。他從立櫃上拿出一大本用潦草的韓文寫滿的速記簿，此人從家裡到心裡，都透明到令人想哭。他澄淨無渣的生活，空出非常多腦容量，足以默記自己值班時零碎獲得的賭注資訊。

從弄丟耳環的那一刻，朴英體會到一件事：自己不配擁有那只耳環。那是自己就算擁有，也無法發揮效用的寶藏。他決定要成為能讓那份寶藏被善用的人，不只是在一群權貴當中提供手藝跟保守祕密，以求存錢逃離家鄉小孬孬。

筆記上是所有他能值班的樓層，跟東北亞有關的賭注，以及部分會員編號，有些會員也有真實姓名。朴英值班的樓層有Q、R、S、U，加上努札特提供詳實完整的Suite T名單，高桂月在前棟的每一個樓層，都取得可信的內部情報來源。很多時候拾掇情報都不是靠一張大藍圖，而是一個地方待久了，拚圖逐漸清晰，就有機會湊齊全貌。朝核全圖也是這樣來的，只是花了她十三年。

＊＊

COVID-19造成的塞港。全球貨運秩序大變，線上跨國購物大增，加上市場既有需求改變，訂單紛紛撤單，還未進口就卡在港口的貨櫃和貨運阻塞了國際貿易的出入口。塞港是個問題，比塞車還致命，終於進入國家安全的討論領域。

中國企業獨占的港口起重機，成為全世界所有港口的標準配備。因為這個利基市場只剩下兩家中國企業能用低廉的價格提供，世界上太多公部門的標案，都只採用最低價格標。其中市占率高達八成的振華重工，能遠端控制全球所有港口的貨櫃起重機，其中也包括軍港。

美國與多個國家為了確定中國無法以商業活動達成軍事目的，調查振華重工起重機控制軟體的時候，發現貨櫃起重機的感應器非常精良，精良到足以收集並記錄所有貨櫃編號，與當時的運送貨物條碼。達成高市占率之後，一旦能把輸送的貨櫃資訊彙整，就能掌握全球貨運的詳細地圖。也就是說，如果振華有心，要知道哪個國家在哪個時間點有什麼物資，就做得到。以振華的控股比例，中國政府也能知道。

一葉知秋。中國不愧是製造業大國，這種中高規格的低價產品，無論是最低價標，還是最有利標，都很容易得標。貨櫃起重機這個市場之外，還有一個備受矚目的中國產品強勁市占率，搭上COVID-19的浪潮，成為世界的主要供應者。中國強勁的製造業實力，提供了為疫情而改造的多數建築通風系統，而且集中在各國的公部門建築和大型商業建物，都是疫情下被迫盡快提升規格的中央空調。哪有中央空調不配置感應器和自動調節？

中國品牌的中央空調感應器，感應能力太強了，還配有錄音功能，同時傳輸回中國原廠，以便原廠隨時監測遠方的室內溫度濕度，同時讀取室內噪音，任重道遠。

惴惴不安的情緒在中國以外的所有公部門跟商業建物裡炸開，所有庶務課的電話都爆量詢問：「我們哪天開始更新通風系統的？」

北半球時值盛暑，要一下子放棄中央空調絕不實際。當月最紅的網路影片就在教你如何找出空調感應器附加的錄音功能並用特定頻率干擾它。因為無論是擋住感應器還是移除，都等於放棄空調的調節功能，只好出此下策。整個市場正在焦頭爛額地尋找中央空調的替代方案，主要聚焦於維持原系統運作但干擾錄音功能或傳輸功能。畢竟才剛花錢升級建築通風系統，要再全面更新，不是沒預算，就是所有能提供服務和硬體的供應者都遠遠供不應求。

晶聯的本業是物聯網公司，間諜晶片只是內部計畫。晶聯的晶片硬體，性能本就比中國間諜錄音晶片更高，取得中央空調的控制程式原始碼也不是什麼難事。所有人只求空調還能運作的情況下，能遮蔽或干擾中國感應器錄音的方案時，晶聯要五毛給一塊。他們直接把自己準備好的替代晶片，送去北約國家情報單位檢驗，確保硬體只會偵測室內、室外的溫度跟濕度，軟體只會傳送時間、地點、溫度、濕度四種資訊，對用戶而言，資訊安全無虞。他們甚至公開教學影片，手把手教會你，簡單對照各種型號跟設計的中國空調感應器，安全換上被美國五角大廈採用的晶聯替代晶片。原本中國品牌的中央空調，在財務穩定、有錢換新設備的單位裡，市占率近六成。晶聯一舉搶下五成五市占率，還不用產出空調硬體跟負責安裝，兵不血刃。

只取得商用設備的超高市占率，也沒辦法在Suite V炙手可熱，遠沒有在Suite S用「你的一切數位軌跡」那麼通用。高桂月當然沒有打算以空調感應晶片供應商之姿在Suite V混，這只是第一步。第一步收穫了幾個「優先供貨給我」的要求，賺進幾顆彩球，足以當母錢，開始進場。

高桂月拿到彩球的第一件事，就是去倒數第二面牆中間塔位，對賊王提出：「幫我找到另一只耳環。或者告訴我在誰手上。」賊王接受了。這種事情，讓幹過情報的人來做，不如讓賊來。

除了賊跟情報員，比較會挖資訊的職業還有記者。中國空調感應器對使用者違法錄音的實證，來自一個叫風向雞的記者調查聯盟的報導。風向雞是獨立調查單位，在確認同一品牌的感應器都有超量回傳至中國的資訊後，分解感應器的硬體，再扒出軟體，證實多筆各國政府錄音被傳到中國境內，才完整報導。中央空調，成為風向雞這個記者聯盟的成名之作。

風向雞的續作，讓它成為國際新聞界最受矚目的資訊來源。在投機商人挾信託資本攻擊澳幣匯市的第一個小時，就爆出攻擊來源跟攻擊者手中持有的現金估算。這讓澳洲政府有了應戰的參考數字，以及調度額度規畫。但最重要的消息，還是迅速點出攻擊者的身分，同時曝光攻擊者用以對沖匯市的股市持有標的。本來，被攻擊者在明、攻擊者在暗，資訊落差就足以讓攻擊者能依照自己的步調來選擇退場收割的時刻。但風向雞就像早就知道這波攻擊一樣，一小時內發布各種語言的事件報導，全球通訊社也迅速上架新聞。這種準備速度，簡直跟晶聯在中央空調感應器出包之後，就有軟硬整合的替代晶片可以量產分售一樣驚人。

晶聯的晶片非常實用，也的確只收集時間、地點、室內外溫濕度這四項資訊，完全是中央空調應該做的事，而且晶聯確定沒有遠距操控空調的能力。他們的能力在於，建立起特定空間的溫濕度改變規律，並偵測異常。這有防災與火警功能，完全在法規與各級單位的要求範圍內。但是使用這麼基本的資訊來獲得情報，才是晶聯真正的專長。

時間跟地點，永遠是所有情報的基礎。溫度跟濕度不足為奇，但溫度和濕度的異常，在不同的時間跟地點，就會是非常棒的線索。Suite S底下跟樓上的9487房有異常大量通訊，對高桂月和晶聯而言，是明晰無比的指標，只是內容有待查明。查明內容，對高桂月和富貴來說，也不是特別艱鉅的任務。

就拿澳洲匯市總攻擊這一次來說，管理資本在百億美金以上的基金經理人本來就是重點觀測對象。主要會議室溫度和濕度同時劇增，通常就是密集會議的明證。機台大量使用造成的溫度提升，又不會和人體聚集一樣，造成濕度也大量提升，就能分辨出股市收盤和夜盤後，不正常的大量活動。只要鎖定目標，調查單一目標就不是難事，只有時機比較難以判斷。所以風向雞在攻擊開始一個小時之後，才迅速彙整發布消息。

媒體業自從廣告收益被平台搶走，就窮得跟藝術家一樣，還更容易收買。不想把職涯花在明星八卦跟政治口水上的優質記者，只要給他們合理的酬勞，跟有價值的目標，工作效率非常驚人，工作品質也超越期待。更棒的是，他們懂得保密，保密到罪證確鑿後，一次爆炸性公開，成為風向雞的招牌。晶聯自從在控制晶片上賺了一大筆，就在記者工會之間成立風向雞基金，讓從事祕密調查的正職記者，能以正職工作為掩飾，揭露重大新聞。而重大新聞的線索，晶聯也包辦，為風向雞創造金錢與心理上的雙重動機。雙贏。

晶聯的優先訂單要求是高桂月在Suite V開局的契機，但風向雞，把她的需求熱度推到接近黎娜．安瓦麗的等級。也有瘋子要求風向雞不能揭露土耳其記者被政府刑求，那簡直就是邀請風向雞馬上對土耳其政權展開調查。高桂月為風向雞接的第一單是：今年四月報導新國家黨的下水道弊案。而新國家黨五月要面臨的是國會改選。風向雞接的單後來遠超過晶聯，成為真正的VIP。高桂月也終於體會到行政套房配備精美區隔的會談空間實在划算。

高桂月刷臉進電梯，從行政客房的樓層，去地下Suite V，看看提給賊王的新要求是不是已經顯示在他塔位上。

黑色玻璃的電梯面板，在V之下，亮起第二個字母：W。

- SUITE W -

相較於前棟賭場之間九彎十八拐的連接路徑，後棟的Suite W只在Suite V樓下，精簡無比，連電梯都跟行政套房用同一台。

「來啦？」一個柔脆女聲在高桂月腳到眼未到的瞬間，就在Suite W裡迎接她。她什麼時候認識Suite W的超高階賭客？

Suite W裡只有一個人，身穿黑色背心和細摺白襯衫，頸項沒有打領結，而是繫上材質比背心更光滑的黑綢蝴蝶結。從背心稱腰身的剪裁和緻密的布料看來，是相當精質的衣物，但是整體穿著相當拘謹。她的荷官制服，比前棟的荷官高級許多。

「富貴？」高桂月試探性地問。反正認錯也不會有什麼後果。

「險中求。」荷官順順當當地接下這句話。

「原來是富貴險中求啊！我一直以為是榮華或者逼人。」她笑了，真的是富貴。

「也可以是富貴手——」富貴手掌一攤。

「妳怎麼會在這？」

「我不在這怎麼會知道有妳要的賭注？」

「妳中間完全沒有告訴我任何一層在幹嘛！」

「我沒去過前棟。」

富貴這樣說，高桂月完全能理解。荷官能去的地方，只有賭客開局對賭的場子，所以Suite T和Suite V完全沒有任何排班荷官，自然沒有荷官去過那裡。前棟的荷官如朴英，也完全不知道後棟和深層賭場的存在。

但是在這裡遇見富貴實在太奇幻了，後勤中的後勤，與前線完全不需要碰面的資訊服務大隊，出現在最終賭注的場所，還是操持賭局的荷官。富貴就站在一張奇大無比的賭桌後面，賭桌的綠絨和前棟任何一層賭場的綠絨都不一樣。前棟的綠絨都是齊整整的翠綠色聚酯纖維短絨毛，觸手生溫。上頭或白或紅地印上下注位置和下注標的，功能完整。這桌上的墨綠天鵝絨觸手生涼，手指一抹還能抹出逆毛的反光刮痕。這是長絨布面，材質一定有絲，也可能混紡了嫘縈，更挺一些。但綠絨上沒有印東西，卻用白線繡了一整幅世界地圖：大陸框架、島嶼邊緣，白絲粗繡海岸線；國界線用細白絲的虛線刺就；釦孔般的紅絲線小圓圈是首都，其他實心絲線紅點則是重要的大城市，例如雪梨、例如紐約、例如耶路撒冷、例如里約熱內盧。海岸線不會輕易改變位置，但地圖上要選擇什麼方式來呈現重點，就是用圖人的邏輯。顯然在Suite W，沒有比國家更重要的單位。高桂月看了台北市，是一粒鮮紅色的實心圓。嘆一口氣。

「賭注咧？」這可能是Suite W史上第一次，賭客朝荷官要賭注。

「我先講講Suite W的賭法？」

「假使我今天帶來朝核全圖，放桌上。」高桂月右手掌往綠絨白繡線地圖上的紅繡圈平壞一壓，繼續說：「要怎麼找台灣獨立來跟我賭？」她唬富貴的，耳環還沒找到呢。

「假使妳今天帶來朝核全圖，放桌上。」富貴左手中指往地圖上的平壞一戳，繼續說：「不發通知也不會有賭客知道。」她半透明虹彩亮片的修長美甲璀璨得像顆蛋白石，跟制服一樣精緻。

「妳怎麼知道我會來？」高桂月問。

「因為妳要來領這支手機。」富貴從桌底掏出一支一點都不新穎的功能型設計，居然還有可以側向滑開的Qwerty鍵盤，大約是黑莓機那個年代的流行。這支手機不新穎的功能型設計，就像這整間Suite W，沒有Suite R那種想帶出奢華感的繁麗意圖，也不是Suite T那種以聖堂為體驗的極簡設計，跟Suite U每一個角落都想營造出不同氛圍的別致感也不同，又不是Suite V那種，大家只是來郵政信箱領個信件的過道感。Suite W是一個可以久待的空間，乍看之下沒有什麼設計，但是異常舒適。人對舒適總是不敏感，對不適才反應甚巨。

「TSA0098，高桂月小姐。」桂月點了點頭，肯定自己就是。「幫我掃一下臉。」富貴把手機對著桂月，上下左右前。「也掃一下虹膜，請往鏡頭看。眼睛追一下鏡頭，謝謝。」上下左右前。「右手拇指。」富貴依序把桂月的十指指紋精密記錄在這支手機裡。除了沒有吐唾液、挖口腔黏膜，這簡直是罪犯檢體收集。「也記錄一下妳的聲紋，同一句話重複三次就可以了。」富貴笑盈盈地用她柔脆的聲音說。

「要講什麼？」桂月眼睛一轉，盯著富貴。

「要不？『牙好，胃口就好。』」富貴連個反應時間都沒有。

「腸胃好，人不老。」桂月接著她說，只是對上手機的麥克風，重複三次，眼睛盯著富貴。

富貴沒什麼表情變化。明明她覺得自己突然冒出這句廣告詞挺好笑，富貴卻沒反應，可惜。

「手機能幹嘛？」

「要發賭注、要看別人發了甚麼賭注，就靠這支。」富貴補充：「衛星手機，等妳出去外頭才有用。跟妳耳機一樣。」她指的是每次要去賭場外頭假裝吸菸，戴上跟富貴團隊通話的那只鉑金色耳勾。

「獨立賭注還在嗎？」

「我是荷官，我沒手機啊。把妳弄進來就是為了給妳這個。沒有妳這支手機，我不到排班幫人開局都不知道發生什麼事。」富貴眼睛撐大，看起來有點驚訝，不過她下頷不緊繃，大概也不沒有過分驚訝。

「那我走先。Bye」她幾乎也把荷官當賭場設備之一，弄完自己要的東西就轉身。心急。

手機真的很陽春，收訊倒是不差。一出電梯，還沒進行政套房，叮叮叮叮，訊息機關槍一樣打進手機裡，想來在這裡的衛星通運一定很通透。這支衛星手機連複製貼上的功能都沒有，也沒有任何連接孔，是一支完全封閉式的機器，只能充電。

進了行政套房，還有另一件訊息在等著她：您的Suite T賭注B78已被領取。「幹！要死了！」一般人說這句話的時候，都沒有人會被幹，也沒有人會死。

但佩鐸說不定要死了，她才發現自己根本沒有佩鐸的聯絡方式。她只知道這時候領走賭注想結案的人，一定會保證佩鐸在聖佩鐸港。

＊＊

從賭場到聖佩鐸港的整路航程上，桂月只做了一件事：瘋狂收集佩鐸的相關資訊。她得一下機就找出佩鐸，還要以保鑣的敏銳度，防止他被殺死。同時後悔自己忘記早點撤除任務，明明已經不需要擋著佩鐸進Suite T，卻任由他的水晶方柱被領走。

佩鐸這傢伙要去聖佩鐸港剪綵，簡直天賜良機。要是她看到賭注B78規範條件：「必須在象牙海岸的聖佩鐸港進行公開活動時當場結案，並獲主流英語媒體報導。」也會挑佩鐸來殺，因為最困難的兩項條件都解開了，在聖佩鐸港、公開場合。只要負責殺和讓主流英語媒體報導就行了，都不難。佩鐸的公開行程把自己變成Suite T當下最軟的一顆柿子。她現在得想想：如果要殺佩鐸，什麼條件下能夠滿足Suite T的所有要求，能確定致死，又絕不會被追溯到賭客和賭場身上？

首先不會選擇在剪綵之前，因為那樣獲得主流英語媒體報導的機會比較稀薄。不是說不能安排媒體報導，那是一個通訊社就能解決的技術性問題，而是安排報導就會多一條線索，就多一絲風險，不如直接把事情鬧大。把事情鬧最大的方式就是在剪綵中，而不是剪綵後。畢竟剪綵後佩鐸沒有什麼公開行程，比較難滿足賭注規範條件。剪綵中的效果最完整，而且只要安排得宜，脫身不難。

因為他媽的聖佩鐸港腹地雖然不大，但是貨櫃和轉運貨倉倒是挺多的，藏身容易到爆。更麻煩的是她從來沒有告訴過佩鐸她的名字，因為沒必要。她很難透過官方去跟佩鐸說：高桂月叫你不要去剪綵。她還沒找到佩鐸的下榻處，隔天一早就要剪綵了。在找到佩鐸本人和去港口場勘之間，她選了後者，這個城市她太不熟悉。剪綵處可以辨識，是既能拍到美麗的海景和貨輪，又不會拍到顯舊的貨倉那個角度，盛大施工的活動布幔架子已經架好，想來新投資人宣告成為西非第一大港的港口升級工程，會在這個位置發生，而且提供媒體拍照的時候，佩鐸一定會靜止站在這個位置上好一陣子。哪有比這更棒的時機？舞台後的布幔雪白，特別能襯出血花的豔麗，上相。媒體都由象牙海岸政府安排好了，用心至深。

現在她得好好想想怎麼殺佩鐸。岬角上沒有遮蔽物，離陸上逃脫路線又遠，不考慮。貨櫃之間雖然容易逃竄，但是不見得能全身而退，不是上策。如果是她，可能會考慮貨倉屋頂上，或者海水裡停泊的貨輪。畢竟貨輪上有人非常正常，又居高臨下，還能隨手湮滅證據。但是貨輪隨時可以移動位置。單就狙擊而言，不錯的隱匿點就有七、八個，她只有一個人。比較有用的做法可能是顧佩鐸，不是踩點。雖然她只想防患於未然。

「佩鐸！」早上一台高級轎車開進港口，她就對著車喊。沒辦法，群眾和媒體被擋在白色布幔外八公尺。

「Pedro Madhi Emerald！」這種連中間名一起喊出來的叫法，以往是他媽火大要揍人的時候才會出現。但是佩鐸顯然在跟乳溝深不見底的市長祕書調情，旁若無人。拉丁男人的專注力就是容易放在這麼沒用的地方，氣死。

佩鐸走過去白布幔前了！那就是一個狙擊手想要他走上的夢幻位置：背景淨空、身旁無人。這傢伙開始講話給媒體聽的時候，沒有任何動靜，只有一些鎂光燈閃爍。所有的人都面對佩鐸的時刻，只有桂月背對他們，往每個適合的狙擊點看有無動靜。一直到佩鐸收聲，擺出帥姿勢給人拍照，都沒有任何槍響，也沒有瞄準鏡的反光。（有人在往前擠！）桂月感受到記者和民眾群的流向改變，有一個明顯的推擠點正在往前。一個不高的女人，手裡拿個絕對不是相機的東西，揣在腹前，在人群裡往前擠。桂月往女人的位置推進，女人已經在前三排，前面只有兩排人頭。在看見女人拿出懷裡揣的東西之前，那個人群被往前推移的擠壓感就已經消失。桂月一驚（她要出手了！），她跟她的距離大約一腿長，桂月的手臂還搆不過去。桂月一側身，在前頭七、八條腿林之間，找出共同空隙，大腿一跨，踩落地的同時把上半身一抽抽進女人後側，扣住她右肘往上一推！女人的十字弩發偏向左上，射落佩鐸的帽子，穿過白布幔。佩鐸跌坐在地的同時，桂月也擒住女人，把她反手壓臥在地。

不知道是亞洲面孔非常突出還是功夫非常驚人，或者有人想要擊殺這個港口城市的投資人太令人費解，總之人沒有被嚇走，而是環著她們外圍，講她聽不懂的法語。

佩鐸走過來，居然不是先看見她這張突出的亞洲面孔，而是先跟女人說話。他根本認得要殺他的人。「拜託放了她。我求妳了。」佩鐸終於抬頭對她講話，一講就是這句。桂月當然沒問題，她對這女人一點意見也沒有。女人避開佩鐸的眼神，馬上帶著狼狽的腹面髒污跑走。

「你能不能解釋一下！？」「妳能不能解釋一下！？」佩鐸和桂月兩個人同時講。桂月下巴一指，表示進車子先。

「諾葉肚子被我搞大了，是我的錯。」佩鐸說得簡單。高桂月傻眼。「該妳。」

「你被人放進Suite T的賭注，昨天被領牌啊。」

「妳怎麼知道會在這裡？」

「說來話長。你要去Suite Q嗎？」

「能帶我去Suite T嗎？」

「現在可以了。你要拿什麼換？」

「不然下次有人要殺妳的時候，換我救妳？」

「呵。」桂月心裡明白這是空頭支票，但是忘了及時把佩鐸的賭注撤換實在是她的疏失。

「你去賭場9487房找一個光頭，看起來挺兇的。跟他說你要加碼贊助他的葬儀社，想當股東。」

她出發前有記得去取消賭注，佩鐸終於可以進場了。

高月桂人生第一次懷著對佩鐸的歉意，因為差點害死他。此前，兩個人的關係亦友亦敵，有一點利益交換、有一點利益衝突，但誰都沒有傷害對方來令自己獲利。她差一點，大約〇．七秒的時間。

她發現自己很不了解佩鐸。關於佩鐸的身家、政治立場、犯罪記錄、拉美式調情，以及所有的賭局，她一清二楚，也知道佩鐸大致上在找的就是大西洋中段的航運利益。但佩鐸作為她的朋友，直到他在Suite T被領取之前，她都無感。這個調情在先、愛國在中、利益交換在後的傢伙，是她自首至尾可以信任的人。能信任的人就是朋友，她卻不了解自己的朋友。

安蓬從一開始把她當魚來釣，至今結盟，也算是朋友。在安蓬滿手的賭注裡，她唯一不理解的就是萊登大學石斛蘭育種技術，她一直以為是個人興趣。「泰國皇家航空的標誌就是石斛蘭」這句話，才終於表態出一項事實：石斛蘭是泰國極為重要的經濟作物，泰國是出口大國。而農科發達的荷蘭，若在育種上領先，會大大衝擊泰國的石斛蘭出口。這是萊登大學與米王的距離。

配奪手上特別突兀的賭注，是圭亞納高級專員公署更名。更名的部分她懂，大約跟自己想要為台灣正名類似，但是為什麼要留在一個沒屁用的大英國協？

花了研究萊登大學跟米王的距離三倍以上的時間，高桂月想通一點：更名當然是後果，但大英國協跟石斛蘭不是同一種等級的國家競合。她誤把外交當農業，錯得離譜。大英國協沒有任何約束力，但是一份認同跟成員國之間的信任。伊莉莎白死後，大英國協就不是靠貨幣上的頭像來維持信任，而是同一套法治，英國是世界的秩序輸出國，大英國協就是直營店。大英帝國當年輸出的卻也不只是法治，還有貿易邏輯。貿易的底層邏輯，就是信任。世界上沒有比信任更能降低貿易成本的東西了。

不只是佩鐸，就連對正名這件事，她想得都太淺。正名絕對不是因，只能是果，一切的果。這份因，不管在賭場的哪一層超級貴賓室，她得搏落去。

＊＊

一進行政套房，就看見自己Suite V一項要求被結案了，賊王結的案。

信箱裡有賊王留的小包裹，是她的耳環沒錯。一只上頭掛的吊牌寫：「閣中蓮，中共中央書記處第一書記的女兒。」另一只吊牌上寫：「荷官Jessi，本名朴英，南韓人。」

賊王沒有唬她，其中一只的確要從朴英那裡偷。閣中蓮可能就是威尼斯面具。她馬上發一條訊息給富貴：「先幫我查閣中蓮這個人，中共中央書記處第一書記的女兒。身高、體重、最近的照片跟影片都要。」

她還在罵幹，閣中蓮的資料就來了，這種名人本來就特別容易找。桂月特地看了資料照片閣中蓮的手，想認認跟戴面具那賭客的手像不像。難，因為照片一般對焦都在臉。但總結富貴傳來的資訊，閣中蓮身高在一百七十一到一百七十四公分，而且體型胖壯，不太像是威尼斯面具和慶典洋裝能裝得下的人，不排除威尼斯面具只是代打。而且Suite T的深層會員名單裡的確有閣中蓮，但Suite V的靈骨塔裡頭沒有閣中蓮的塔位，幾乎可以確定閣中蓮是一個Suite U層級的會員，只是找人代賭。因為高桂月完全沒有在Suite U見過閣中蓮的臉，不符合賭局問答。問題是，如果威尼斯面具不是閣中蓮本人，包得那麼嚴實想隱藏身分，有什麼意義？

＊＊

桂月再下Suite W，得先搞清楚怎麼賭。Suite U開始，賭局的成立方式不是被動就是曖昧，她如入泥沼，眼下Suite W既被動又曖昧。雖然Suite W看起來是沒有賭客也沒有賭注的空房間，沒有能用來閱讀的資料，但去查幾趟還是必要。太久沒去Suite T導致差點害死佩鏗的餘悸猶存，只靠衛星手機通知還是薄弱了點。但

Suite W裡出奇地亮。不是因為照明的亮度強，也不是因為整體設計像Suite T的白色聖堂一樣全室高反光，它有一種通透感，在地下六層格外令人驚奇的通透感，好像半露天一樣清爽。從光源來看，深深的地下室居然有好幾道天窗，而且灑進來的真的是上午的陽光。全周光的感覺和任何人造光都不一樣。通過不知道多少次的折射計算，打進天井裡的陽光，是這裡自然舒適感的源頭。

她不知道空氣又是怎麼做到，這裡明明在沙漠中心，空氣吸起來卻溫暖濕潤得像是春天。不是花季的春天，也不是牧草的春天，是森林初醒的春天。氧氣充盛、負離子濃度也高，添上細緻如粉霧的濕潤感，幾乎像每一口空氣都從瀑布洩下，打在綠樹上再彈出。把舒適平衡的自然感在沙漠中心地下六層的深處再製，比什麼蘇綢、驪珠、粉紅鑽，都還更奢華一整個檔次。

今天的值班荷官不是富貴，也是女性荷官，也沒有打領結，繫一條綢巾蝴蝶結。是不是Suite W的荷官都打領巾？還是只有女荷官？自然光下，荷官剪裁合身的棉毛混紡背心，是墨綠色，而絲光柔緻的領巾，是比背心稍淺一點的深橄欖綠。

「為什麼妳制服穿綠色？」

「有些貴賓的正裝是黑色，在室內　下外套就剩背心。為了貴賓方便辨識，荷官一律穿深綠色。」

「一律，是說所有Suite W的荷官都穿綠色？」綠是最不容易被低光源掩蓋彩度的深色。

「是。」荷官這樣答，但她很確定富貴當晚穿的是黑色，和朴英制服一樣的黑色。

「我新來的，Suite W怎麼賭？」

「我帶您走。」荷官伸出右手掌指向對面一整片米色粗針織品覆蓋的牆面。她指甲貼肉精潔，朴英也是一樣。靠手藝做事的人通常都是這樣，但富貴留了指甲，或至少戴了美甲片。

整片牆扇形推入，是一整間起居室，以溫暖和米色為主的簡單陳設，剩下的就交給自然光和好空氣。這裡有一整面和Suite S很像的資訊牆，只是不用插卡，刷臉即可。能到這裡的人都用過Suite S的系統，一定不會有困難。她選了繁體中文為顯示語言。

「您慢慢看，有需要叫我一聲。」荷官和管家很像，都以最低程度的干擾、最高層次的輔佐為原則。富貴話太多了。

螢幕打開，左側是一整排會員編號和姓名，右側是賭桌上的世界地圖。選取框內滑到哪一位會員，他的國家就會發光，這跟賭桌的邏輯一致。點進會員姓名，在Suite W的賭注紀錄就展開，無論是目前仍接受對弈的還是過往上過賭桌的，絲毫不爽，這跟Suite V的邏輯一致。在後棟，身分本就不是祕密，而是實力。閻中蓮也赫然在列，她不是Suite U層級的會員，而是Suite W的層級。（原來靈骨塔塔位可以撤下。）

接收單獨為後棟賭客服務的衛星訊號，的確尊爵不凡，但親身到場瀏覽所有賭注，更符合從Suite R以降的所有設定。高桂月把衛星手機關了。

點進一項目前可接受對弈的賭注「糯扎度水電站輸電協議」，她在衛星手機上也看到過，但這裡的資訊更完整，從總容量、枯水期標準差、工程預估時間和融資銀行、還款期限，各項條件都一五一十列明。雖然記不得全部，但是比富貴回傳的資料搜集顯然更詳盡。在後棟，祕密不怎麼稀貴，難得的是實力，真正的實力，揭開祕密也扳不倒的實力。

「請問怎麼開賭局？」高桂月一走出米白色起居室，就問墨綠背心荷官。

「您從賭注裡留訊息給其他貴賓就行。有需要也可以邀請對家到這裡協商，這裡六間房間的系統相通，不對外連線。更新您的賭注可以由您親自到場輸入，也可以由我們為您整理。」

環顧場心的長絲絨賭桌四周，是一個正八角形的空間，一面是電梯，另一面可能是工作人員和倉庫，剩下六面裡，除了一面牆是米白色粗針織品，還有一面黑岩、一面清水模混凝土、一面橡木和楓木的拚合版面、一面靛藍底上鑲滿大小不一的白瓷碗、一面植栽牆。第一次來以為只是牆面裝飾的現代藝術，不料都是包廂。

「會員進Suite W的標準是什麼？」她追問荷官。

「只要能提供壟斷性賭注，就會受邀，政府就是壟斷性單位。您的會員編號是TSA0098？」

高桂月點頭。

「您在Suite V提供會員MSQ0107的協助，開啟了藍絲絨革命，雖然不是政府層級的單位才能提供的賭注，但是影響範圍是國家等級。」在前棟，讓高桂月尋尋覓覓到幾乎想燒賭場的過關資格，後棟荷官像個語音助理一樣講出來，反差感很荒謬。

把Suite T的祕密拿去Suite S當成超級熱門賭注的時候，她真的很怕被Suite S拒絕，甚至被Suite T取消深層會員資格。但在這裡，這個謎底就像叫語音助理告訴你今天天氣和降雨機率一樣，呼之則出。這不是資訊落差帶來的餘裕，是實力斷層底下的自然無視。當Suite T還在為怎麼殺一個人卻不會被發現而掙扎的時候，Suite W的糯扎度水電站一旦洩洪，就能殺死上千個人，而且終究不會被究責。

詳閱所有賭注和會員資訊之前，她有件更重要的事得做。

「閻中蓮。」倚著行政套房的窗邊圓几，高桂月戴上鉑金色耳勾，打開打火機藍燈。

SHA2678閻中蓮，這個會員在地圖上對應發光的國家是中國，而對應的城市是上海。這王八蛋的老爸是上海幫的，這三年才復辟的上海幫。她老爸閻豊就憑著上海幫挾金融實力復興，在派系平衡的調節下，銜住中共中央書記處第一書記的位置。

「抓到啦？」富貴聲音依然柔脆，但是再也不裝正經。

「耳環裡的晶片妳解不開吧？」

「哇，這妳也知道。妳要幫我解開嗎？」

「拿妳爸的內褲跟我賭啊，Suite U。」

「我爸內褲換妳一只耳環，老屁股這麼值錢？」

「內褲就是一件足以打斷政治生涯的祕辛。妳Suite U混假的？」

「哪條內褲？」

「妳爸在妳出生前那年，除了幹妳媽之外，跟上海幫幹的事，所有證據都要收集來。跟耳環裡的資料一樣完備。」

「祕密居然不在Suite S賭？」

「妳想把朝核全圖和金融政變用傳真通知全世界的Suite S會員？」

「行。Suite U，耳環換內褲。先驗貨。」

「妳耳環資料敢留複本，閻豊內褲複本就會出現在總書記中南海的衣櫃裡。」

這段耳環與內褲的對話發生之前，高桂月做了幾層準備工作：

先是找出富貴給她的「閻中蓮」資訊究竟是誰。富貴可能是Suite W任何一個淘氣頑皮的賭客，但能跟她談耳環卻面不改色，只有兩個可能：一是不知道朝核全圖跟耳環，以及耳環賭局之間的任何關聯；二是知道但無須在意。閻中蓮顯然是知道的人，但她的外在形象跟威尼斯面具差異太大，很難想像她讓另一個需要掩蓋自己身分的深層會員出面代賭，多一個人知道這種最高級機密存在。而富貴的身高符合威尼斯面具，自己又極為熟悉她的聲音。富貴給的「閻中蓮」資訊多半是真的，但照片是閻豊的第二個女兒，也就是說，查「閻豊的女兒」也會查到這個比閻中蓮高至少五公分的女人，只不過是繼母所生。低調的紅二代往往照片不多，她們姊妹也屬這種。但她妹「閻中闕」不在Suite R到Suite W的任何名單之中，無法代賭。

直到驚覺富貴假扮荷官，就像自己在Suite U假扮過管家一樣，才能解釋她在耳環賭局裡，既在Suite U跟自己碰過面，又不在Suite U兩個月內的旅館通訊內的原因：富貴就是那個遞賭約給她的女荷官。此人對親自擘畫的把戲，不在第一現場觀看操作，心癢不能止。所以高桂月對富貴的聲音和外貌，終究都能辨識，才需要威尼斯面具的完全偽裝。

第二是從富貴給過自己的資訊裡回溯：富貴的團隊是怎麼取得那些資訊的？身為Suite W會員，對所有其他層級的會員和賭注，掌握起來都如同翻閱資料，輕鬆無比。再看此外的一些零散資訊要求，例如朴英的身家調查，以及努札特的背景，富貴給出的資訊，沒有非常深入的情報力，都在政府機關的戶籍資料裡可以取得。高桂月推斷，憑富貴和她的團隊，沒有機會解開朝核全圖的加密方式。

一般的加密方式是這樣：原始資料＋邏輯嚴謹完整但沒有其他人用過的計算模式，如果無限接近亂數就太棒了。她使用了一個沒有機會被任何演算法回推的處理模式，而且有三層。

用謎語來譬喻這套加密：最終謎底如果叫做「朝核全圖」，第一道加密方式就是把它字謎化：「十月十日時辰末稍，百姓主宰一圍一口回。」

第二道則是罔顧原始資料和字謎之間的關係，直接把整串字謎翻譯成另一個書寫系統：Shi2yue4shi2rui4shi2chen1mo4shao1bai3xing4zhu3zai3yi1ko3huei2。

最後規定這段字串使用Garamond字型、字體大小16、字距2pt，圖像化之後壓縮像素資訊。最後這個步驟最關鍵，除了改變檔案格式之外，還大大增加了計算量跟不可預測性。

除了充分使用謎底的字音、字形、字義三個面向，也使用了毫不相干的編碼系統，最後還直接置換資訊本身的型態分類。然而，有多少層加密？有哪些面向被使用在加密上？這些面向被加密時選擇了什麼加密方式？使用的加密方式如何依序堆疊？這些可能性開出來的解法數量，輕易超過千億，不比猴子拿打字機意外打出莎士比亞的十四行詩還可行。

閻中蓮的團隊，優勢本來就不在解謎，而是從已知標的裡挖掘隱私。現在回頭一看，閻中蓮就是一個慣於隱私曝光程度高、掌握隱私層級高、刺探機密工具多的傢伙，她能勝任為高桂月的資訊爬梳團隊就因為這個。當然還有 Suite W 會員的餘裕，以及透明度破表的 Suite V 跟 Suite W，惠而不費。

只是害了朴英跟努札特，甚至佩鐸跟安蓬，成為閻中蓮的目標。朴英盜走耳環固然可惡，但耳環馬上落入閻中蓮手裡，一部分也是高桂月自己洩的底。她需要馬上保護努札特，也要通知安蓬。自己戰友因為自己的疏忽而逢險的事，不能再發生了。

肉包是戰友還是臥底呢？或者該問，肉包是肉包嗎？在簡短的會面中，可以說服她此人就是肉包的條件，一是肉包辦公室、二是董娘辦公室分機、三是董娘真的就把自己借給肉包，幾乎不聞不問。但董娘是全世界唯一一個不需要從高桂月身上騙走朝核全圖的人，連朝鮮金家都會想看看這份資料是否詳實。董娘卻是跟她一起完成全圖的夥伴，連情報網都互相分享了，這是他們的最高信任行為。

處理肉包問題，她想托給董娘，因為她通知完努札特，馬上就要去消除風向雞所有記者的聯繫線索，以及悉心安排台灣建國所需法治條件的所有人。閻中蓮知道的太多了，她得先打通電話。

「靠北啊！妳知道現在幾點嗎？妳最好是不要現在叫我立遺囑喔！」

「你立好自己的就行了，我的免了。你現在，不是睡醒之後，就去躲起來。躲到一個我不知道你會去的地方，等看到一匙靈再回來。換電話。」

「是要躲一輩子膩？」

「三個月內沒有看到一匙靈，就躲一輩子。」她掛了電話。

閻中蓮自己現身，表示她本人對高桂月已無顧忌，只是需要解開朝核全圖的加密，才值得過去花的錢跟時間。無論她有情報任務還是為自己的勢力而為，她現在都想解鎖耳環裡的機密。即使閻中蓮的立場與中國政府一致，解鎖耳環也有其必要。畢竟知己知彼，朝鮮作為中國在東亞最難掌控的一張牌，把唯一的威脅抓在手裡也能除後患。更可能的是，她跟中國當局不是一條心，握有朝核全圖，就能成為邀功或威脅的籌碼。畢竟朝核全圖一但被洩露給朝鮮或朝鮮的敵人，都會造成東北亞局勢巨變。無用的朝鮮，就是折損中國的東北亞影響力，對中國當局是一把暗刀。

閻中蓮有非要不可的內褲，就有機會逼她賭上她不歸還會很麻煩的耳環。拿祕密賭祕密，最合邏輯。

＊＊

三天後週三的賭局，排到威尼斯面具跟超級瑪利世紀賭局的值班荷官，頭頂稀疏的值班荷官不願意跟朴英換班。朴英沒有比Suite U值班更好的東西可以跟人換排班了，只好拿兩次Suite U值班出來換，大叔還是不換。超級瑪利的排班本來就是公認小費高且穩定，加上賭注高，服務費應該不會少，誰會想換班？

「你跟威尼斯面具的關係太近了，都知道她的謎底跟賭注，上次她又大贏，這樣公司會不喜歡你連著幹。」這是他人生中第一次威脅別人。

「超級瑪利不管給我多少金幣，我都給你兩枚。」這是他人生中第一次利誘別人。

威脅通常有效，但利誘通常有附加功能。所有人都能被威脅，但能被利誘的人顯然有弱點。同樣，拿金幣來說事，顯出自己純是貪財，順道撇清自己跟高桂月的合作關係，畢竟沒有不喜歡超級瑪利的荷官。

他進場準備的時候，就能看閻中蓮的賭注。一、二、三、四，閻中蓮為這一局準備了四道賭注。如果他沒記錯，這一局賭的是二十一點。第一輪進場賭注後發牌，第二輪下注決定去留，第三輪是要牌後的加注，通常只需要三道賭注。

除去面具跟戲服的閻中蓮，比東亞女生的平均身高還小一截，跟挺拔修長的高桂月相比，身高差簡直可以頭靠肩。她們兩個今天都穿得非常休閒，沒有要穿給任何人看的意圖。

朴英整理完賭檯，請高桂月確認閻中蓮所提供的耳環的確是合格賭注，也讓Suite S的管家作證高桂月的確有解碼耳環的本事，要來切牌亮相的時刻，被高桂月打斷：

「不然換妳來猜我的答案。」這話當然是對閻中蓮講，她一眼都沒看荷官。

朴英順勢看向閻中蓮，側頭詢問賭客意願。

「妳要我猜什麼？」

高桂月沒有回答，只把第一張賭注丟下桌：耳環解碼。

Suite U是這樣的，賭法絕對沒有規定，客人興之所至，口袋裡的小東西也會拿出來小賭，值班荷官就順勢開局。賭注卻從不隨便，一旦由賭客直接放上桌，就是開局。

高桂月伸出右手食指，指向剛剛驗明正身的藍碎鑽蛋白石梨形耳環，意思是：她只接受用那只賭注來成局。

閻中蓮手上耳環進場，她卻連要猜什麼、怎麼猜都還不知道。上一次在威尼斯面具後，她一言不發、掌控全局，這次卻連自己怎麼賭都被人掐在手裡。跟高桂月上次一樣。

「妳就猜：我知道妳幫妳爸在這裡幹過的事。」

「三個問題、三次機會。」高桂月挪用上次閻中蓮塞給她那套。

「程序問題！」閻中蓮馬上反問。

「『這裡』是指哪裡？」

「Suite U。還有三個問題。」

閻中蓮許久不作聲，朴英只能看著她的表情，擺起五官：噘起上唇但吸住下唇，眼珠上下滾動兩次。他的意思是：痛苦。這和高桂月從閻中蓮聲音裡聽到的一致。雖然高桂月有臉部情緒辨識障礙，但完全沒有聲音情緒辨識障礙。靠她自己的判斷和朴英的判斷兩相對照，通常能中。

「哪一年賭的？」

「去年賭一局，還有不是賭的。」高桂月邊回答，手裡比「二」。

朴英在一年前才剛晉升為Suite U值班荷官，從沒遇過閻中蓮。

「總共幾件？」

「加上這個，三。」高桂月先是點了點耳環，又抬起食指，成個「一」。

閻中蓮只剩下一個問題，她猶豫好久。

朴英面朝閻中蓮，停了很長一段時間，才輕輕叩一聲牙，瞳仁從左上到下，又從右上到左下，打了個勾。他的意思是：焦慮。

「妳什麼時候知道的？」

「肉包死了以後。」高桂月沒有打出「零」的手勢，卻下了第二道賭注：「閻豊2015」

閻中蓮如果不跟，就是白白輸掉朝核全圖。她打出第二道賭注：名單。

「第二注換一個吧！帳目。」

若不是朴英在備局時看過賭注，高桂月不知道閻中蓮準備的證據裡有詳細帳目。但朴英不知道的是：為什麼高桂月一打出「閻豊2015」，閻中蓮就整個人僵直？他打表情密碼給高桂月後，抿了抿唇，表示他也不確定。抿唇之前，他打的密碼是：驚嚇。高桂月似乎毫不意外。

雖然第一道賭注是朝核全圖，第二道賭注看不出關係，但場邊的吸氣聲說明很多事情。在「閻豊2015」上桌後，除了自己跟高桂月，所有人都深吸了一口氣。

「這個、這個。」閻中蓮連續指向耳環跟「閻豊2015」。

高桂月點點頭，手上比「二」，緊接著出第三道賭注來逼賭：「閻豊1984」。

朴英的打的表情密碼是：恐懼。他從「妳幫妳爸在這幹的事」這個賭題來理解，顯然是祕辛。似乎講出人名和年分，就已經足以逼近祕辛，閻中蓮才會反應這麼大。

高桂月一擺手，做了個「請」的手勢。但閻中蓮還浸在沉默裡，也許還有恐懼。

「這個。」閻中蓮手指點上「閻豊1984」的賭注。

高桂月搖搖頭，手上比「一」。朴英不需要為高桂月翻譯她自己的表情，否則他現在就會輕輕地雙挑眉，在稍微左右移動下頷，表示：得意。

高桂月打出第四道賭注：「內褲」。朴英覺得非常好笑，雖然Suite U什麼賭注都有，但是內褲還是有點出乎意料。在他忍著不要有任何笑意跟表情，以免顯得不專業，又讓高桂月誤會的同時，閻中蓮也在掏第四項賭注：「手法」。

高桂月這時卻出聲了：「妳手法不用拿出來，直接跟我賭妳在這裡贏走我的所有賭注就好。六十三個，都幫妳算好了。」她指的是威尼斯面具狂贏的那個傳奇場次。

朴英觀察到，高桂月說「手法」的時候，閻中蓮面色槁灰，表情近乎放棄一切。但高桂月說完說六十三個賭注後，閻中蓮反而稍稍回了一分血色，表情甚至可以翻譯為：放鬆。

且不論表情，閻中蓮的情緒波動時機，跟一般賭客不一樣。一般賭客反應最大的時刻都是看到自己的牌或看到別人的牌，總之是結果出現的時刻。但閻中蓮，每次有賭注被揭露，反應都很劇烈。他想，雖然賭注看起來模糊到霧裡都看不到花，但是祕辛光是人物、時間、型態被揭露，就已經是很大的資訊公開。高桂月設的這一局，就是令觀賭的客人也能夠稍微明白閻豈這人有哪些祕密或毛病發生在什麼年份。而名單、帳目、手法這幾項資訊，應該就足以拚湊出事件類型。他不知道的是，二〇一五年中國發生過一場股災，傳聞是握有經濟的上海幫，對時任政權的金融政變。

他只能望向閻中蓮，側頭詢問更改賭注的意願。閻中蓮點點頭，他從進場以來，看過她最放鬆的表情就在此刻。他返頭向高桂月確認賭注時，用鼻孔深深吸氣之後長長吐氣，表示：輕鬆。

高桂月抬手，打出「一」的手勢。閻中蓮只剩一次答題機會，這檯上的所有賭注，將歸於一人。

朴英的瞳仁非常緩慢地從最左瞟向最右，又從最右瞟向最左，再從最左瞟回最右，一共三趟來回，只是極其緩慢，不易察覺異樣。這三趟來回的翻譯是：猶豫。而這三趟來回的速度則標示了猶豫的程度：非常到異常。

閻中蓮深吸一口氣：「肉包。」

高桂月的表情卻是震驚。朴英直到此刻才從她的震驚裡看懂這一局：閻中蓮每次答題，都要承擔自己洩露機密的風險，而高桂月卻是好整以暇，一邊收集新資訊、一邊適度曝光讓閻中蓮受威脅的資訊，讓閻中蓮很難從所有可能性裡猜題，只能盡量以透露最低資訊的方式答題。這顯然降低了閻中蓮的勝率：她甚至會為了不透露機密而選擇猜不準。所以第三次猜題才會是肉包，那是高桂月已經透露過的資訊，只是不知閻中蓮是在Suite U算計了肉包。

高桂月附耳閻中蓮，講了一句簡短的話。從她的下頜動作看來，這句話有七個字。

閻中蓮定格了六秒以上，才轉身走出Suite U。朴英只看見離去前的側臉。他先是用手捂嘴，表示自己也不確定，但很快用舌尖在右頰裡打了突，接著把自己眼角還淺的摺子給笑了出來。這一整串的意思是：失落，或恐懼。但朴英眼角還清淺的魚尾紋一直沒有收起來。晶片尋回，簡直是地下四層灑進了正午金燦燦的陽光。

朴英當天拿到十二枚金幣，依約給了頭頂稀疏的同事兩枚。Suite U的同事都知道他換班到超大賭局、拿到十二枚金幣，是超級瑪利平時的十二倍。但他一枚都沒有多分給原本值班的同事，顯得貪財，但遵守約定。讓人掌握自己的小缺點，容易掩蓋更深的意圖。

＊＊

風向雞跟晶聯的關係當天就被爆出來，從中國媒體世界日報跟人民日報開始，撒向全世界。被報復，高桂月不意外。即便富貴負責的只有晶聯篩選後的對象資料收集，她還是會知道最後都是風向雞來帶風向。這也夠了，夠把晶聯從資安救世主的地位扯下來，同時陷入客戶不信任，畢竟懷疑跟恐懼都不需要確鑿證據。

「富貴，妳應該沒有忘記順手買空晶聯吧？」

「妳特地打來提醒我？」她聲音依然柔脆，是最適合做電話客服的音色。

「我虧成這樣，妳不賺我一把怎麼好意思？」

「從您所有搜尋紀錄和聯絡資訊裡得到的台獨分子名單，才是大賺一票呦——」她聲音帶笑，如果聽不懂中文，真會覺得這位客服小姐的聲音歡悅清脆，語氣又斯文有禮，真是專業。

「幹！」高桂月第一次對閻中蓮失控。閻中蓮只是打了點雜，專門把要找的資訊篩出來之後整理匯報給高桂月。所有線索端倪都是高桂月挖出來的，免費奉送。所以賭局才必須以朝核全圖始，以閻豊的內褲為終，而且必須都留在自己手上。

閻中蓮從一手好牌輸到內褲脫光的消息，在她回到地面上之前就傳開了。她在紅二代當中本來占據非常領頭的位置，因為手腕強勁，又在情報上屢有斬獲，各方面的行動都勝人一截。全沒了。「閻豊2015」、「閻豊1984」、「名單」這三項資訊在Suite U被揭露的時刻，閻中蓮和閻豊的底牌就被露出花色，數字被揭開是遲早的事。

祕密這種賭注最難上桌，光憑被人知道它存在，就立於不勝之地。高桂月早學會了。

她進賭場後，最大的祕密一直流變轉換，現在連她都不認得自己的祕密。剛進Suite Q時的祕密無比清純，就是她是帶著超大祕密朝核全圖來賭台灣的國家地位，醉翁之意不在酒，朴英跟其他荷官一眼望穿她屬於第二類賭客。進Suite R的時候，她的祕密是發現自己是條魚，得要扮豬吃老虎，也很青澀。充滿祕密的Suite S裡，她的祕密是偷來的祕密，卻被人揭開自己固定行為模式，是連自己都不知道的祕密。Suite T最簡明，只不過錯殺一人，還有把朋友設定成賭注。進了Suite U，把別人的祕密翻轉成自己資源的做法，就是她的祕密。風向雞帶來的Suite V祕密優勢，剛被閻中蓮戳破，啵，沒了。Suite W的祕密是這裡沒有任何能讓台灣正常國家化的東西，她這幾年是白賭了。既在Suite V被迫自我探索之後，終於進入自我懷疑的新階段：國家正常化，有解嗎？

＊＊

高桂月進入Suite W三年後，安蓬終於進入後棟，得到Suite V的刷臉資格，這是她的極限。就算加上童年玩伴阿萍雅．立派的泰國政界資源，也拿不出以國家為影響單位的賭注，進入Suite W。糯扎度水電站輸電協議是安蓬進賭場的最終標的，但她無法入局。有史以來第一次，沒有Suite W會員資格的賭客，得以進入Suite W。安蓬進場的身分不是賭客，是賭注。

「妳上次賭那局，也是在這間敲定賭注。」高桂月的意思是，她代沒有Suite W會員資格的安蓬開局對弈。安蓬和她的信任之深，足以代打。

Suite W六面牆裡，她推開靛藍底、滿牆白瓷碗的那一面。玎玲瑲瑯，整座空間迴盪清亮薄脆的音色。房間一半是一畦橢圓大池，池底釉色靛青，池面浮著一百零八只大小不一的淨白骨瓷碗。噴射引流不斷把白瓷碗划向其他白瓷碗，斜碰擦撞就玎玲瑲瑯、玎玲瑲瑯，碎脆細亮，比水晶音樂多出無窮泛音。碗際水間，漣漪振盪反彈，甜白瓷的細脆清音充斥靛藍房間，沁耳靜心。出身水都曼谷的安蓬，在水上的時間通常都是市場的嘈雜，與水聲同靜的體驗，還是第一次。

「免費的最貴。」安蓬回。「我拿妳一個朝核全圖借去賭，現在得把自己借妳賭。」

她上次跟高桂月借朝核全圖去賭，也是在水邊。倒不是這個靛藍色房間裡，甜白瓷琤琮的細脆水流，而是山高水深的糯札度水電站，壩高兩百六十公尺，光是日常的汲水聲就足以淹沒所有的監聽器材。

「整缸放下去會淹死多少人？」高桂月站在瀾滄江中上游的氣象站，直視糯札度蓄水池。

「泰國東北山區至少五、六千吧，看季節，五月之後蓄水量多，攔不住。寮國幸運的話，少一點，因為山高；不幸的話，永珍來不及發警報。」安蓬左手四指橫畫過頸子。「柬埔寨太平了，我怕湄公河會積成高棉湖。」安蓬嘆了口氣才繼續講：「高棉湖應該可以救下整個湄公河三角洲的兩千萬人口。」這基本上就是稻米輸出國組織的會員國，也是世界人口最稠密的地帶。中南半島的母親河川湄公河，是中國瀾滄江的下游水系。

「寮國水庫擋不住？」

「雖然不能說是杯水車薪，也是浴缸跟洗手槽的落差。豐水期洩洪的話，沙耶武里的水庫會被灌破，下游擋不住。中國壩蓋太高了。太高了。」這句話在眼前的糯札度水壩前，說服力和壩體一樣高。

「妳知道，台灣人口是兩千三百萬。」高桂月為了不讓濤聲蓋過精確的數字，往安蓬耳邊移動嘴唇。「而且朝鮮的核子彈頭一次射出去，也殺不了瀾滄江那麼多人。」

「大規模毀滅性武器很可怕吧？」安蓬的視線一直在滾滾江水上。「中國的十一座水電站完全不洩洪的話，能殺掉的人又更多。」除了乾死的中南半島之外，還可以殺死稻米進口國的人口。中國自己每年就進口三百萬噸的稻米，其中往往有四成由中南半島提供。

離開水壩之前，高桂月問：「幹嘛不直接拿下瀾滄江七座水壩的所有權？」

「台灣人都知道所有權跟實際控制的區別是什麼吧？只拿其中一個，妳要哪個？」

高桂月沒有回答，只是在離開瀾滄江之後，去了一趟Suite U，玩了一局射飛鏢。高桂月幾乎可以確定是Suite W裡手眼協調性最佳的賭客。而且她的雙手極其穩定，負責Suite T武力的努札特可以作證。憑自己的雙手，她以三鏢紅心、七標九分內環的積分，用耳環裡的「大規模毀滅性武器藍圖」贏得「糯扎度水電站輸電協議」。

今天來當賭注的安蓬還不知道，「糯扎度水電站輸電協議」只與泰國、寮國、緬甸的能源購置有關，離「糯扎度水電站管轄權」這麼侵入性的成果，還有十萬八千里遠。是高桂月拿「閣豊2015」的「名單」和「帳本」，循線找出後來轉任中國雲南的官員，「強烈建議」非關中國國內能源安全的商用發電機構，容許境外融資，以減輕地方政府財政負擔，開啟瀾滄江上，水電站引入外資的先例。

所有權跟實際控制權，都掌握在手上，才能保證兩千萬人口的安全。

此刻，輕盈的薄胎瓷碗水泠泠的靛青色起居室裡，她們迎面走進來一個圓形禿的灰白色頭顱，身著寬鬆的藏青色浴衣和八字夾腳拖，目測是直接從行政套房下樓。

「高橋先生，這位是安蓬，OREC會長。」

「日本只要加入定價會議，不受輸出量限制。」高橋擺明要搭霸王車。

「日本只要遵守定價機制，就不受輸出量限制。」安蓬笑著說，不是那種溫婉的笑，她從不那樣笑。

「憑什麼？」高橋提高聲量。

「憑我決定把這個東西輸給你。」高桂月接著說：「高橋先生是圍棋四段棋士，要麻煩您跟我用圍棋賭這一把。不過請給我一週來學圍棋，我想至少看明白自己怎麼輸掉。」

安蓬只是假餌，讓高橋赴賭局。真正的餌，是一場不會輸的大賭局，高橋沒有不賭的理由。日本前首相高橋，是Suite W裡棋力最強的會員。

把「大規模毀滅性武器藍圖」繳給高橋傲人的棋力後，高桂月用中指彈開靛藍池裡的甜白瓷薄胎茶盞，深深吐一口氣說：「可以做交易、銀貨兩訖的東西，為什麼這些人要搞到用賭的？一定要擔一個輸到脫褲的風險才爽快？」

安蓬接話：「交易看起來最公平、最可行，因為雙方都得到一部分也付出一部分。但是交易的效率實在太低了。兩個人都拿出一份資源來交換，換完還是一人一份資源，整體改變不大。賭博就有效率得多，有一個人可以得到兩份資源來做一件事，當然是更爽快。不從人、從事情推進的角度來看，交易的風險太高了，高過賭博。那麼大的事，如果不是雙方一致贊助完成，很難做到。」

Suite W，will to power.

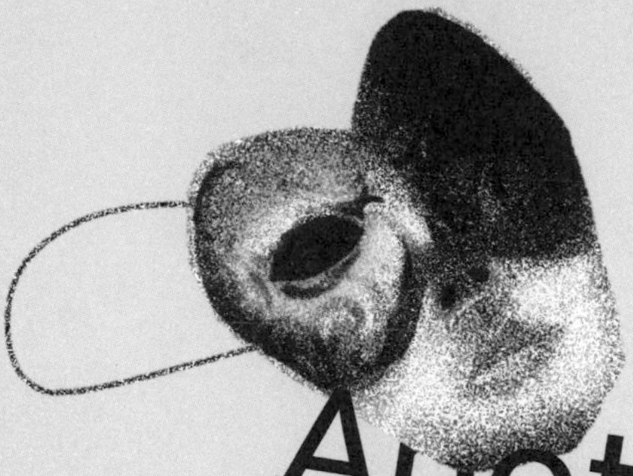

Apotheosis

大合唱

明明贏回朝核全圖、贏回所有在Suite U一局一局打下的資訊網跟權貴服務，甚至痛宰騙她入局的閻中蓮，高桂月走出Suite U時卻感到孑然一身。比在Suite Q發現自己失去平常心破壞了數學規律、在Suite R傻傻當魚被一次提領、在Suite U被閻中蓮一次贏走三個多月累積的賭本，連朝核全圖都拿不回來，都更加淨身出戶。她真心要賭的那局不在這裡，從來都不在這座賭場裡。耗在這裡幾年，經歷別人一輩子窮盡想像力也想不到的起落，卻沒個結果。恍若隔世，心裡空落落。

在Suite W看到糯札度水電站的時候，她無比羨慕安蓬。安蓬雖然下不去Suite W，但她奮鬥的目標確實存在。高桂月被閻中蓮唬了進來，終究沒有一個能與朝核全圖對賭的台灣正常國家化存在。

朴英說過：「每個人都覺得對自己最有利的那個可能性，才是最合理的可能性。」他看遍瘋狂押注、想改手氣、想翻本的賭客，從場邊得出結論。高桂月沒想到這句話不只適用賭桌，連她之所以進賭場的原因都被說透。她想要相信：用一個世紀賭局、用一個了不起的賭注，就能換到另一個了不起的賭注。才會懵懂到這項賭注長得是圓是扁都還不知道，就一頭栽進賭場。她實在太想相信：解方已經存在，只要努力就能取得。努力多簡單？她一輩子都在努力，怎麼可能做不到？她想得美。

她變了，但她想要的東西沒變，只是不知道上哪找。另一個沒變的東西，是礙著她取得台灣獨立的中國政府，依然天天滋擾，不放棄發動戰爭的可能性。不讓戰禍傷害台灣，是一切的前提，否則直接宣布不是中國的一部分準備開戰不就好了？但那對任何人都沒有任何好處。找出對最多人有不可抗拒好處的辦法，就是她要走的路。出Suite W的高桂月，和進Suite Q的高桂月，不是同一個人，手上能打的牌更多了。照靈骨塔上的紀錄，光是Suite U累積的手牌，她就有六十三張，何況從來沒有拿出來賭過的王牌：朝核全圖。她只是不想再賭下去了。

＊＊

朝核全圖這支籌碼的分類是祕密中的祕密，光是謎面被知道都足以破壞這則祕密。但反過來說，一旦知道謎底，能達成的效果卻大逾一枚核彈。精確來說，是二十四枚現役核彈和三枚還在退休檢驗中的核彈頭，以及他們的當量、彈道計算、還有預測可攻擊地點，以及精準擊穿花崗岩山壁和混凝土地道，摧毀核彈所需要的最低當量數值。祕密中的祕密太大，能用上這個祕密的對象極少。

朴英福至心靈，說：「妳知道韓戰其實沒有真的收尾嗎？韓國跟朝鮮一直處於休戰狀態。板門店宣言說是正式結束戰爭，但是朝鮮已經片面違反了停戰協議，還宣布韓國是主要敵人。韓國沒一定要嚴格遵守板門店宣言。」

「韓國政府一定什麼都願意拿來賭！」朴英每次提到這把賭注，眼裡都有光。

「朴英啊！他們用完之後就要馬上面對統一問題。只有他們會需要面對，而且愈來愈不想面對。」朴英低頭，心裡也知道高桂月是對的。

這世界上願意用、能用、會用、想要盡快用這個祕密的選擇非常少。北韓存在對他們有利的，都不會馬上用。例如打韓戰的中國共產黨和俄國共產黨，東北亞有一個急需共產老大哥的核武小霸王，在地緣政治上是多麼穩固方便？美國也不會輕用，因為這種撼動局面的成就，當然要等到政治效益最高的時候再拿出來用。日本一直都在朝鮮的射程之內，而且自衛隊比一般軍隊還精良。

如果朝鮮對日本試射，自衛隊以自衛為由，打下朝鮮的核彈，沒有法理問題，而且日本民眾也會全力支持。再說，全世界也沒有哪個國家能因為自衛隊毀滅朝鮮核武而對日本尋釁。但自衛隊是於法不可能對其他國家領土主動發起攻擊的軍隊，最頂多只能打下所有朝著日本來的攻擊。就連朝鮮政權落敗，坐收純利益的南韓，也會對日本自衛隊違反憲法，產生極其激烈的反應。畢竟朝鮮半島被日本殖民的歷史慘酷，餘恨未消。

「不然這樣，我去拜託OREC在朝鮮半島被迫統一的第一年，提供北韓一半的米糧。」

「憑什麼要他們免費提供？」

「因為他們有一個錢買不到的東西，說不定能幫他們一把。」

OREC的會長是安蓬，熟人。

「乾媽，我們把瀾滄江的水壩一個個拿下來吧。」她至今還是叫安蓬乾媽，即使她早就搬出貴得要命的行政套房。瀾滄江的下游是湄公河，大半壁中南半島、四個國家，全球稻米輸出最多的四個國家，用這條河在灌溉。上游的瀾滄江山高水深，完全沒有灌溉價值，卻是絕佳的水力發電來源，除了往雲南送電，也開始協商輸出電力給泰國和寮國。這段完全捏在中國手裡，無論在經濟上、政治上、戰略上，都是非常強大的武器。資源只要夠巨大，都是武器。無論是洩洪成災還是鎖水成旱，朕不給的你不能要，就是絕佳的扼喉籌碼。

中國跟泰國一樣，是個有關係就沒關係的地方。這種地方如果能找對人，能獲得的資源和條件翻上幾倍都不為過。Suite R是一間不錯的練習室，她很快就發現水電站一旦啟用，都得努力在上游和下游的其他水壩裡取一個儲水平衡，而這平衡是一個動態平衡，也就是說，每天都至少有七座水電站在跟其他水電站吵架，因為你多一滴我就少一滴，這完全是零和競賽。沒有任何一站比另一站有更多話語權，目前最上游的古水水電站，理論上控制最多水量，但也最容易被幹翻，誰沒水都罵它，這些高壩之間沒有一個超然互信的協調機制。自從高桂月贏得雲南省省委書記在Suite R輸掉的「地級市城投債項目」，改變中國在西南地區的地級市委書記任命，就成為循序漸進的中程目標。

東北亞和東南亞各有一枚炸彈，不拆不行。拆完炸彈，她還有正事要幹。

**

永遠不要低估現行社會秩序向前行進的力量。幫齒輪咕溜溜上油之後，金融機器和國家機器能帶你到非常、非常遠的地方。例如用越南的氫氟酸取代中國製品，因為造價相當，但是一個不打稅、一個調整成已開發國家稅率。高純度氫氟酸不是誰都能製造，但有了穩定又便宜的鄰國產品，連原本做輸出國的都會慢慢成為輸入國。輕輕抽走一個國家的一個產業，也可以不留痕跡，例如以稀土回收技術取代原料提煉供應。降低世界對中國製造業的依存度，減少投鼠忌器，行動起來就沒有顧忌。

她在Suite S弄到的日本政府稀土低污染冶煉計畫是一個完美的起點。中國喜歡說自己地大物博，但其中世界最不可或缺的當然不是蘇繡和祁門紅茶，而是成熟完整而價廉物美的生產線，以及稀土，占世界產量八成以上的稀土。完全取代中國不可能，而一旦被中國抵制還能在短期內取得價格合理的稀土原料，是非常重要的避險工具。尤其在任何以經濟為政治，以及以軍事為政治，當然還有以政治為政治的談判中，沒有一個對方一掐就必死無疑的嗓眼，相當關鍵。

幾乎每個國家都會有好幾個嗓眼，所以掌控油價的OPEC才能一直拿翹。捏著蘇伊士運河的埃及和巴拿馬運河的巴拿馬，也有讓人難以忽略的運費掌控權。這些掌握關鍵資源的國家，捏著別人的嗓眼就容易；反之，缺乏關鍵資源的國家，嗓眼容易被人堵死。

俄國出兵主權國家烏克蘭，正式開啟新冷戰格局。但俄國不再是主角，淪為中國的馬前卒。瘦死的駱駝比馬大，中國也有不得不繼續尊俄國為大哥的理由：軍事技術。就算要窮兵黷武朝鮮化，俄國的等級也遠高過朝鮮，也還高過中國。因為美國在熱戰開始之前，就把中國的高階晶片來源堵死了。中國想備戰，沒有俄國提供關鍵技術，離美軍就不只一個太平洋遠。

俄羅斯自然也有自己的嗓眼，但是莫斯科往往不顧傷害，或把傷害轉移到莫斯科以外的俄羅斯。於是俄羅斯的嗓眼非常難抓，因為可能分散到各處。一旦能輕輕捏著俄羅斯的喉結，就能在冬日雪景裡輕聲勸告俄羅斯不要對中國軍武輸出。輕輕地勸，如果莫斯科不相信眼淚，她會讓莫斯科重新體驗一次鋼鐵是怎樣煉成的。

俄羅斯的嗓眼在莫斯科。莫斯科是一個很標準的共產國家政治中心，而俄羅斯是一個礦業非常發達的國家，有荷蘭病的那種發達程度，產業不均到有病，而且沒藥醫。礦業最棒了，就算不是特許行業，也需要高的嚇人的資本才能入場，是一個天然的特權產業。而共產是一個天然的特權體制，能賺錢的事業永遠跟政治權力綁在一起，難分難解，一拉就是一串。莫斯科是一個比上海乘以北京的貧富差距都還大的城市。意思是，捏住很少的人喉結，就能捏住莫斯科的喉結，而捏住莫斯科的喉結，就能拿能源堵住中國的需索，推開軍事技術輸出的請求。

Suite U裡那位在滑雪勝地索契鎮的玫瑰莊園有一條私人滑雪道的俄國紳士，用滑雪道交往了更多俄國紳士。那些紳士都從事享有特權的生意，而其中一位紳士在Suite U時就被高桂月扒祕密扒到幾乎要哭出來的程度，於是玫瑰莊園的光纖就安插了一些晶聯的晶片。雖然是俄語，但是找人翻譯一下，還是能得到很多資訊，相當精美的資訊。

Suite U還不只這樣惠她良多。Suite U是個會員綜合實力非常整齊的高級會所，每一位賭客都是高優質資源，經過Suite Q到Suite T的全面篩選，沒有一個人手是完全乾淨的。倒不是指在Suite T曾經買兇殺人，而是這些願意買兇殺人的傢伙，終究不會是一輩子在其他事件上都奉公守法的好人。感恩巴拿馬、讚嘆維京群島，這些地方的空殼公司，能夠為各國政要、銀行高管收納的私人財產，大過這些國家本身的總值。

手上有一整份瑞士銀行為客戶購買空殼公司來逃稅的名單感覺如何？就像是全世界一小半的獨裁者和權勢傾城的人物，私人帳戶都有依法追訴能夠凍結的理據，而凍結的這些帳戶又往往在一些被捏著其他金融犯罪證據的銀行高管手裡一樣。一旦追溯起來，問題不是血流成河，而是資訊過量，無人能同時處理，恐怕要東缺西漏，讓人能趁隙逃脫。

最有價值的帳戶，是那些得把自己的錢放在自己不容易提取地方的人，例如逃稅、例如違法、例如國內本身不安全，但工作和生意都在國內，只好把老本往國外搬。國籍對照起來，稅法嚴格的國家、金融秩序混亂的國家、貨幣通膨嚴重的國家，是瑞士銀行家客戶裡最優質的選擇。一旦縮限好分析範圍，分析的速度之快，人都來不及讀。只要找出足以讓銀行家凍結這些有錢人帳戶的理由，有錢人就會怕到頭皮發麻，跟他們談起條件開始輕鬆愉快又順溜。權力集中對當權者而言很方便，對收集當權者的人而言，更是方便到令人感激涕零。

很少人注意到，愈高層級、愈抽象、涉及愈多人的政治事件，往往由愈少人參與、更少人決定：例如稅制、例如憲法、例如國際法、例如國際組織。對高桂月此刻的計畫而言，這樣的權力結構，讓一切可行。感恩全人類對人類社會運行秩序默默不聞的疏忽，讚嘆所有人只願意關心身旁事務的慵懶。一項貿易協定的排除條款，就足以改變某個國家一整個產業的輸出市場競爭力，而這只需要大約三位高級官員的瑞士和盧森堡銀行帳戶凍結威脅，以及一位政客用境外空殼公司逃稅的證據就能達成。賭場裡的斬獲，本就和外頭世界緊緊相依。

也有需要由一大群人來完成的事，通常不在決策面，而是執行面，例如拋繡球計畫、君不見計畫、拱明月計畫、帝女花計畫、煙花女計畫，個個都跟董娘一樣，聽起來跟看起來兩個樣。

高桂月一切計畫的前提，都是解放軍攻打不下台灣。捨此前提，一切休想。所有計畫的墊背，代號拋繡球。一九八九年是共產世界解裂崩殂的年份，卻也是中國共產黨失去最後一次民主化契機的年份。如果六四天安門前的趙紫陽不是孤軍，而是主力，歷史就有了如果。如果有一整班看透共產極限，支持開放的趙紫陽，在中國共產黨的領導班子被推翻的時刻，能整碗捧來，瞬間接收解放軍軍權，就能以政變防止極權利用發動戰爭來進入軍法戒嚴狀態，保護自己垂危的權力。紫陽花就是繡球花，這組換太子的狸貓，就是待拋的繡球。

例如軍方這麼結構井然的組織，就是能夠透過掌握少數幾個高層，撬動整群解放軍。高桂月掌握的卻不只高層。已知的解放軍高層，最深的一位也不過進入Suite V，沒有再深入的人物。但要讓中國解放軍打不下台灣，不可能不處理解放軍。從Suite R一路到Suite U，她掌握的名單裡，包含中、高、低三階軍官，還有中央、地方、特殊部隊各級長官。低階軍官，只要讓他們輸錢就行了，輸到有滿滿的動力來中飽私囊，就能在每次的維修跟添購做手腳，讓硬體設備良率遠低於報告，還能極盡苛扣之能事，讓基層軍人領不到全餉。無心打仗的解放軍，才是最好的中國解放軍，杯酒釋兵權。君不見黃河之水天上來，奔流到海不復回？

中階軍官往往是執行面的決策單位，將在外，君命有所不受。如果中階軍官的利益，和堅持武統的領導人衝突的話會怎樣呢？空軍不是神風特攻隊，終究希望能平安返航，如果一整批戰機的彈射座椅已知故障，但無法爭取到修繕經費或更新機型，不免令人懷疑其他型號的機種也有同樣，甚至更嚴重的安全問題。風向雞特稿揭露了蘇聯米格-21機種為了動力裝備而犧牲彈射座椅的軌道空間，才會有K-36彈射座椅改裝在米格-29和蘇愷-27的技術進展。但中國的主力戰機殲七就是仿製米格-21，中國軍方對此不置一詞。真的發起台海戰爭，第一波競爭空中優勢的戰術衝突，送死的就是空軍。只要中國空軍內部都聽聞這項調查就好了。君不見高堂明鏡悲白髮，朝如青絲暮成雪？

Suite T成立以來，結得最精美的案子，高桂月那注C38絕對排得上前三名。這本事她本來就有，但不到用一個刁鑽嚴苛的案子來打磨，也做不到那麼精彩。有了第一案，第二案還難嗎？政治人物或富豪之死，往往引發極大的騷動，但科學家或技術官僚逝世，尤其還只是個總體經濟學家或者數學家，甚至激不起水花。突破晶片運算和製作的研發關卡，都需要非常頂尖的數學；而避免國家或市場掉進下一個坑，往往只有總體經濟學家能及時發現。獨裁者一尊獨大，眾星拱月；直至缺少與獨裁抗衡的聲音，月明星稀。

仗要開打了，但不到最後一刻，高桂月都不會讓對手嗅到煙硝。她挾柔麗的花香來掩過火氣和血腥，坐等花謝。

一帶一路是中原大國重新崛起的帝國之花，長在帝國旺盛的生產力之巔，從帝國的心臟往歐亞大陸和太平洋的西南蔓生，汲取帝國茁壯所需的養分，也輸送帝國生長所結出的果實。以歐亞大陸為帝國的土壤，遍地開花，更遞出種子，朝外繁衍發芽。能開花的時候，誰願意當春泥呢？帝國之花的土壤心有不甘，值得鋤一耙。帝女花的結局，是和駙馬在洞房花燭夜殉國。

安蓬滿手好牌，恐怕都是為了這個時刻而存在。一帶一路上所有盛大的工程，無一不貸款、無一不難還款。其中最難還款的國家不是那些可以用天然資源和工程營運權來抵債的，而是那些工程難度高、工程阻力大，一不小心會逾期未完的案子。拖過施工期限，進入還款時間，卻還需要增額支出來完成工程的項目。畢竟交通建設是這樣，路段的任何一部分沒打通，起點和終點就不相連。交通工程沒做完就是個純粹的負債，除了開始營運，沒有解方。

債多不愁這句話，是發生在債主本人能夠承受債務不及時歸還的前提上。前提一旦改變，就能愁煞人。

如果案子和案子之間可以協調一下，還款時間同時逾期就好了。如果很多案子之間可以同時協調，還款時間同時逾期，逾期時間又同時進入違約懲罰就好了。協調多方事件的進程，高桂月在集中Suite U近百場賭局的開局時間，就已經幹過一遍，算是預習。

一帶一路非常多案子裡的非常多銀行，都有仔細讀資料、認真查排程的人在監管。幸運的是，多數的高階管理者都不自己讀資料，而中階和低層的人之間，跨行和跨國的橫向聯繫，通常為零。也就是說，非常少數幾個決策者的決定造成的連動，執行者根本就不會發現。發現的時候都已經開花，火花。火花漫天的時候，提水難救。高桂月想進一步，讓人提油救火。

如果簽約的政權和續約的政權，和還款的政權不是同一個，事情會怎麼發展呢？應該會比父債子償還難。兒子和兒子的支持者覺得老爸簽的合約太荒謬了，除了喪權辱國，還罔顧現實，正義應該要站在合理性上，合約不改就是逼人違約，逼人違約的合約怎麼能不推翻呢？反正不推翻一定得肉償，還不如推翻它，讓它血本無歸，顯得前一個政權更污爛不堪。畢竟新政府上路，得做出什麼實績，卻發現做事的阻礙又多又難，不如挑前一個政權的毛病吧——都是根基爛了，現在才沒辦法開花，得先花時間把爛根挖完。反正爛尾樓跟未竟工程也無法在任期內剪綵，不如拖到重新協商償付條件。前提是政權必須轉移，而且得在同一個時間區段裡轉移。

「劍橋分析的操作模式訓練」這是她給 Suite V 駭客牆上的靈骨塔投遞的許願信。這麼好用的工具，無論是總統制、內閣制、雙首長制，只要能用民意更新政權的國家，都很有機會用這套模型推展出符合需求的成果。任期可以計算，無論是三年、四年、五年還是七年，某一些政府和其他政府同時執政的時間，完全可以計算。如果某些立場的執政者剛剛好在同一時刻完全重疊，訂出一個原則鮮明的世界新秩序也是意料中事。而秩序的最大功能不是規範，而是一旦成立後，秩序底下的所有單位都會為了維持這套秩序而日夜運行，不斷強化這套秩序，延續幾個世代。

如果這套模型操作得宜，三年半後，有半年到八個月的時間，共十三個歐洲國家、十一個美洲國家、九個亞洲國家、七個非洲國家和五個大洋洲國家政權，都會是務實的中間派，而且重視和平所帶來的國際貿易秩序。這是極為難得的共識，需要很多個政治壓力小於經濟壓力的政府同時在位才能達成。高桂月為此，做了七年的模型訓練和不下十二次的虛實模擬。這已經遠超出 Suite W 所要求，以國家為影響範圍的入會條件。而高桂月早就沒在管賭場規則了，她的主場是整顆地球。

為了這半年到八個月的黃金重疊，需要安排破口，兩個破口：一正、一反。她要從這對正反之中走出一道合題。

正題是聖露西亞，台灣在中美洲的邦交國，也是加勒比海東面島鏈的中點。加勒比海簡直是美國內海，來自美國的外交壓力維護了與中華民國的邦交。但聖露西亞的資源甚少，無論如何都會爭取外援來維繫發展和生存。所有強烈的動機，只要好好引導，都一定能成。聖露西亞大張旗鼓與中國建交了，而且當然被要求遵循一個中國原則，與中華民國斷交。但聖露西亞偏不斷交，成為全球唯一與中華民國和中華人民共和國都有邦交的國家，洋洋灑灑。中華民國冷靜已極，甚至發賀電恭祝友邦新獲友邦，祈願國運昌隆。中華人民共和國反倒傻了，一時之間也斷不開手，畢竟半個月前還是重點宣傳的外交成就。地球上從此有了一個中華民國的邦交國和中華人民共和國締交的先例。

至於反題，本來很難，極難。但是自從在象牙海岸的西班牙港和佩鐸尷尬不已地重逢後，高桂月除了幫佩鐸一路進入Suite U，還終於跟他要了電話：

「欸，不是說會救我的命嗎？」

「妳在哪啊？我怎麼救？」

「圭亞那的邦交拿來，否則我不活了。」

聖露西亞堅持做中華民國與中華人民共和國的邦交國後三週，圭亞那與中華民國建交，此前毫無徵兆。這世界上有了一個中華民國的邦交國同時成了中華人民共和國的邦交國，又有了中國的友邦和台灣成為友邦。無論從哪個方向前往這兩個國家的共同建交國，路都已經打通。

有了破口之後，就能造出猛然不知所以的一陣浪潮，把上路的阻滯都沖到潰堤。造浪，得引大水，有了大水，龍王廟都能沖倒。中國是世界上第一大國，人口最繁，還是第二大經濟體，整個歐盟都不及它的體量。世上最豐沛的一道浪，得由中國內部造起。要不是中國終究是一個極權國家，權力又益發集中，在中國造浪還是癡人說夢。感恩共產黨、讚嘆共產黨，黨政機器堅持一黨專政、排除異己，把極大的權力收攏在極少的人口上。而這極少的人口，又從鬥爭裡一路成長，能爬到巔上之巔、尖裡拔尖的，全都是集權削敵的人精。更賊棒的是，愈是人精，愈要提防自己被鬥倒，無不提早開始鋪設退路，一路鋪到國外，去到沒有人能壓他罪名、抽倒他一切所有，從統治菁英淪為無產階級的市場經濟迦南地去南美地，境外資產豐碩，幾乎抽乾中國經濟水位。瑞士金融界隨時準備為這些皮草豐美的客戶服務。

這些皮草豐美的大人物，比中國任何人都還擅長把資產移到境外。全世界都知道人民幣離岸有多難，因為中國政府嚴格控管。如果中國的金融突然出現一個黑洞，能夠從黑洞裡撈出一點錢財的，必定是這些人精。這些人精也沒料到，怎麼一帶一路裡頭最宏大、最受矚目、最人定勝天、最展現大哥對小兄弟不計代價幫助的建設項目，紛紛在同一個月裡重啟償付協商，而自中國國家開發銀行起，每一個一力承擔一帶一路重大建設的大銀行，手上的美國國債、日本國債、其他用來分散風險的國債和證券的利息支付期限，也在同一個月的月底一次迎上。海嘯津波之大，沛然莫之能禦。

任何一間有頭有臉的大銀行倒閉，都一定發生擠兌，何況是國營超大型銀行，如中國國家開發銀行之流？如果一個月倒個四家呢？人民都無心工作，光上銀行討債，就得耗上所有心力來啼血。田園將蕪胡不歸？

這時候形象鮮麗的黨政高層，一旦大舉被爆出早半個月就大筆資金外移，還不炸鍋？百姓畢生心血討不回的相對剝奪感在被皮草豐美的人精面前高層放大百萬倍。無論當下執政的是誰，第一要務都得是討伐賣國賊，惡狠狠跟最無恥的漢奸們切割，以轉移經濟災害所帶來的社會傷害，以及比這些都更與令統治者切膚的政治危機。把統治正當性危機盡最大努力，嵌進還未逃亡成功的賣國賊身上最為要緊；因為傷害無法挽回的時候，懲罰造成傷害的人是最好的藥。舒心。

於是舉國上下一心，都放在內政處置上，就沒有力氣管銀行為了止血，濫用行政命令全境封鎖一絲一毫金錢逃脫出中國國境的緊急舉措了。中國這一感冒，逼著全世界陪他打噴嚏，啾——

一帶一路上，帝國之花出資協助的友邦已經在前一波工程延宕和違約處置上得罪了一輪。不在受捐助之列，而是以中國為工廠、以中國為市場、以中國為夥伴的投資者，此刻又被狠狠坑了一輪，除了想盡辦法抽回資金之外，再沒有別的念頭。一次抽緊中國這個許多國家的最大貿易夥伴的民間往來，也能壓縮所有政府對中國的關係。畢竟給自己找麻煩的國家，誰想好聲好氣笑臉相迎？

在國際資本和大型基礎建設之間，主要只衝擊到中國的城市和中產，不包含中國絕大部分的土地與人民。不在銀行裡有儲蓄能讓人拚命的廣大農村人口，還是終究是中國的多數。三線以下城鎮的中國人民得到一次煙花，一次此生最燦盛，就算沒有網路、沒有電視、沒有廣播，也能在無月晴夜裡看得一清二楚的煙花，排出兩句話：

三提五统

养老没用

把老殘窮的農村居民，對政府最大的不信任，用兩句口號，成為每個人嘴裡的話題。在城市地區的城管不得不動用公安的警力來維穩維權民眾的同時，也不敢調動農村的警力跟黑道。甚至駐地軍隊移動集結的指令也更謹慎，怕警力不足的時刻需要就地維穩。絕大部分的解放軍都為了維穩，緊釘在駐軍地，不接受調動集結。維穩就無法備戰，因為資源有限。

煙花女計畫水到渠成，只等人開第一槍。

第一炮從竹島／獨島打到朝鮮。嚴格說起來，至少打了七十五響大禮炮，只是全都在同一刻出擊，很難從炮聲聽出來總共有幾發。七十五發，全都集中在朝鮮半島北端的二十五個點上，包括梨津里。那是金氏王朝的喪鐘，此後再也沒有任何東西可以拿來要脅世界。就算以既有技術來重新發展核武，也緩不濟急，因為南韓的軍隊以對馬海峽的炮聲為信號，同時北上。

直到金氏王朝成為歷史的隔日，世界也沒搞清楚七十五響禮炮究竟是日本自衛隊發的，還是南韓陸軍打的。因為竹島／獨島本就是日本跟韓國激烈爭議的領土。稱為竹島表示承認由日本實質控制；稱為獨島表示承認南韓所宣示的主權。已知的事實是：日本自衛隊設計了足以一次殲滅朝鮮核武的攻擊系統，啟動的機制在竹島上。而南韓海軍正因為護漁問題，跟日本自衛隊在獨島上發生小規模衝突，甚至進入自衛隊的營地。沒有人承認是誰按了紅色按鈕，日本說是韓國，韓國不承認、不否認。

以七十五響禮炮為信號發動的，還有七十五組中華民國外交官。在聖露西亞和圭亞那之後，如果不計時差，一天之內，全世界多了七十五個同時與中華民國和中華人民共和國有邦交的國家。

如果沒有一帶一路這朵帝國之花，如果人民幣沒有離岸緊縮、如果中國共產黨沒有鬥爭的傳統、如果不是所有的中國高官政要都有一筆境外私帳，中華民國的外交禮炮絕對打不出七十五響。美哉中華！

中華民國的國號沒有任何改變，仍然是那個被中華人民共和國尖聲大喊的一個中國原則底下，那從上一世紀就不是中國的東西。但是除了這個名字，這層身分已經沒有辦法對任何人造成任何傷害。例如被排除在世界衛生組織之外，不能即時分享全球防疫資訊，連購買疫苗都要受中國掣肘的處境。如果可以，誰不想過合法的爽日子？從舊金山合約中脫身，不做中國流亡政權的一部分，會是很好的期盼。能夠一擊致勝當然非常棒，但是人類史上最了不起的成就幾乎都來自耐煩。

圭亞那還在大英國協底下，台澎金馬的國號還是中華民國，但是從WHO到奧運委員會，Chinese Taipei的會籍都開始重新協商。高桂月跨出第一步，接下來是別人的事了。

＊＊

努札特三年前就辭職返鄉，和東土耳其斯坦的維吾爾族聯繫結社，並與郊區牧民合作訓練。作為傭兵團長，無論是技術、策略、人脈，他自有辦法撐起民兵團。相當賺錢的努札特葬儀社更是很棒的資金來源，果然還是資本主義效率高。

高桂月已經把中國的警力和兵力均勻分布在所有鄉鎮市的地級單位，短時間內絕對無法馳援西北。中華民國與七十五個國家建交的時刻，將會是整個東土耳其斯坦上，中國兵力最弱的時刻。她幫到這裡，剩下就看努札特的造化。

- SUITE X -

高桂月許久沒去Suite V拿信，自從七十五響禮炮之後她就軟了心腸，沒辦法再逼自己做這麼高強度的計畫。事實上，她連午餐要吃什麼都不想思考。一輩子的精密計算都在過去這十年內耗盡，做了一般人十輩子的努力也做不完的工作，放鬆一輩子都應該。

今天電梯樓層在V之下一樣透出一個W，唯一不同的是W底下亮起一個X。有甚麼賭注還能超越Suite W的規格？要開啟星際大戰嗎？不帶任何野心，純粹出於好奇，她按了下樓鍵。

在墓園般的Suite S和Suite T的白色聖堂之後，Suite U是分眾極精的社交實力封測站。Suite V依舊是靈骨塔設計，而Suite W用炫技卻不露鑿痕的方式呈現出極致的奢侈。就算沒有任何想望，只看一眼Suite X都很值。裡頭會不會有賭客？有沒有荷官？或者又來一位管家？還是另一座十誡誡碑，讓人自己去實踐這層賭場的賭局？還有，為什麼自己這時候又被邀請往下去玩了？

Suite X電梯打開，天花板的高度遠不如Suite T和Suite W，只有一般平房的平均高度。裡頭的陳設既不是極簡也不是極繁。功能性和設計感上顯然是功能性更突出，但整體也不是功能性鮮明的一個空間。如果說這最像是什麼空間，Suite X最像是工作人員置物間。裡頭有人，很多人，很多紮包頭的人、穿墨綠西裝背心的人，還有跟別人聊天的人。她像是闖進後台的觀眾，不小心揭開賭場工作人員更衣室的浴簾。

這是她進入賭場後棟以來，第一次為自己的穿著感到不自在。這些制服是正裝的人，不是鬆開領結就是打開釦子，也有人腰間皮帶散著的。但她穿得太整齊了，太像是隨時會見到陌生人的樣子，後場沒有人如此拘束。

「請問，這裡是Suite X嗎？」她攔住一個管家裝束但是沒有梳包頭的亞洲女性。

「欸，對。」

「這是賭客可以來的樓層嗎？」

「妳高桂月喔？」

「是，我是。」

「Xenia，高桂月外找喔——」披頭散髮的管家裝束女性回頭朝可能是儲物間的方向喊。

「我幫妳叫這裡的負責人來，稍坐一下。」

她指的稍坐一下，可能是在充當鞋櫃的穿鞋長凳上吧。

「我Xenia。妳好，高桂月小姐。」白襯衫領口敞開，墨綠色綢巾掛在領間的女人朝她握手。

「不好意思，我們這裡很少有客人會下來。」

「上次有客人來是什麼時候？」

「馬歇爾。」

「馬歇爾？」

「馬歇爾計畫那個馬歇爾。」

「所以他來幹嘛？」

「來叫我們執行馬歇爾計畫啊——」

「馬歇爾計畫是你們搞出來的？二次戰後歐洲經濟復甦那個馬歇爾計畫？」

「喔對啊，聽說很累。但是能來這裡的客人就可以許個願，我們會想辦法。」

「如果馬歇爾沒有許願要復甦歐洲經濟，世界史會怎麼發展呢？」Xenia還是同一張笑臉。

「我好難想像。」

「只照人類的本性來走，世界史會缺乏很多重要轉折。」Xenia蘋果肌擠得更飽滿。「而且會非——常——無——聊——」

「這我同意。」

「想好願望再跟我們說，不急。」Xenia一吐舌頭：「反正我們也不一定會收件。」

「如果我說我希望賭場解散，這些有錢有權的賭客不能再用這麼超級有效率的方法來聚集資源咧？」

「妳確定？交易是人性，戰爭是交易失敗之後的人性。賭博在交易和戰爭之間，是很完美的緩衝喔——妳確定要取消賭博？」

「哇！你們真的很會退件欸——」

遠離賭城，駛出沙漠。高桂月開的還是同一台寶藍色二手野馬，穿越覆地黃沙。地平線上，天色正由橙轉藍，寶藍色野馬遠遠駛進橙藍之間，一片霧薄沙稀的晨光。

Suite X，X stands for Xanadu.

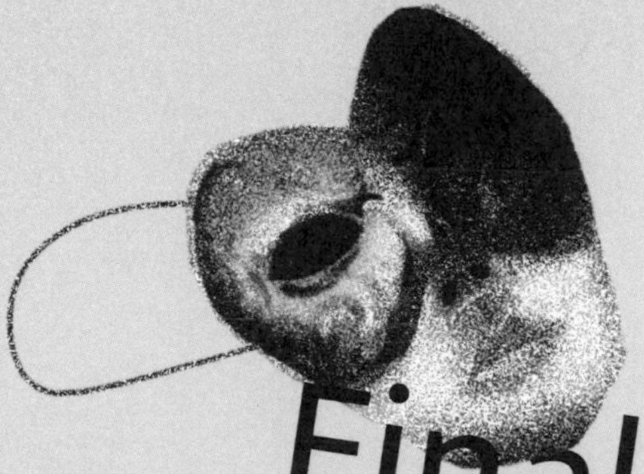

Finale

曲終

開城，從高麗時代的皇都，到朝鮮時期的輕工業區，離過往南北韓交界的板門店只有十公里。南北韓統一後，第一個新經濟實驗點就定在開城廣域市。市中心一棟嶄新亮麗的建物，在所有朝鮮時期灰撲撲的工業建築群中鶴立，有曲面玻璃帷幕，旁邊還有象徵萬惡資本主義的假日樂園，把孩子的遊樂場跟大人的遊樂場一次包辦。開城市中心的Mesa Verde度假村，是整個北朝鮮燈火最通明之處。把朝鮮絕對沒有的東西搬進朝鮮，凸顯出鮮烈的存在感。

Mesa Verde的大門寬度足以讓兩輛加長型禮車同時卸客，寓有對賭客廣開大門的意涵。這裡是韓國政府首次允許韓國公民入場賭博的特許場所，朝鮮半島上的博弈特區。在此之前，韓國公民連在海外賭博都觸犯韓國法律。開城在朝鮮半島的地理中央，又有舊都古蹟，坐收觀光娛樂雙重吸引力。開城工業區還是前朝鮮最發達的輕工業區，人力充足，馴順便宜。賭場荷官和侍應的工作，訓練半年之後，為開城提供上百個工作機會，那還只是前場。剛從後場走到前場的，是穿黑襯衫搭灰西裝外套的朴英，以區隔一票穿墨綠色的荷官制服。試營運已經一個月，從韓國旅行的團客接待到散客，賭場樓上的旅館系統好不容易搞定，他得巡場，看看有沒有荷官手腳不乾淨。

整座Mesa Verde的綠絨賭台上只有寶藍色的圓片籌碼，一枚一百萬韓圜，確保小資產階級和普通中產無法輕易入場，這是朴英取得特權時，唯一接受的規範。他還給特製籌碼加上微微的磁力，讓堆疊成束輕鬆許多，省下大把培訓荷官手藝的時間，賭場得以如期開幕。

「大！」俄羅斯輪盤區傳來賭客下注的豪氣宣言。

「贏的話分我吃紅嗎？」朴英把桌邊的末路制服荷官擠開，對寶藍色大衣的賭客說。

賭客掏出一枚金幣，說：「老闆都親自下海了，我不打賞怎麼好意思？」

高桂月話說一半，笑逐顏開，幾乎笑場。

「以後來都找我，我給妳發牌。」朴英緩緩眨一下眼睛，輕輕叩一下牙齒，意思是：快樂。

高桂月整個上半身向前，趴上綠絨賭檯，把金幣跟自己的手塞進朴英手裡。

搏落去

作　　者——麟左馬

副 社 長——陳瀅如
總 編 輯——戴偉傑
主　　編——何冠龍
行　　銷——陳雅雯、趙鴻祐
封面設計——木木lin
內頁排版——立全電腦印前排版有限公司

出　　版——木馬文化事業股分有限公司
發　　行——遠足文化事業股分有限公司(讀書共和國出版集團)
地　　址——231新北市新店區民權路108-4號8樓
郵撥帳號——19588272木馬文化事業股分有限公司
客服專線——0800-221-029
客服信箱——service@bookrep.com.tw
法律顧問——華洋法律事務所蘇文生律師
印　　製——呈靖彩藝有限公司
I S B N——978-626-314-620-4（平裝）
初版一刷——2024年04月
定　　價——400元

國家圖書館出版品預行編目(CIP)資料

搏落去/麟左馬著. -- 初版. -- 新北市：木馬文化事業股份有限公司出版：遠足文化事業股份有限公司發行, 2024.04
384面；14.8*21公分
ISBN 978-626-314-646-4(平裝)

863.57　　113003962